中国少数民族
文学之星丛书

白衣秀士

马金莲 著

作家出版社

编委会名单

主　任：邱华栋

副主任：彭学明　黄国辉

编　委：

宁　肯　王　冰　石一宁　刘立云　张　莉

梁　彬　陈　涛　刘　皓　李　婧　郑　函

以民族的情意，打造文学的星辰

——"中国少数民族文学之星"丛书总序

邱华栋　彭学明

"中国少数民族文学之星"丛书是中国作家协会少数民族文学发展工程的一个新项目，于2018年开始实施，由中国作家协会创作联络部具体组织落实。出版"中国少数民族文学之星"丛书的目的，是重点培养少数民族文学中青年作家，打造少数民族文学精品，为那些已经在少数民族文学界和全国文学界成绩斐然、广有影响的少数民族中青年作家再助一力，再送一程，从而把少数民族文学最优秀的中青年作家集结在一起，以最整齐的队伍、最有力的步伐、最亮丽的身影，走向文学的新高地，迈向文学的高峰，让少数民族文学的星空星光灿烂，少数民族文学的长河奔流不息。以文学的初心，繁荣民族的事业；以民族的情意，打造文学的星辰。

入选"中国少数民族文学之星"丛书的作家，必须是年龄在50岁以下的、在少数民族文学界和全国文学界广有影响的少数民族作家。不管是否出版过文学书籍，只要其作品经过本人申请申报、各团体会员单位推荐报送、专家评审论证和中国作协书记处审批而入选的，中国作协将在出版前为其召开改稿会，请专家为其作品望闻问切，以修改作品存在的不足，减少作品出版后无法弥补的遗憾。待其作品修改好后，由中国作协统一安排出版，并进行广泛的宣传推广。

中国是一个多民族的大家庭。每一个民族都沐浴着党的民族政策的光辉、感受着党的民族政策的温暖，都在党的民族政策关怀下，蓬勃发展，欣欣向荣。在这个伟大的新时代，我们正创造着中华民族的新辉煌。每一个民族的发展与巨变，每一个民族的气象与品质，都给我们提供了生生不息的创作源泉。我们每一个民族作家，都应该以一种民族自豪感，去拥抱我们的民族；以一种民族责任感，为我们的民族奉献。用崇高的文学理想，去书写民族的幸福与荣光、讴歌民族的伟大与高尚；以文学的民族情怀，去观照民族的人心与人生、传递民族的精神与力量。

我们期待每一位少数民族作家，都能够到火热的生活中去，到广大的人民中去，立心，扎根，有为，为初心千回百转，为文学千锤百炼，写出拿得出、立得住、走得远、留得下的文学精品。不负时代。不负民族。不负使命。

目 录

温和而强韧地生活，或写作

张　莉

很难把马金莲和我们时代其他 80 后作家联系在一起，因为她的所写、所思、所感与其他同龄人有极大不同。她笔下的生活与我们所感知到的生活有一些时间的距离，那是一种滞后而又缓慢的节奏。当然，即使慢节奏也依然是迷人的。这些文字透过时光的褶皱，突显出的是生活的本真，生存的本真。一如她荣获鲁迅文学奖的小说《1987 年的浆水和酸菜》。

因为担任"少数民族文学之星丛书"的评委，我有机会系统阅读了马金莲的这本最新中短篇小说集《白衣秀士》，集子收录的是她近六年来的作品，它们都曾在不同期刊发表，其中一些小说被收入当年的年度小说选。同名中篇作品《白衣秀士》是关于一个男人的出轨。副乡长父亲带回来个私生的半大男孩子，母亲接纳了孩子，辛苦养育他。母亲心地善良，但身体也因高强度劳作而走形。可是，也正是这样的身体扛下了田里所有的农活，从不让丈夫下地，而这为了尊敬他、疼惜他，但没想到的是，她视作珍宝的男人却背叛了她。曲折家庭故事的背后，是一个被损毁和被伤害的农村女性的一生。这是关于童年视角讲述的故事，一切都在影影绰绰的时光中。但人与事却又能穿过时光真切浮现在眼前。

马金莲的作品属于温柔敦厚风格，这篇小说也不例外。当然，虽然"哀而不伤，怨而不怒"，但内在里却有锋芒。母亲有好几次爆发、好几次愤怒、好几次发作，但是，却被父亲的暴力制止，不得不隐忍，忍下眼泪和心酸。那是种什么样的心酸，又是什么样的信念才让一个女人生活下去呢？白鹅是小说的点睛之笔。家里养的公鹅只青睐一只母鹅，即使人把它关起来，它也绝不换另一只，想一想吧，这是如"白衣秀士"般高贵的动物。鹅们无疑是这个女人生活中的亮色和光，白鹅的来去，牵动的是女人的痛楚和惆怅。

六部作品中，我对《旁观者》情有独钟。"旁观者"的题目常常会想到旁观者的冷眼，但其实不是。在病房里，隔壁病床上的夫妻是一对可怜人，施工期间因故而腰椎瘫痪，要向工头讨要赔款的女人左右为难，因为对方和她沾亲带故。最终，夫妻俩只被两万元打发了。作为旁观者，叙述人看到了对方包里带来的三万，而经过巧言令色，最终只给了病人两万的细节，真是让人叹息这世间的寒凉。

留守女人"我"与同样是打工离家的丈夫久别重逢，她对男人腰部着实迷恋："我十指紧缩又张开，最后像弹琴一样按在了他腰后那些琴键一样的脊椎骨上，我满脑子漂浮着小翠男人那单瘦颀长的身子从钢筋架子上栽下来的情景，那还仅仅是二层，如果更高一些呢，八九层十多层呢？我一节一节摸索着这些骨节，忽然落下泪来，用力按揉着他的腰部，哽咽着恳求他，一定要时刻系上保险绳，多麻烦多热都要系，我要他的腰好好的，一辈子都好好的。"——隔壁病床那对夫妻的他们将怎样熬过那漫漫寒冬，他们的生存该如何，他们的命运又该如何？细密结实的故事里，是普通打工者的生存和隐秘的苦楚，浸润着这位回族作家的牵挂。《旁观者》是2017年度优秀中篇作品，生动而有质感，读来令人震动。

我以为，这本小说集的主题其实是关于西海固女性的生活。《山中行》中，走在山路上的秀女，内心如此惶惑不安，她和蒜头之间并没有发生她所担忧的事情，但是，又似乎发生了许多；《梅花桩》里，尽力掩饰自己离婚身份的女人，没想到遇到了杀害嫂子的哥哥；《小渡》里，那位悄悄爱上新来大学生教师的孝女终于要嫁人了，并没有多少人知道她的相思和"爱过"；《一顿浆水面》中那位已过花甲之年的田寡妇，仅仅为一位老头做了一顿浆水面便被人怀疑有了私情……女人生活中那微不足道但又意味深长的瞬间被作家捕捉到了，借助于作家的讲述，我们认识了那些并不熟悉的回族女性，我们靠近了那些羞怯笑容背后的心灵。

讲述她们热气腾腾、辛苦劳作的日常生活，也讲述她们辗转曲折的心路。——在我们的时代，还没有哪位女作家比马金莲更了解这些西海固女人的情感、悲伤、痛楚和内心的纠葛，她写得动容、动情、动意，她使我们了解并理解那些平凡而又丰富的生活。马金莲写出了回族女人生命中的温顺、真挚、纯朴，也写出了她们内在里的坚韧和强大。

某种意义上，马金莲是回族女性生活的记录者。但这个记录者又如此不同，因为她记下的是姐妹们的生活——马金莲在农村生活二十多年，结婚生育，她与笔下的那些女人们，是母女、姐妹、婆媳、妯娌关系。她曾和她们一起在生活的"根部"劳作，在田间地头和厨房忙碌。在好几个创作谈里，马金莲说起过她对小说灵感的捕捉。锅开了，要炒菜了，水开了，孩子们打闹了……这真算得上是在厨房边写作的作家了。她自然地谈起家务琐事对写作的打扰，并不抱怨，但她也努力和这些琐事抢夺书写的时间。

她到底写了下来，写了出来。持续写下那些清寒生活中被人遗忘的、或只是被人一笔带过的人与事，其实这些人与事有着美好的光泽。于是，借由她的作品，我们看到那些在广阔的一眼看不到边的土地上收割庄稼的回族女人们，她们收割莜麦、燕麦和高粱；秋去冬来，她们卧浆水、腌白菜；每天早上一睁眼就要料理一家人的一日三餐、擀面、做饭；还有生育、哺乳、喂养、教育孩子……女人们鲜活而不停息劳作的生活在这位作家笔下事无巨细地呈现了，那么有滋有味，那么富有活力。当然，马金莲的作品里并不只有女人，她只是从女人的视角书写整个西部世界。她书写固原小城的百姓，扇子湾、花儿岔等地人们的风俗世界——在纸上，她画下亲人们的面容，刻下他们的悲喜哀乐、烟火人生。

坦率说，马金莲的写作进步明显，回族血液、贴着地面的视角以及本真表达使她的小说越来越诚挚而质朴，也越来越有西部女人的气质、气味和腔调，这令人赞赏。这位作家不再需要一些标签便可被辨认。当然，她的作品不是一种规整的写作，也谈不上受过严格的文学训练，也没有强烈的性别视角。她只是靠女人本能写下对生活和世界的认知，这种写作一如那西北大地上的茂盛的庄稼和疯长的植物一样，郁郁葱葱，生机勃勃，给当代文学现场带来了喜悦。因为全然是野生的与自在的，所以是美的。

还记得第一次读到她最早的那部小说《马兰花开》的情景，那已经是几年前了。因为对马兰的好奇，我曾经百度过花的样子，草本、翠绿叶子、紫色花朵，事实上我们在路旁、山坡、草地上总会遇到它。资料上介绍，它"耐高温、干旱、水涝、盐碱，是一种适应性极强的地被花卉"。我对这个说明念念不忘——看似柔和而毫无进攻性的紫色花朵，却如此富有生命力。

马兰应该算得上西海固之花吧？这紫花美而清明，温和且强韧，真是像极了那位在固原小城沉默而勤恳写作的作家，也像极了她笔下那些在西海固生活的姐姐和妹妹们、母亲和女儿们。

旁观者

也许是因为夏粮严重歉收了秋粮在给我们做补偿，这年的秋庄稼长得分外扎实，三亩莜麦刚割倒，就紧跟着杀高粱了。往年的高粱哪有这种长势呢，秆子粗得不像高粱，简直就是玉米。我们头一天都砍断了一把镰刀。第二天不敢再使用木镰架子，直接换成了铁镰刀。在密匝匝的高粱帐子里，人撒进去就被绿中泛黄的丛林淹没，彼此望不见身影，只能听到镰刀砍伐秸秆的脆响，咔嚓咔嚓咔嚓响个不停，一排排高粱死尸一样唰啦啦倒地。一趟割出头，我和嫂子都累得喘气，我们坐在地坎上磨镰刀。嫂子抹一把汗，望着整整五亩高粱，目光从低处升腾，渐渐地抬高投向空旷辽远处，叹一口气，愤愤地说五亩呐，这么多，这么凶，啥时候能割光呢？等把它们割完你我的头发都熬白了！

将落的太阳在山边上看着我们，好像在无声地怜悯着我们这一对留守妇女，我看一眼嫂子，意思是收工回家吧，还要做饭照顾孩子呢，活计留着明天再干。嫂子往磨石上吐一口水，霍霍地磨，说再割一会儿吧，反正都是你我的活儿，我们躲过了今儿躲不开明儿，还不如早割完早清净，再说糜子燕麦还等着呢。

我也望一眼高粱尽头那高爽的天，大雁排着队正从头顶经过。我浑身酸困，连感叹一下的力气都没有。一个弱弱的声音从远处山脚下传来。风大，我们没在意，磨了镰刀，咬几口干粮，然后爬起来准备重新开战。一个小身影爬上坡，边爬边喊，渐渐地近了，竟然是嫂子六岁的儿子。新妈新妈快去看，你家祖儿被镰头砸了脚，淌血呢，奶奶叫你回去看。我一看这孩子跑得满脸汗，不像在撒谎哄人，赶紧丢下镰刀往家跑。夕阳浓郁得像稠乎乎的血，我踩着自己巨长畸形的影子跌跌撞撞跑，影子像浸泡在浓稠的血液里，又像大红油彩涂抹的油画。我只觉得自己一步一个血印，脚底板全是汗。奔进家门，哭声扑面而来。女儿哭得生汗直冒，濒临崩溃，嗓子都沙哑了。

公公婆婆一看我进门，赶忙闪开在一边，婆婆忙不迭地解释着孩子受伤的过程。我哪里顾得上细听呢，赶紧查看伤势，右脚脚面，一个三角形口子，血在汩汩地冒。看样子已经流了不少血，擦过的卫生纸丢了好几团，殷红殷红的让人看着惊心。镰头明明倒立在门背后，谁知道这娃害得很，过去扳倒了，镰头倒栽下来就挖在了脚面上。婆婆的语气尽量保持着平静，不过我还是能听得出老人心头的愧疚。那个肇事的笨重老镰头躺在不远处，显得无辜而无知。我伸手指头一按，女儿哇惨叫一声，大团暗血顿时涌出，洞口很深，三个指头足足陷进去一寸。看样子伤势不轻。

孩子还在哭，我赶忙抱起来哄，走着哄，小跑着哄，许诺给她煮鸡蛋，买糖糖，买气球，买小汽车。怎么都哄不住，她就是扯着嗓子哭，哭得气都要断了。这孩子一贯不是这性儿，属于比较皮实的类型，从小长这么大没少从炕头栽下来挨跟头，每次挨了跌，稍微哄一哄也就没事了，甚至能额头上吊个大青包又跑出去玩儿。现在这么哭，只能说明她疼，疼得挨不住。

婆婆从炕席下翻出一疙瘩头发烧了，拿着灰往伤口上压，头发灰止血。血液汩汩，很快冲走了那点灰。祖儿扎着小手说疼，疼死了，妈妈疼死我了。公公当即决定，带她去医院，可能伤到骨头了，得拍片子看看才放心。顾不上换衣服，我抱起孩子，嫂子这时候也赶进门，她会骑摩托车，发动了那辆大伯子留下的老豪爵，驮着我们娘俩就往附近的卫生院奔去。

我心里热油煎着一样，既可怜女儿，恨不能把娃的疼痛拿下来放到我身上由我来承担，又担心天黑了路不好走。摩托车在狭窄的土路上颠簸，孩子的哭声一直没有中断。她越哭我心里越烦，等到了乡街道上，夜色已经落下来，稀稀拉拉的路灯近似杏黄地睁着色眯眯的眼。卫生院值班室灯亮着，却没有人。嫂子跑前跑后喊人，喊来了端着茶杯子的王院长。王院长大概看了一眼脚面，说去县城看吧，我们这里也就是简单包扎，条件有限，就算拍了片子，估计也看不清楚。我低头看，捂着伤口的卫生纸和一片白布都被血渗透了。王院长给了一片纱布，说包上快找车上县城，别磨蹭。

这时候了到哪里找车去，我一着急心里就乱了，不争气的眼泪扑刷刷落，心里恨起了常年在外头打工的男人。一年四季眼睛里就认得钱，哪里想过我们妇道人家留在家里的不容易呢，平时还罢了，这遇上事情我们女人家就是没翅膀的鸟儿，只能瞎扑腾啊。

嫂子倒是冷静，很快到街边找了一辆小面包，雇它去县医院。价格自然比白天贵了两倍。我心疼钱，又害怕这摸黑带夜地奔波不太安全，有点犹豫，说要不抱回去，缓缓也许就好了，咱山里娃娃哪能那么娇气呢？嫂子一把将我推上车，快走，磨蹭啥呢，娃娃要紧。车子马上摩擦着低沉的夜色往前疾驰。渐渐离开了乡街道两边的璀璨灯火，夹道两边的白杨好像陡然变得比白天高大了许多。一棵一棵之间的距离也拉近了，车轮在三级公路上沙沙响，树木像一个个叵测的黑影扑面倒下向我们撞来。我真担心它们就这样压下来，把车和我们一起压在下面。担心自然是多余的，师傅开得不错，也许他也在真心替我们担忧，所以开得很快，感觉车简直要在暮色里飘飞起来了。我不得不提醒他慢点，还是安全为上。女儿还在哭，不依不饶，两个小手扎起来胡乱撕扯，在我帽子上一把，衣领里一把，我心里烦躁，狠着心肠扇她两巴掌，狠狠地吼了一嗓子。孩子吓呆了，哭声竟然渐渐地小下去，等颠簸了一半路程，哼哼唧唧的哭声完全停止，枕着我臂弯迷迷糊糊睡了。

进了医院直奔三楼骨科。楼道里的灯暗沉沉亮着。护士值班处没人。医生值班室门开着，也没人。女儿醒了，呜呜呜又哭开了。我只能抱着她在楼道里找人。推开一个病房门，一个老头儿说医生肯定休息了，在休息室，你去喊吧。我找不到挂休息室牌子的房门。正徘徊呢，几个人抬着个大男人来了，脚步噔噔噔，震得楼道都颤抖。大夫大夫快快快，快抢救！有人冲过来对住一间没挂任何牌子里面黑灯瞎火的房门猛踹。踹了十来脚吧，楼道里探出好几个病人家属的脑袋来观望。门开了，一个矮个子男人闪出来，穿着白褂子，我一看正是大夫。大夫揉着睡眼，一看那人血糊糊的，手一挥，去急诊科吧。一个胖子口气很冲，打架伤了骨头，得你们骨科看。大夫说都这个样子了，我骨科看不了，等急诊科看了，确定为骨伤，再转来不迟。对方悻悻地，抬起人，一阵脚步杂乱，旋风般消失了。我赶忙抱着女儿凑上去。他问了几句，抬手压了压伤口，这时候我才敢睁眼看伤口，血止住了，好像肿了，脚面明显高起来许多。先包扎吧，具体情况明天拍片子，根据片子再治疗好吧，先给挂点药。他开了药。我没注意护士从哪里冒出来的，她很麻利，三五下就把女儿的脚包好了。孩子哼哼唧唧又拉开了哭啼的战线。住院单子开了，我抱着孩子跑一楼去交了费，又抱着她上来。按照单子上的房号去找病房。

甲级7号。里面灯亮着。但是门关着，从里面上了锁。我试着敲门。没动静。再敲。还是静悄悄的。我心头火冒，忍不住连续敲，嘭嘭嘭，嘭嘭嘭。还是静悄悄的。看样子里面的人睡死了。孩子烦躁，一个劲儿哭，一副不把我催死誓不罢休的样子。我抽一口气，鼓足了劲准备再次狠敲，门忽然开了，无声无息敞开到了最大。我愣在原地，怔怔地扫视里面。两张床，靠里的上面睡着一个人。门口的空着。一个女人面无表情地站在门口冷冷看我。我心里早就很不舒服了。也不看她，绕过她进屋，看样子这女人刚才就睡在这床上，淡绿色被褥上套着上一任病人留下的蓝色被套床单，蹭得四周都起毛了，脏兮兮的模样掩饰不住，透过护罩渗透出来。这是县城医院很常见的，我没有权利嫌弃。一个护士跟着进来了，匆匆将一套新拆封的蓝色医用床单铺在床上，套了枕头和被子，又面无表情地走了，到门口打了个毫无遮掩的哈欠。那个开门的女人竟然一直站在那里，这时候她好像如梦初醒，也跟着打了个大哈欠。却好像怕吵醒了什么，用手掩着嘴，把哈欠声逼回喉咙深处。过去将床上的病人往里面推了推，自己骗腿靠上去，也没枕头，蜷一个胳膊当枕头，面朝里睡了。但是她明显不敢挤着里面的人，只能将屁股使劲儿地往外面凸鼓，减少自己占据的面积。护士来给女儿挂吊针，扎针的时候孩子自然不愿意，又是一番哭闹。直到液体沿着塑料管子滴进身体，她才渐渐乖下来。夜里两点了，我不疲睡，瞅着高处的液体一滴一滴减少。

女儿忽然从梦里醒来，一双手互相胡乱抓挠。我一看手背红了，接着肿了，显然是蚊子叮了。这病房有蚊子？真是没想到！我嘀咕着把女儿放枕头上，起身打蚊子。那女人忽然偏过头来，蚊子多得一群一群的，是你进来不关门，才把蚊子放进来了！说完头偏过去，重新酣睡。

我被这没头没尾的话击中了，有些蒙，有些傻。我呆呆坐回去。仰头望屋顶。白灰粉过的平顶和四壁一样，经历了岁月和迎送了无数病人，这病房和这座医院一样，到处呈现出一片难以掩饰的仓皇破败和明目张胆的脏乱。到处乱糟糟的。到处是病人用过的医用垃圾和家属丢弃的生活垃圾。医院要迁址，新大楼已经在建了，这旧医院完全地呈现出一副破罐子破摔的凑合景象来。我的目光终于落在那女人身上。她静静睡着，给人感觉她一直在酣睡，压根儿就没有醒来过，也没有冲我发射过那句呛人的话。我却久久回味着那话，谁都听得出来她的抱怨。是我把蚊子放进来她不高兴了，还是我们来了，让她没地方睡觉才心里不痛快了？这么思量着，我心里也有情绪了。我们住院交了钱，我们占用我们的床位天经地义，凭什么你不高兴，又不是你家的。

五点钟药才输完，针头拔掉后我再也支撑不住，一头栽倒睡死过去。蒙蒙眬眬中有人在争吵。男人的声音很大，明显脾气不好。在骂什么。透过骂声的间隙，溢出一丝柔和的女音。女人在解释什么。男人不听，不饶，女人的解释更煽起了他的火气，骂得更凶了。我慢慢睁开眼，电棒的柔白光泽射入眼睛。我从嗓子深处调动一口唾沫来滋润干涩的舌头。我有多久没有和男人吵架了？大半年了。春种之后他离开的，去乌海工地上了。本来割麦子时候会回来夏收。可夏粮薄了，接近绝产。残余的那点马毛一样的麦秆子，我和嫂子用镰刀刮了一些，实在挂不住镰刀的，让人直接把羊群赶在里面踩塌了，夏季后期雨水多得出奇，公公乘着地皮柔软老早就把麦子地翻犁了，然后种了十亩燕麦。现在燕麦长势凶猛，可以赶在霜冻前割下给牲口做草料。公公做主给儿子们打了电话，让他们不要回来，安心打工挣钱，家里的活儿没多少，我们能扛下来。公公的决定让我和嫂子心情很矛盾。我们其实是盼着男人回家的。就算庄稼薄了，也可以回来看看人的。他们难道不知道，这个家里除了麦子，还有两个适龄的女人也在期待着一场透雨的浇灌。这样的期待随着日子一天天累积，像无形的山压在我们心上，我们心里有了幽怨，藏着火气，却不能流露。有时候我半夜里醒来，望着黑漆漆的顶棚想，找个人吵一架多好啊，狠狠地骂，无所顾忌地骂，想起什么骂什么，实在骂不过就冲上去一把抱住他胳膊狠狠地咬，最好咬得鲜血直流。

耳畔的吵架声很真实，是有人真的在吵架，不是幻觉。男人说跟死猪一样，还伺候我呢，挤得我一夜没睡好，死婆娘，就是个没眼色的死货！我慢慢坐起来，觉得奇怪，这不像是夫妻间打情骂俏，男人的口气里充满了烦躁，还有那么一丝戾气，听不出疼爱和宠溺。女人正撅着屁股往盆子里掺水，冷水里倒了些开水，然后把一个毛巾泡软了捞起来，抱着男人腿慢慢往这边搬。她的动作很轻柔，轻柔里带着明显的小心，好像她在侍弄一个柔软无骨的婴儿。那个脚板很大，在女人偏小的手心里，更加给人突兀嶙峋的那种大。

这是一对打工者的脚。我一眼就看出来了。我的男人也有这样一对脚。我们新婚那会儿，彼此看着亲昵，有过给对方洗脚的事儿。当时我捧着他的大臭脚，反复打量，觉得新奇，咋这模样呢？看着是一个刚刚成熟并且趋向稳健的男人脚，却又过早地显出一种经了风雨的沧桑味道。骨骼的轮廓，硬痂的厚度，肌肉的磨损度，包括伸展开来的那种有些犹豫又有些羞涩的状态，让人不由得就联想到工地上水泥点子一样分布在不同空隙不同位置的打工者。嫁给他之前，我从来没有想过那些扛活儿的人和我有什么关系，可以说那些冷冰冰的水泥钢筋石板和我压根儿就没关系。我只在城里马马虎虎念了三年初中，就彻底离开了，重新回到了乡下。城市和我没什么必要的关系，至多我在学校那钢筋水泥浇筑起来的教学楼住宿楼之间穿梭了三个春夏秋冬。可是我嫁的男人在城里打工，这好像让我又和城市具备了某一种联系。这让我在捧着他的脚的同时，猛然回想起初中三年度过的日子，那时候活动范围小，根本没注意农民工，唯一有印象的是，学校后面维修实验楼，宿管老师一再强调大家晚上睡觉关好宿舍门，因为农民工在工地上出入，有潜在危险，谁不听劝，出了事儿校方不负责任。好像从那时起说起农民工，我潜意识里就会想到他们是社会不安定因素的一部分，在某种情况下会变成抢劫犯强奸犯或者别的什么角色，反正都和坏事有关系。

女人把毛巾轻轻捂在脚板上，然后从上往下擦拭。男人直挺挺躺着，好像没有感觉。亮色从他挨近的窗玻璃透进来，照亮了整个狭窄的病床。看得出是一对夫妻。男人三十来岁吧，头抵在床头上，脚一直伸到了床梢子，就算躺着也能看出是个身材高大的人。女人站起来了，端着盆子出去倒水。我冷眼看着，心里想着她昨夜对我的不友好。我看她的目光就有些不厚道，她太矮了，勉强也就一米五吧，反正肯定不会突破一米五五。却胖。身材不好看，而且是那种锥形体形，上身圆嘟嘟的，屁股大，腿子短。这样的女人还谈什么身材。她扭着圆鼓鼓的屁股挤出门去。一会儿又来了，换了一盆水，重新蹲下洗脚。可能好多天不下地走动，短暂的闲散，养嫩了男人的脚，那些死皮硬痂竟然开始脱落，泡下来好些白色鳞甲和油腥，在水面上浮起来一层，让人看在眼里忍不住犯恶心。她好像没感觉，有些迟钝地搓着、揉着，完了用一把指甲剪剪指甲，剪得叭叭响。一会儿再去换水。反复折腾好几遍，水总算清澈起来。这时候我才看清窗外是一栋在建的楼，八点刚到，戴着红色安全帽的工人陆陆续续出现了，钢筋相撞的尖利声响，搅拌机的哗啦啦，打桩机的轰隆隆，像协奏曲一样合鸣起来了。男人的目光一直盯着窗外，其实他什么都看不到，从躺着的角度看出去，只能看到刚竖起来的钢筋像凌乱的枯草，近似绝望地扎着手伸向半空，好像要对着高远的苍穹倾诉什么重大的秘密。真不知道什么人这么心急，医院还没迁出去呢，这就开始搞新的建筑了。我慢慢过去，斜站在这男人脚后，从这个视角望过去，可以看到建筑队劳作的场景。我丈夫也是一个架子工，这些年他在乌海的工地上绑架子，据他说所有的大楼都是从最初的钢筋架子开始搭建起来的，架子就是支撑起一座建筑的骨骼。

我用目光在人群里寻找着架子工，一抹微茫的希望在心里蔓延，我试图从中寻找出丈夫的身影。这是不可能的。这一点四岁的女儿都懂得。所以她昨夜疼得受不了就哭着喊妈妈，我被吵得又难过又心疼，质问她为什么不喊爸爸，那个没良心的凭什么把娃丢给我一个人他在外头逍遥。女儿卷着胖乎乎的舌头说爸爸听不到，爸爸在乌海。有一个身形单瘦的小伙子，我确定他肯定是一名小伙子，他已经高高地爬到第五层去了。有安全帽遮挡，我看不到他的面相，再说太远了，我只能凭借单瘦灵活的身形判断他是个小伙子。他没绑保险绳。我一眼就看出来了。没风，但是他腰里的衣服好像在朝一个方向涨，显出他的腰身来了，好身材。细腰，长腿，窄胯。这样的男人适合做模特。腰里空荡荡的没有那根我熟悉的保险绳。我哄女儿乖乖坐着，我出去买早餐。提着包子和稀饭进了医院，侧门的预制板小房里有公用电话，我打通了，丈夫的声音带着乌海秋天的干爽传了过来，啥事儿？他问。我强忍着眼泪，不能告诉他娃住院的事儿，我说你摸摸腰里，别忘了系保险绳啊。

我把相同的话重复了一遍就挂了。

病房里挤满了人。吓我一跳，以为自己走错了，退出来，再进去，没错，女儿蜷缩在最里面的角落，小手里紧紧抱着一个大香蕉梨，见了我咧嘴就哭，悄悄说坏人，好多坏人。

一共多出来五个人。这么小的病房里，一下子多出来五个大男人，确实显得拥挤。那张床边坐了个老汉，唯一的小凳子上坐着个穿夹克外套的年轻人，剩下三个人齐刷刷挤在我们床边。那个女人已经把洗脚水倒掉，没地方坐，在床尾站着，忙着给大家分发梨子吃。女儿手里的香蕉梨想必正是她的馈赠了。我悄悄戳一下女儿胳膊，责备她怎么随便拿了陌生人的东西。女儿抱紧了梨子，好像怕我会夺去还给人家，理直气壮地说那个姨姨给的，她不是生人，我们认识，她是小翠姨姨。我惊讶得眼珠子差点掉下来，这小东西，还挺能社交啊，这么好占便宜，长大了让人家男孩子用一颗水果糖就能骗走吧。生人多，不是教育孩子的时候，我只能哄她先吃饭。

现在人都在这儿了，大姑父我也请来了，咱们把事情解决一下吧，这么拖着对谁都不好。一个声音忽然冒出来。这声音怪怪的，明明是个很清朗的嗓音，却好像有意压抑着，不让这一份清朗流泻，声音是从嗓子眼里挤出来的，被压扁了，给人一抹不舒服的感觉。我偷眼看过去，最后断定声音是从夹克衫竖起来的领子里发出来的。他好像怕冷，使劲地缩着脖子，声音也不像是从嘴里发出来，而是从某个衣兜的深处犹犹豫豫掏出来，掏出来不敢示人，鬼鬼祟祟打量着现场，在掂量此时此刻的氛围究竟合不合适掏出那些话呢。

好像有一股力量，像蛛网，粘着所有人的目光，把所有的目光都集中在一个地方，那个老汉的身上。大家齐刷刷望着老汉看。我感觉这些目光形成了一股合力，无声，无息，无形，却有重量，全部压在了老人弯曲的脊背上。老汉自己也感觉到了这种重压，他在这目光里渐渐地矮下身子，好像不堪重负，要从床边上滑下去，直接趴到地上。但是他强撑着，他其实是个精瘦的人，锁骨那里凸鼓起来，好像骨头茬子要戳破皮肉，直接冒出来。这副骨架有些忧伤地撑着外表单薄的血脉和皮肉。他将床边的蓝色化纤床单抓在手里，往里面掖，卷边了，怎么也掖不进去，刚进去又翻出来，他好像和那一道卷边铆上劲儿了，不断地掖着，掖着，大手在颤抖。

他姑父，你好歹说句话吧，我们这里就等你吐核儿呢——你也晓得，我们都忙得很——

声音很清楚，不论是吐字、气息还是语调，都很清晰、匀称、平静。是靠我最近的一位说的。他也是个老人。勉强算个老人吧，五十来岁，身材富态，保养不错，满月脸白白亮亮的，尤其一双手，搁在膝盖上，手背肉乎乎的，十个关节上竟然凹下去齐刷刷一排漩涡。让人有一种欲望，想上前对着那漩涡挨个儿按一按压一压，试试那软乎乎的手感。我虽然是个村妇，但是也见过一些官儿。村里的干部、偶尔来下村的乡干部，去年配合丈夫申请无息贷款时候到乡政府去按手印还见着了分管的副乡长呢，凭我的见识，我断定这个半老的人不是农民，而是个有工作或者有钱的人。只有具备这两样中的其一或者两者全部，才能养出这么一张炫白富态的脸，和这么一副雍容从容的气度。

是啊，事儿发生了，咱就全力解决事情吧，这么拖下去对谁也没啥好处啊，牛监理不在，严重影响我们工程进度了都——靠门口那个年轻人说。他说话语速很快，声调不稳，就如一个瘸子在夜里赶路，高一脚低一脚。

老汉抬头扫了大家一眼，目光在最中间停滞了，就像那一片的空气里含着浓密的糖分，将他的目光粘住了。他扯不开去，有些艰难地犹豫了一下，终于挣脱了，滑过去，又低头用大手去掖翘起来的床单。气氛很压抑。我这个局外旁观的人也感觉到了这种不舒服的氛围。我悄然观察，有些迷糊，这些人什么关系？谁是谁的姑父？看样子是要解决一桩案子了，可这其中究竟有什么内幕和牵扯，我一时看不懂，这时候我很强烈地感觉到自己作为一个常年在乡里下苦的家庭妇女，对这个世界的见识真的很少很贫乏。

我肚肚疼，拉稀稀——女儿的童音打破了沉默。

我赶忙抱她去厕所。厕所的卫生状况更直接地显示了这座医院被搬迁的必要性和迫切性，它以一种破罐子破摔的姿态显示着一种不堪入目的脏乱差。池子里塞住了，大小便漫溢出来，遍地都是，简直没法下脚。我抱着女儿正哄她快点儿，一个打扫卫生的女人进来了，用拖把哗啦哗啦蹭着地，大声骂着病人家属的腌臜，说公共环境，大家都不爱惜，自己明明早晨打扫过，这才几个小时呀，就已经成了这样，害得自己总是挨骂。她戴着和大夫护士一样的蓝色口罩，看不清具体的长相，从声音和那泼辣劲儿可以推测是个中年女人，也可能更年期提前到来了，也可能婚嫁不顺、子女不孝，反正她脾气很不好，气哼哼的，拖把在地上噌噌噌响，我真怕脏水溅起来飞我一身，赶忙替女儿擦了屁屁抱她逃离了厕所。

在病房门口我犹豫了，咋办呢，我竟然有点惧怕那些人和他们营造出的有些怪异、压抑的场景了。就算我反应迟钝，我也已经看出个大概来了。他们有要事要商谈，而我是外人，唯一在场的外人。我的存在，会不会让他们有不方便的感觉呢？门忽然开了，五个人前后随出来，最后跟着小翠。他们一直往出口走去。

病房里顿时空下来，亮堂多了。其实还是原来的空间和亮度，窗外浅灰色的天空被挤压得成了扁扁的一片，看不见太阳，能从阳光散射铺开的余晖上判断出外面是晴天。打桩机像一个只知道下苦，不知疲惫的老实疙瘩，一下一下，嗵——嗵——地叫着，沉闷地砸着地面，砸出让人心里很不踏实的闷响。这是非得把地球砸出一个大窟窿才罢休的节奏吗？我舒展舒展腰腿，慢慢挪到床边，试图透过后面脏兮兮的玻璃去看凌空行走在架子上的那些民工。因为丈夫的原因，我看到架子工就感觉有种特别的熟悉和亲切感，我试图从他们劳作的身影和姿态上想象丈夫此刻的样子。

床边发出喘息声。

我回头，他斜挣着身子，左手往右边够，右肘撑在床边上，试图翻起来。这样的挣扎无声、冰冷、固执，不容置疑。我不敢劝，呆呆退回去，抱着女儿，一边哄她玩，一边闪眼打量那边的异常举动。别看他身板单瘦，原来挺有力量，两个胳膊支撑，竟然慢慢地坐了起来。我和女儿无声地看着，我不知道他这是要干什么。看看他真的坐起来，就要把腰坐直的时候，忽然被刀子扎了一样，哀号一声，颓然滑倒，回到了原来的样子。我已经断定，他的腰部出了问题。腰是一个人上下肢之间的轴承，他的轴承出问题了，上半身和下半身之间难以达到协调和统一。他伸出手来，紧攥出一个锤头，咣咣咣地捶打起栏杆来。如果刚才他是一个冷峻沉默的人，那么这会儿忽然变脸了，瞬间变换出一副难以遏制的爆发的嘴脸来。床栏杆是铁的，当初的蓝色油漆被不知道多少病人磨蹭得七零八落，面目斑驳，有一种沧桑从斑驳里逸散出来。

我没想到一个男人的锤头砸在栏杆上会是这样的响声，结实，空洞，凶狠，丧气，残忍。一下一下，像砸在我的心上。先是用左锤头砸，又换了右边的。输液管子连着，有些麻烦，他忽然一把扯掉了管子。血液和药液以同样的速度，从不同的出口往外涌。他不管，他嗵嗵嗵砸着栏杆。我赶忙跑出去喊护士。一个大龄护士脚步快，语声更快，进来一看怒了，一把按住那只手，将棉球和胶带缠上去，恶狠狠地鄙夷地说胡折腾啥哩，有本事家里折腾去，这儿是医院！

她摘下还留着一些药水的输液管子带走了。

他怏怏地躺着，像个做了错事有点后悔又有些不服气的调皮孩子。

门口一暗，小翠进来了，带来一身微寒的气息，双手捂着个塑料小桶。一把揭开，一股子热气混着香味扑人鼻息。

烩羊肉，是大补的，快趁热吃。

她没注意到丈夫的变化，蹲下去，只管坐在床边拉开架势要给他喂饭。舀起来一勺子，烫，冒热气，她低头吹，把香味吹得扩散了，满屋子都是。她噘嘴嘘嘘地吹，说不要以为把我舅舅搬来我就能让一让，这事情我不能让嘛，咋让哩？我心一软让了以后我的日子就没法过嘛，我们一大家子人口呢，要吃要喝要搅销呢，娃娃还念书哩，你说这事情叫我咋说呢？！

这话没头没尾的。

但是他两口子懂。女人吹凉了，往男人嘴里送去。男人嘴唇是淡白色的，他忽然牙关一合咬住勺子，狠狠地咬，把自己咬疼了，噗一口吐出来，勺子跌回桶子，惊得汤水四溅，他悻悻地躺回去，神色凉凉的，你的娘家人么，你看着办么，你舅舅和姑舅哥么，你们打断骨头连着筋呢。

女人好像被这话吓着了，又好像早就预料到会听到这番话，她站起来呆了呆，不认识似的望着丈夫，好一会儿，叹一口气，把桶子盖上，转过脸来，一脸软软的笑，不想吃是吧，那先放放吧。我偷偷看，她竟然脸色平和，一副什么都没有发生的模样。她走了走，到门口，看门背后贴的一张沾满苍蝇排泄物的发黄的病房须知，又到窗口，隔着玻璃看外面凉飕飕的空气和正在掉落的树叶。忽然转过身来，下了决心似的，声音大得像跟人吵架，三万，少一分我不答应，必须三万。

男人一直凉凉地看着。那目光，空荡荡的，好像他不认识眼前躁动不安的女人，也不认识自己，他是个失去了意识和记忆的人，正在虚荡荡空落落的世界里，一点一点费力地努力地寻找，试图拯救自我。

必须是三万，就算是我亲娘老子出面也不行，我谁的面子也不看！随着这强调，她眼睛都红了，嘴巴鼓鼓地噘着，这样子，像什么呢，像娃娃在跟大人撒娇，但是拿不准到底能不能换来大人的疼爱和抚慰，有点忐忑，有点试探，只能用刻意放大的怒气来遮掩自己的心虚。

男人说没人逼你。

我个家逼我个家还不行吗？吃的喝的穿的花的上学的还有你吃药养病的哪一样不花钱呢？叫我有啥办法？到时候叫我一个女人家去偷去抢吗？我、我……

我从这声音里听出了一股力量，一腔幽怨。

但是她很快就意识到了自己的失态，及时闭嘴，蓄积在口腔深处的一股力量被硬生生刹住，没能喷涌而出。

门一响，开了，重新走进来五个人。落座，座位和之前惊人地一样，好像他们在这里坐了好多天好多年，已经熟悉到难以更改的程度。连坐姿也是丝毫没变。他们的身上有一段味道。羊肉的膻味儿。膻中飘着一缕香，香味难掩腥膻。他们吃了羊肉。与小翠提来的清炖不同，我可以断定他们吃的是手抓。整件的羊肉，配上大料葱姜煮熟，白切了蘸酱吃，手抓着吃，就是手抓了，谁不知道手抓羊羔肉是我们这一带最经典的美味。

这一回沉默时间不是太长。有人不允许太长。我身边的胖老汉站起来，咳嗽一声，又坐下，随着他的气息出进，我闻到一股浓郁的羊膻味从他口腔更深的地方喷出来。除了蘸酱里的蒜泥，另外他肯定还吃了大蒜瓣儿，晚秋饱满厚重的大蒜，刚刚进入胃里急于和前面到达的食物融合，于是便有了稀释和翻涌，随之产生的胃气随着饱嗝喷出来，腐烂前期的酸臭味儿暴露了这个人十分钟前下腹的东西。

他不看别人，独独盯着床边的老汉。即便在侧面，我也能从他的目光里感受到一股压力。这股力很凌厉。不是盛气凌人的那种凌厉，是表面绵柔，内核坚硬的那种凌厉。是不动声色无声无形却不容你质疑的那种凌厉。

他大姑父哇，娃娃们嫩，没经过事儿，哪里能看透这世上的风风雨雨呢，你来定主意吧，我们看着你说话。

其余人没言语，静静观看。我真担心他们要是轮流说起来，你三言，他两语，这狭窄的空间里肯定就全是羊肉蘸蒜泥的味儿了。

但是大家沉默着。像化石一样定定坐着。好像在比拼每个人屁股的坐力。

老汉的目光将儿子从头上摩挲到脚底。又从脚底摩挲到头顶。

刚生养下来身体差得很么，就这么长一点点碎人儿啊，他娘没奶，拿面汤汤儿喂着呢，一勺子一勺子的，费劲得很……我拉扯成人不容易么……

我真怀疑自己的耳朵出问题了，这个老爷子，此刻怎么像个老娘们一样开始了碎碎念呢？

依照这架势，我这局外人也看出了大概，儿子出事了，要求当老子的出面拿事儿，大家讨价还价，解决赔偿问题呢。

此刻，老爷子应该开口要价，漫天要价也好，按照实际出个底牌也好，都是此刻局面需要的。

可是他竟然从儿子的初生那时候讲起。

这个躺在那里不能动的大男人，和小时候缺奶喝面汤汤吊活了一条命，有什么必然的联系吗？

但是，包括能掌控大局面的胖老汉在内，大家没有表现出我所意料的不耐烦，他们都埋头听着。好像这个老汉是国家重要领导人，正在做十分重要的讲话，需要大家保持安静和肃穆认真进行聆听。

他脑子聪明得很么，一进学校念书就是班里的第一名，拿回来的奖状糊了半墙洼么，要不是他妹妹考上中专，他肯定也是个大学生哩么。我那时节都想好了，女子就拉倒算了，女子么念的个啥书，叫儿子念，谁知道这贼娃子狗日的偷了几个钱跑了，从学校里跑了，跑出去才给我写信回来，说不念了，叫妹妹念，他打工挣钱供养妹妹。都是家里穷么，把娃的一辈子就这么给耽搁了么。

他把耽搁的搁，发成了"国"的音。

把所有的"了"全念成"咧"的音。

我慢慢回味着，这是西山里的口音，那一片的汉族都是这样。

我不由得重新扫视那个躺在被窝里的人，要不是老爷子的碎碎念，我还真不会知道，这个人小时候是聪明的。而且少年时候又做了比孔融让梨还伟大悲情的义举。他还是那么瘦，那么单薄，他目光定定望着屋顶，好像那里，白色屋顶上正在上演一场同样是白色幕布白色底板的影视剧，他看得投入而忘我。

我都没注意到啥时候小翠提着饭桶子过来了，她蹲下去跪在地上，又给男人喂饭了。

我被她男人的吃相吓住了，他一直不言不语默默睡着，谁知道会是这么一个能吃的人呢，狠狠地张大嘴巴，小翠舀起一大勺子，连汤带肉，小翠怕呛着他，小心翼翼地喂，他脖子猛然一梗，将勺子叼住，恨不能将勺子也吞进嘴里，吧嗒吧嗒咀嚼，扯着脖子下咽，不等咽下去，已经又张着大嘴等待了。吃相凶狠，目光也恶狠狠的，不知道为何看得我心里一阵发毛，他这个样子，真让人怀疑如果不是有这么多人在场，他会连女人也一把拉近狠狠地咬上几口吞下去。可能吃到了一块骨头，女人慌了赶忙用勺子去接，他不吐，鼓着腮帮子倔强地嚼，嚼得骨头咔嚓咔嚓响。

女儿忽然伸出手，肉肉，我要吸（吃）肉肉——

清脆的童音，像谁摔碎在地上的细瓷亮，脆生生在空气里滚动。没人理睬我们娘俩，小翠有些仓皇地应付着男人的狼吞虎咽。我悄悄俯身告诉女儿，他们是汉民，他们的羊肉我们不能吃，不清真。女儿才不理这茬儿呢，扎着小手，肉肉，吸肉肉——

这一对夫妻在这一刻，将十几年的默契推到了高潮，喂，吃，吃，喂，无声，无息，纯粹的黑白默片，人物配合天衣无缝。她斜拎起桶子，将最后一点汤倒进勺子，很快最后一勺汤进了他的嘴。他静静张着嘴，喉结在动，咕噜咕噜。嘴里不能说不想说不愿说的话，被喉结给无声地诉说了。吃完了，他推开桶子，咽下一口空气，喉结滚了滚，那就三万吧，给我三万块钱，以后取钢板、吃药、复查，都是我的事儿。能不能好，我听老天爷的安排吧。

刚吃完热羊肉的嗓音，掺杂着羊膻味浸润后的浑浊和艰涩。但是吐字清楚，每个人都听到了，也相信每个人都能够听得懂。

老汉猛然被人从往事里揪出来，脖子一梗，头偏过来，定定瞪着他儿子：太少了，五万，至少得五万。娃娃呀，你要把前前后后想好了，以后的路儿咋走呢，谁都不知道，眼前头的路儿黑着呢，我们只能走一步算一步了。但是得虑当得长远一点啊，五万元，你还要吃药呢，养伤呢，总不能吃平常的洋芋面吧，身子亏了，靠补着才能抚养起来。还有娃娃念书呢，还有一大家子的花搅呢，你这个样子没个两三年不要妄想扛动活儿了。女人娃娃等着你养活呢，这不是耍笑的事儿，日子要一天一天过呢，不好过哇，没钱，挣钱的根本倒下了，你到时候哭都没眼泪呢。

老汉长着一张单瘦的脸，眼睛这一瞪，大得出奇，好像那张脸都兜不住那双眼，就要撑破了眼眶子，掉落下来。眼球圆鼓鼓的，淡白色眼膜底子上赫然布着一层红色血丝。我冷不防撞上了这一对血色的眼珠子，吓得我心里一哆嗦，不知道为什么就有了害怕的念头，赶忙低下头看别处。

至少得五万。老汉举起一个手，生硬地叉开五个指头，举在眼睛前看了看，慢慢地擎高了，横过来伸在大家面前。这手像一面旗帜，没有风，它不能摇摆，但是它坚持不倒，好像要成为一个标杆永远立下去。

就算我是农村妇女的脑子，我也已经弄清楚这其中的双方势力了，坐在我床边的三个人和那个坐板凳的夹克衫，是同一个阵营。剩下的是老爷子和儿子儿媳。

现在老爷子开了价码。

另一方的队伍沉默了。

没有面面相觑交换目光，没有咳嗽吐痰，倒是有人暗暗放了一个哑屁。放屁的人做得很隐秘，把屁声消了音儿，气味却是控制不住的。味道很快在空气里弥散。我闻到了。相信大家都闻到了。但我们都是大人，大人们安安静静地装着。女儿忽然拧住自己嫩嫩的小鼻子，呸呸呸，臭，妈妈，谁放屁了？臭死我了！

没人说话。

打桩机在窗外不知疲倦地吼着，咣哧——嗵！咣哧——嗵！一种明显的震颤，通过地面的震动传送到我们的脚底板上，通过末梢神经迅速传递到中枢神经，然后由中枢神经将震感分配到全身的每一个细微神经枝杈。不知道为什么，我觉得自己的心在随着这震动而剧烈地晃荡。晃荡得难受，我伸手捂住了心口的位置。

谁放屁谁举手，不举手是小狗！

女儿瞪着黑溜溜的圆眼睛很认真地嚷。

还是没人举手。

她也觉得无聊，嘟着红艳艳的小嘴儿，嘟囔说我知道啦，肯定是哈撒哥哥放屁了，哈撒哥哥举手了，可是哈撒哥哥在家里，我现在看不到啊。

小翠儿，你来说说嘛。

胖老汉打破了沉默。

我忽然心头狂跳，接着就如释重负，刚才，我竟然差点以为这个人要举手，要跟我女儿承认，屁是他放的，他现在承认，他不想做小狗。

小翠在啃一个梨子。

她仔仔细细地一点一点啃着，把皮啃完了，然后吃果肉，吃了一圈儿，剩下一个纺锤形内核。今年的梨子真是好，饱满，多汁，那个核也像水淋淋的女人，是半透明的，含在里面的黑色籽粒历历可数。她把核放在眼前看了一下，好像在鉴定这个东西究竟能不能吃。她的鉴定结果是可以吃，她把核也塞进了嘴里，慢慢地嚼着，一缕糖水顺着嘴角沁出来。

小翠儿啊——你这个娃娃，你妈死得早——这些年，舅舅看着你长大——你是个懂事娃娃——

我确定那个又陈旧又黏稠的闷屁，肯定是这个舅舅放的。它在空气里缓缓扩散的速度，太符合这个人说话的节奏了。这会儿那股气味还没有完全消失掉，还在本来就浑浊的半空里油腻腻地和空气分子实现着交融、渗透，然后污染着我们这间屋子里本来就很脆弱的生态环境。

原来这个小翠没妈。尽管没妈她还是长大了。嫁人了。生儿育女了。在舅舅眼里还是个懂事的娃娃。

我没注意小翠啥时候又拿了一个梨，紧紧攥着，我注意到了她的手。我知道她进城好几年了，跟着男人进城，把娃娃也带进了城里的学校。或者说，进城的初衷就是为了娃娃上学。这几年送娃娃进城念书，成为一股风在乡村刮，山里人想办法转到乡镇上，乡镇的又挖空脑子往城里挤。小翠这样的女人，她原来应该和我一样，在乡里的土地里刨食，一双手四季粗糙得像礤子。进城后还是没有清闲，做饭洗衣之外，还要去工地上打工，抱砖头，和水泥，翻沙子，她两个手还是应该很粗，甚至比我们乡里女人的手还粗糙，是城里工地上的活儿磨砺出来的。但是她分明长着一对儿白手，圆嘟嘟嫩生生的小白手，这让我不得不对着那手傻眼了。女人长这么一对儿手给人感觉很娇气，丈夫就曾经嫌弃我手大，说女人的手嘛，小点，娇点，让人看了想捏在手心里好好地摸摸，想含在嘴里轻轻地咬咬，这才是女人该有的手嘛，你这手，简直就是狼爪子。我们当时要笑得高兴，他高兴得忘了形，就说了。说了也就说了，我也没有生气。毕竟我这对儿手真不惹人疼，看着像男人的手。

想不到眼前这个女人竟然拥有着这么一对儿圆润炫白的手。要是给我家那口子看到会在他的心底引起什么样的联想呢？是不是有欲望想上去摸一把呢？我心底竟然泛起一股酸酸的醋味儿。这醋味儿来得好奇怪啊，毫无来由。可我就是这么奇怪，不讲道理，毫无逻辑，刚对这女人产生的一点点隐隐的同情，面对着那两个小手浮想联翩的同时，冰块一样消融坍塌了。

小翠用她胖嘟嘟的小手把那个梨送到嘴边，在梨的陪衬下，我才恍然发现她嘴巴竟然也很小，顺着脸庞扩展，鼻子眼睛耳朵，五官竟然都属于那种小巧玲珑型。虽然胖，却不给人肥的感觉，而是一种小巧的胖，原来她长得很有几分好看呢，尤其五官凑在一张小巧圆润的脸上，营造出一种娇小玲珑的妩媚感。而之前第一眼的身形微胖，竟然给了我一个先入为主的错觉，我觉得这是个丑陋的女人，脸蛋跟身子一样，不怎么具备观赏性。但是这一刻，我的错误观点被无声地推翻了。至少她比我长得好看。

两万吧。两万。舅舅。

说话的肯定是小翠。我能确定是小翠。因为是个女人的声音。尽管嗓子就像患了严重的炎症，声音压得很低，气流急促而短浅，好像发话的人很累，无比疲倦，要说出这短短数语，耗尽了她全部的力气。我还是从这声音上判断出说话的不是男人。这里除了我是女人，另外一个就是小翠。她把最后那个舅舅拉得很长。好像这是一个饱含了无限深情的称谓，她需要慢慢地用心地一点一点地体味其中的情义和温暖。

空气抖了抖。

停歇了片刻的打桩机忽然睡醒一样重新叫嚣起来，嗵哧——嗵哧——它像我女儿喜欢看的动画片里力大无穷的魔兽，正在瞪着猩红的眼睛，野心勃勃，要把这个世界击穿，要把整颗地球硬生生给穿个洞。

不同的目光同时落在小翠身上。我顺着舅舅的目光，看到了一种赞许和如释重负。对面，逆着看过来的，是瘦老汉的目光，我从那目光里看到了一种沉甸甸的东西。

小翠低着头，她再次垂着头打量起手里的梨子。好像她长这么大没见过梨子，没吃过梨子，一个梨子让她无比沉溺。

夹克衫簌簌地动，一直别在兜里的两个手拿出来，从右兜里摸出一块砖头。红灿灿的砖头，硬扎扎的，从硬度和捆扎在上面的那个猴皮筋上我知道这是不久前从银行提出来的新钱，看那挺括的样子可能连序号都没有来得及打乱。

那个猴皮筋好像是活的，没见夹克衫指头动，它已经滑脱，套在手腕上。手腕毕竟粗，猴皮筋撑到了极限，把肌肉勒出了一条深陷的缝儿。

钱一定被猴皮筋捆得早就难受了，挣脱了束缚，有些不大适应这无拘无束，悄悄地慢慢地膨胀了起来，厚度比之前增加了。夹克衫开始数钱。我发现他竟然长着一双巧手。女人的手。我不由得在怀里摸索了一下自己的手。左手摸右手。右手又摸左手。书本上形容女人好手的词儿很多，纤纤玉手，葱管似的手。我马马虎虎念了个初中水平，一时间还真是记不清还有什么更好的词语。不过可以肯定，会很多的，中国汉语博大精深，不管用来描摹哪一方面哪一事物，都是一套一套的。

我再一次地自惭形秽了。这是继小翠之后，我第二次对自己的手感到惭愧，真是拿不出手。小翠的手短短的胖胖的，让我细长得树杈一样的瘦手没一点血肉美感。这个男人的手，却让我有些吃惊。他是个男人。看着不怎么文弱的男人。偏偏伸出来这么一对秀气的手。指头和我一样，细瘦，单薄，修长。却具备着我不具备的细腻光泽。我的手常年下苦，尤其嫁人生娃后，家里家外炕上地下洗洗刷刷缝缝补补，粗活儿细活儿都是这双手往下拿。我的十个指头伸出来早就不能直溜溜并一排。它们被硬痂包裹、撕扯，有了轻度的扭曲和变形。指甲缝里灰糊糊的，指肚上的肌肤里镶嵌着红的黄的绿的汁液，那是庄稼的秸秆和叶片馈赠的残留。

他的手白，嫩，俏生生的。他甚至翘起一个微微的兰花指形，左手按着砖头块，右手五指麻利地翻页，一二三四五六七八九十十一……数目从他嘴里蹦出来，一声一声，不急不缓，不高不低，恰到好处，满屋子人都能听到。我知道一张代表一百，要数够一万，这个数目需要达到一百。大家好像同时被这数钱的声音震慑住了，我女儿也乖得出奇，她和我一样，没有见过一万块钱一张张在眼前展开的壮观场景。钱在这女人般细巧的指头间好像变得做作起来，有些矫揉地、调皮地，想要翘起来一个边角，弯一下肚子，扰乱他嘴里的数目。这些不久前从银行保险柜里提出的新票子，显然还没有见识外面的江湖，所以它们还没来得及认识江湖的深浅。它们很快就知道这一双女人般的手，其实要比很多粗大有力的手更有经验对付它们。他驾轻就熟地稳稳压着它们，一丝不乱地将数字数到了百。

我悄然舒一口长气。原来数完一万元需要这么长时间呢。

他把钱立起来，现在完全像一个刚刚出窑的棱角完整的砖头了。他捻起砖头掂了掂，然后递给身后的舅舅。舅舅早就等着了，接了钱，也掂了掂，踏上前一步递给瘦老汉。瘦老汉望着那钱愣了一下，接了，不等拿稳，交给了身边的小翠，然后他有些恍惚地在膝盖上一下一下磨蹭着自己的手。是钱刚才把手弄脏了？还是他的膝盖骨在发痒？

一万元整，你再数一遍，看够着吗。夹克衫说完左手进了左边的兜，又摸出一个砖头块。这一回他明显有些不耐烦了，指头翻检速度和嘴里报数的速度都加快了。

小翠在一张一张数着。新钱，互相之前有一种粘连和吸附，太硬了，紧紧粘在一起，她伸指头在嘴里蘸一下，数几张，再蘸一下。口水蘸多了，一疙瘩唾液掉出来，赶忙在衣襟上擦了，却忘了数到多少了，略微想想，想起来了，接着数，再蘸唾沫。

我敢肯定这个小翠上学那会儿数学学得不好，数到五十九的时候，她明显犹豫了一下，轻轻说五十。一想不对，忙又倒回来，四十八，四十九，五十。可能又怀疑五十不对，又停住脚步，四十九，四十九……嗯，四十九……五十！终于确定是五十。轻轻松一口气，五十一，五十二……

不等她数到一百，夹克衫已经数完了第二个砖头块。

他把砖块竖在手里，那个猴皮筋翻了个跟头，已经紧紧捆在了钱捆上。他抬头望着数钱的小翠。

我感觉这个人不简单。他在工地上不是个下苦的角色。至少不是像我男人一样下蛮苦吃冷罪的人。他，是个指挥人干活儿的角色吧，经理、监理，还是技术员？工地上那些角色我并不懂得多少，丈夫一年四季回来的时间不多，我们在一起说的更多的是家长里短，关于他挣钱养活我们的那个城市里的工地，好像是一个遥远的梦，却不是个做美梦的所在，所以我们没有热情和时间细细地说及它。凭着丈夫偶尔的一言半语，我印象里知道工地上最苦的活儿是沙子水泥混凝土，最危险的是架子工。也正是从这一鳞半爪的无意中我了解到，工地上的高层有老总、经理、监理。都是什么官儿，哪一个管着哪一个，我至今迷糊呢。

这个夹克衫应该是较高层面当中的一个角色吧。

出了事儿，也正是这样的角色出面来与当事者解决。

小翠男人忽然从被窝里探出一只手，从下面伸上来，一把抓走了小翠手里的钱，他的动作恶狠狠的，带着风。小翠一愣，他已经把钱压进枕头底下了，说没必要数。

第二沓钱从舅舅手里转过来，瘦老汉，小翠，最后是病床上的人。

舅舅大大地吐一口气，站起来，他起立得太猛，我的床瞬间失重，贱兮兮地发出了一声舍不得般的呻吟。

事情嘛，就这么着解决了，我们都是亲戚里道的，我们也不敢亏着娃娃们，都是尽力而为地解决着哩。我看嘛，也不是啥大伤，缓个一年半年就好了，爬起来又能干活儿了，那时节想来工地上，还是寻你姑舅，他是监理嘛，这一点忙还是能帮上你们的，工资待遇还是和旁人一样，不会亏待你们。

他嘴里的羊膻气好像减轻了一点，却又增添了另外一种我不知道是什么的气味，反正也是不好闻。幸亏他们大家没有再多逗留，告辞走了。

终于走了。我觉得屋子里顿时宽敞多了，空气也没有那么沉重了。

小翠跟出去相送。留下男人躺着。他很快就睡着了，头朝里歪着，两个手交叠着放在心口上。我在地上走了两步，坐下，又起来走。两万元压在枕头下，他脑袋下那个医院里配的单薄枕头显得不堪重负，难以遮掩枕下的秘密，一头凸了起来，隐隐能看到一团红色。

夹克衫的衣兜里至少还剩了一万，我当时无意中目光一转，扫到了他的衣兜，看见里面还留着一团红色。夹克衫真是好衣服，衣兜很大，装得下钱，还装得下秘密。其实这场谈判只要再努力一把，小翠两口子还能再多得到一块红砖头。我有些替这两人惋惜。

他响起了鼾声。鼾声很响亮，一起一伏，起的时候响，呼噜一声，随着气息伏下去，鼾声好像被什么猛然斩断了，硬生生就消失了。就在我怀疑这鼾声就此结束的时候，忽然又呼噜一声，重新接续上了。

我有些焦躁地加快了步子。我知道他床头下有一块砖头。我床下也有一块。真正的砖头。不知道是哪一任病人拿来的，用来搁架脸盆。这样脸盆和脚盆就能很好地区分。此刻，只要我抓起其中的一块，轻轻地拿起来，轻轻地走近他，对着那个打鼾的脑袋，轻轻地拍下去……我一把捂住心口。跌坐回床边，心嘭嘭直跳。见财起意，见钱眼红，难道我竟然也有了这样的心思？手腕子无比酸软，脚腕骨也酸软了，我缓缓地瘫在女儿面前，目光湿漉漉望着她清凌凌明灿灿不掺杂一丝杂质的眼珠。清澈的瞳孔深处映出我的脸来，把我一张大脸映得小小的，还走形了。女儿不知道妈妈的心里发生了惊心动魄的大事，已经过去了，虽然只是一闪念，一刹那，但我还是有些后怕地质疑着自己的心思和人品，我真的动了那样的心思啊，这和我平时的为人与内心是多么不符。我出了一头汗。

我不知道鼾声什么时候换成了啜泣。等我平复了自己内心魔鬼般的贪婪念头，听到床那边在哭泣。确确实实在哭泣。肩膀一抖一抖的，身子尽管保持着之前的睡姿，但是四肢有明显的抽搐，一抽搐，往一起收缩一下，一抽搐，往一起收缩一下。右手搭在脸上，遮住了眼睛，看不到眼睛就不能完全下结论说人家在哭，也许鼻子塞住了，在擤鼻涕呢。我管不住自己的目光，目光又一次热辣辣落在枕头下那个鼓起来的包上。我真要是一砖头下去，凭他这个样子，肯定无力反抗，我麻利地抢了钱塞进包里，然后抱了女儿离开医院。我带着两万元，在街头想怎么花就怎么花。想吃什么就吃什么，看上哪件衣服就买了。如果拿去买化肥，我们明年后年种庄稼的肥料还花不完。

我知道心里的魔鬼影子已经飘过去了，我现在不管怎么想，都只是在用一种臆想满足自己，对别人已经没有危害。

小翠进来了。身后跟着个男孩，穿着校服，背着书包。我一看就断定他是小翠两口子的儿子，长得和他爸一模一样，就是那个躺着的男人的缩小版。孩子有些胆怯，进来了一言不发，也不凑到床边看他爸，而是有些羞涩地坐在板凳上，接过他妈递的梨慢慢吃。小翠说娃娃要钱呢，老师要求交资料费，五十块。小翠摸了摸衣兜，掏出几块零钱，不够。他男人从枕头下摸出砖头来。解了猴皮筋，慢慢地数。他数钱的动作，远不如那个夹克衫熟练，幸好比小翠利索多了。数完了，一万，重新捆好。又数了另一捆。捆起来，想了想，抽出一张，递给儿子，说拿上交老师吧。

孩子几乎没说啥话，接了钱起身要走，说要迟到了。

男人让小翠和儿子一起出去，顺便把钱拿到银行存起来，小翠连连摇手，说她一个人不行，她不会存，她不识字。

我觉得小翠的这个举动有些亲切，我和她之间好像有了那么一点点共同的地方。如果让我拿着两万块一个人去存，我肯定也会害怕的，虽然我识字，但我还是会有很多担心的地方，在这人流密匝匝的城市里，我一个农村妇女，空手走在街上都总是怀着不可预知的担忧和恐惧，更不要说怀揣两万巨款。

那就小青来了再说吧。男人叹一口气，听口气有些不满。

小翠要去打开水。我也去。但是我们还是生分，她没有说给我捎带一壶，我也没有喊她等我一等好结伴一起去。

女儿厮缠，要吸肉肉。我哄一会儿才脱身。拎着水壶心里惦记着她，我一路小跑出了住院楼，开水房在锅炉房旁边。一行人在排队，我迟了，自觉排在最后。

看看还剩下五个人在我前头。天气不好，阴起来了，风从高处旋下来，卷着树叶子哗啦啦响，穿过人身子，能把整个人穿透，叫人顿时觉得秋意深重，寒凉的气氛十分明显起来。

秋雁北飞，秋草枯黄，再不用等多长日子，我念念牵挂的人也就终于能穿过内蒙古的茫茫草原，回来和我团聚了吧。

哎呀你做啥？没长眼睛啊？

有人惊呼。

惊得我们一排人乱了队形。

赶忙凑过去看，是小翠，她竟然对着水龙头走了神，傻愣愣看着开水从壶口漫溢出来，呼啦啦喷了一地，溅湿了她自己脚面不说，还烫到了旁边的人。一个中年男人也许真烧疼了，也许饶舌病犯了，反正他絮絮叨叨骂了好一串。小翠好像没听到人家在数落自己，她傻傻地拎着水壶，慢腾腾往回走。把魂儿扔了——骂人的男人用这句话终于圆满收尾。

还没进病房，我就被一个女人的声音吸引，正是从我们房里传来，语速很快，叽叽叽，一口气不停歇，不给别人插嘴的机会。我进去，一个女人站在床边，不看任何一张床位，她戴着眼镜，只回过头扫了我一眼，又转向窗外。匆匆一瞥，我依稀看见是一对小眼睛，高颧骨，白肤色，鬈发，栗色，小嘴唇上好像抹了口红，红得鲜亮。一看她穿衣打扮我就断定和我们不是一路人，是个有工作的人，平日里肯定过着一种我们无从想象具体细节的养尊处优的日子。

这样的女人不好惹。我凭借着生活里的经验，知道这样的女人比较难缠，一般都比较口舌麻利，脑子反应快，要骂人的话，不用像我们一样先要在脑子里酝酿搜寻组织词语，这样的人不用，直接从脑子里往外拎，成套的词儿排着队等着呢。

平时有个鸡毛蒜皮的事儿都要小青给你们跑腿儿，现在这么大的事情，你们竟然不吭声，哪里是忘了呢，明明是眼里看不上小青这个人了，有了舅舅、姑舅哥，小青就是外人了，就瞒着小青自己拿主意了，嗨嗨，你们的事儿当然没小青多嘴的地方，可是这牵扯到钱呀，钱可是硬头子货，没钱你们日子一天都过不下去，我看你们到时节就不要哭哭啼啼再来找小青——

这说了半天，我听得迷迷糊糊的，小青是谁？为啥忽然要牵扯进这么一个人来？

她说着说着，掉过身子，直接面对着小翠，叽叽叽，叽叽叽，嘴像一挺我们在抗战电视剧里看到的日本鬼子使用的快机枪，子弹连着串儿发射。小翠被炸晕了，蒙头了，傻傻站着，木木地笑着，她好像还没有从开水房那个男人的数落里醒过神，低头揉搓着自己的左手，放嘴边吹一吹，揉揉，再吹吹。那片皮肉已经通红了，很快泛起一簇透明的水泡。

去，到药房买点药水涂上，要不买个创可贴也行。

男人催小翠。

小翠快快地走了。

鬈发红嘴唇顿时声音高了，冲着床上说你还不愿意了吗，我说她你还不爱听了是吗？你看看这个女人，不是我这做小姑子的不贤惠，容不下自己的嫂子，你说她脑子是不是不够用，这种时候她能向着娘家人？又不是啥正经的娘家人，一个舅舅嘛，隔山架岭八竿子打不着的关系算啥亲戚？你说她气人不气人？五万不行，四万我们肯定能要来，最少也是三万呐！你说她嘴一张就答应了两万！凭什么她当了这个家？她算个啥？我告诉你们，咱爸被她给生生地气病了，一回到家就睡下了，本来为你的事儿这二十天都没好好合过一眼，现在又被她气了这一场，现在算是彻底躺倒了！

唾沫星子横飞。

空气被激越的演讲搅和得也不安分了，在热情澎湃地汹涌鼓荡起来。

女儿呆呆仰着小脸儿，她看傻了。

像一场暴雨，来得猛烈，走得也及时，不知道什么时候，这女人刹住脚，告辞走了。门被她甩了一下，重重合上的同时，把一声悠长的震颤留在了我们心里。

我慢慢回味着，小姑子，小青，喊小翠为嫂子，那就是这个人的妹妹，那个老汉的女儿了。

想不到那老汉看着挺腼腆的，竟然能养出这么一个快嘴利舌的女儿来。

那个瘦老汉，怪不得随着那些谈判的人出去再没有回来，原来是生病了，气病的。

对面床上的男人用一束奇怪的目光看着我，我从这目光里看到了比较复杂的内容，是被我窥见了全部的家务秘密而恼怒吗？还是为自己有这么一个泼妇般的妹妹而羞赧？我装作不明白他的意思，也对他家事情不感兴趣，我泡了一包方便面吃起来。一桶方便面三元，一碗小碗烩面五元，我舍不得花那五元钱。买了一桶方便面吃了，把纸桶子留下，然后把一块钱一包的方便面泡在里面吃。

呵呵，他自顾自笑起来，笑声断了，又接上。连着笑了好一阵儿。我终于没法再装，扭头看他，他正目光炯炯地看着我，一逮住我目光就连忙说其实小翠没有错，换了我我也会这么做。小翠没有错，女人家啥最重要，娘家最重要，我总不能叫小翠断了娘家的关系吧？呵呵，我妹妹不懂事，那么大的人了就是不懂事。

我嚼着一口方便面，等我咽下去，他说完了，目光跳跳地有些巴结地看着我，似乎想从我眼睛里挖出些什么东西来。

我不知道他期待的是什么。只能歉疚地报以微笑。

气氛索然无味下来，就像一炉火，没有煤炭，只是几块硬木头，呼啦啦就燃尽了，燃尽了我们就要面对火光的幻灭和灰烬一点点暗淡下去的结局。

方便面一开始很好吃，可是吃到最后一口我忽然心里一阵难过，想吐，赶忙端着纸桶子跑出去。

他们确定明天就出院。

小翠提前拾掇东西。床底下，床头柜旯，窗户边，不经意的地方都塞着挂着放着一些日用品，拖鞋，脸盆，水壶，棉签，创可贴，指甲剪，帽子，外衣，饭盒子，筷子，干粮袋，一箱子没有喝完的牛奶。

那个儿子又来了。脸色比中午难看，好像这个下午他病了一场，刚从病里挣扎出来。来了坐着，安安静静地看着父母说话、忙碌。男人试着挪了挪身子，腿子能动，脚还能从左边移到右边。身子动不了，主要是腰里牵制了全身，他咬着牙要试着翻一翻身，不要人帮忙，自己把两个胳膊肘撑着，一点一点往起来爬。女人和儿子都站起来，在一边眼巴巴看着。他像蛇一样支起了脑袋，眼珠子凸鼓着，再使劲的话我担心那对珠子直接从眼眶里蹦出来。幸好没有蹦出来，他挣扎到半途还是乖乖地放弃，重新躺下了，实验失败。

再缓二十天吧。女人安慰，这才二十天嘛。

男人的声音忽然很凄惨，说傻子啊，这可是腰哩，脊椎折了，这闹不好可是会瘫痪的！

这话吓着了孩子，他蜡白着脸站到远处，不认识似的望着父亲，要从父亲的脸上看出什么奇怪的东西来。

他把钱丢了，一百块呢，中午我刚刚给的——小翠吁一口气，忽然挖一眼儿子，转脸给男人说。

男人好像没听到。他沉浸在刚才的挫败当中。

就是个吃屎的货，大愣愣一个人，连钱都拿不住，还能丢了？丢了就丢了，你不用交试卷费了——你先人这个样子，万一真瘫痪了，你娃娃能不能再念书都成问题呢，你总不能指望我一个女人家打工供养你们几个念书吧？都到这一步了，我看你们还不想着给大人争气！

小翠骂着骂着，自己先抹了一把眼泪。这一抹不要紧，本来干巴巴的眼睛瞬间就决堤了，收不住声，猛烈地哽咽起来。说我守在床头边，喂吃喂喝，白天黑夜连轴转，没有功劳苦劳总有一点点吧？小青凭啥给我那么难看的脸子？以后的日子，吃糠咽菜都是我跟你过，她又不会帮一把，她……

儿子拉开门，要走，看样子心里负气，不愿意说话，小脸儿绷得紧紧的。小翠赶出去送了。回来又坐在板凳上唏嘘感叹，可惜那一百块钱了，拿来买白菜，够腌一大缸了，买盐，要吃多少日子呢，买铅笔墨水，足够娃娃使唤好几年了。最后叹一口气，说我们把娃娃亏了，开学跟我要一本成语词典呢，同学们都有呢，他老是借人家的不好意思，我咬着牙没舍得买，早晓得这样，还不如牙一咬给娃买了。

正说着，电话响了。一个清脆的声音在里面说妈，妈，我把钱寻着了，在我裤子叉叉里头呢，压成一个窄条条我才没有发现，刚才一脱裤子溜出来了。

小翠突然放肆地笑起来，笑声很大，把我女儿从睡梦里给惊醒了，小家伙挺喜欢小翠，乌溜溜的眼睛瞪着小翠，不哭，傻兮兮也跟着嗨嗨嗨笑。

小翠一高兴，话就分外多起来，跟我攀谈起来，我发现这个女人其实很健谈，性子挺直爽，说话不藏头缩尾，我也喜欢这样的性子，我们就家长里短地一直说到夜深处。第二天小翠忙着办出院手续，然后雇一辆车来拉男人。瘦老汉来了，小青来了，小青的男人，一个很敦实的小伙子，也来了，大家用一张新毛毯子把病人卷起来，然后从四个边角上拎着，慢慢地挪进带轮子的床，然后推出去，抬到车里去了。

小翠把一个洗脚的盆子留给了我，牛奶筒子里还有三包牛奶，她给了我女儿，临出门趴下身子，在我女儿小脸蛋上亲了亲，左边一口，女儿接着把右脸蛋伸出来，她又亲了一口，叭——亲得很响，脆生生的。

我们来了也一周了，明儿也能出院了，大夫说戴着石膏回去好好养着，四十天后自己敲碎石膏去掉就可以了。

看着暮色从窗口一寸一寸浸进来，染黑了玻璃和墙壁，我忽然觉得这病房很冷，冷得空旷，心里说怎么不再住进来一个病人呢。就算大家挤在一起不怎么舒服，但是心里不会这么空得难受吧。胡思乱想中困倦袭来，身子靠住墙根，慢慢滑倒，恍惚中，门好像一响，有人直接推开门，水面上被风裹挟而来的小船一样瞬间漂进来，漂到我跟前，吓了我一跳，一张脸笑吟吟地浮在我面前，女儿又惊又喜喊了一声爸爸。

你，你咋来了？你咋晓得我们在这里？

我惊喜得声音直颤抖。

我女儿病了我咋不能来？鼻子下面长个嘴巴，我一问护士就晓得你们住哪个病房了。

他胖了，黑了，身材好像长高了。

他丢了我的方便面桶子，说我看着娃娃你出去吃面，不，别吃面，吃烩肉，牛肉羊肉都可以，一碗不饱的话再要一碗，吃完了再给娃娃也端一碗回来。

吃烩羊肉的时候，我的眼泪落进了奶白色的滚烫的羊汤里。我似乎能看到当接到公婆的电话后，他一路小跑着请假、赶火车、倒班车，顶着一身晚秋的寒气直奔这座小县城医院的过程和那一份仓皇惊吓与牵挂。

女儿得了爸爸买的玩具，很满意，吃饱喝足后撒会儿娇就甜甜地睡了。把她安顿在被窝里，他趴在床前看女儿，看着看着说半年没见，娃长大了，脸儿胖了，五官大了一号，眉毛黑簇簇的，长大了肯定是个俊姑娘。他神情奇怪地看着一边发呆的我，忽然笑嘻嘻说，半年没见，老婆也长大了，变俊了，来，我摸摸，身上胖了还是瘦了。他真的走过来了，脖子下面那个圆鼓鼓的喉结不停地蠕动着，随着蠕动大口大口地吞咽口水，好像他整个人又饥又渴，只想把我一口吃下去解馋，粗重的喘息越来越逼近，直接喷射到我脸上来了。

我跳起来躲着，心里突然装满了委屈，他把我逼在门后捉住了，捧着我的脸，细细地看了看眉眼，然后就一口噙住不放。我又慌又乱，看看头顶上明晃晃的灯，再看看身后那一张床，床当然空着，可我老担心有人看到，心中又急又怕。他觉察出我在分神，哗啦从里面反锁了门，扭身又扑向我，动作更放肆起来，直接把我顶在门上，一下一下撞击起来。我被这奇异的姿态吓坏了，手心里全是汗，我觉得自己像猛然间生病了，发着高烧，迷迷糊糊，慌乱中紧紧抱住了一个壮实烫热的腰。这是我熟悉的腰，可是已经很久很久没能拥抱它了，我感觉自己伸出去的手软得厉害，在颤抖，我的动作和姿势都显得无比笨拙生疏。我十指紧缩又张开，最后像弹琴一样按在了他腰后那些琴键一样的脊椎骨上，我满脑子漂浮着小翠男人那单瘦颀长的身子从钢筋架子上栽下来的情景，那还仅仅是二层，如果更高一些呢，八九层十多层呢？我一节一节摸索着这些骨节，忽然落下泪来，用力按揉着他的腰部，哽咽着恳求他，一定要时刻系上保险绳，多麻烦多热都要系，我要他的腰好好的，一辈子都好好的。

他忙不迭地嗯嗯嗯答应着，我单瘦的身子像一束温湿的柴草，在他手里抖啊抖，终于被点燃了。泪水伴随着我欢快的呻吟包裹了他的身体，湿漉漉的泪水让他全身哆嗦了一下。他不知道我为什么忽然这么伤心，粗粗的舌头舔着我脸上的热泪，舔出一片冰凉。恍惚迷离中，我忽然想，小翠的男人，这辈子还能站起来，还能像这样孔武有力地顶着自己的女人吗？这一刻，我发现我爱他柔软坚硬伸缩有力的腰部远远胜过了别的部位。他不知道我为什么哭，从轻轻流泪发展到了大声啜泣，泪水湿了他肩胛骨，湿了他胸部肌肉，咸咸的泪味和他的汗酸味混合在一起，然后和这间病房里固有的复杂气味融合成了一片。

事后我让他躺在床上，掺了热热的半盆水，抱着他的脚泡进来，脚板上干巴巴的痂块和硬皮刚一接触水，竟然发出丝丝的炸响，好像脚板上所有的细胞都感到了水的温情和舒服，欢快地张开了嘴巴，在畅饮，在享受，在欢呼。他闭着眼，像一个放浪的女人正在享受一场醇厚的性爱，嘴里竟然发出了伴奏似的哼哼声。我学着小翠的样子，歪着头，撩起一捧水，看着水在半空里落下去，在这对日渐变得苍老丑陋的臭脚上溅出一束束明亮的浪花。

我的梦伴随着思念在这个迎送过无数人病痛和悲伤的狭窄空间里酣畅淋漓地发酵着，我不知道自己的泪水早就将那个干瘪丑陋的小枕头浸湿了好大一片，我深深地沉浸在这温暖旖旎的好梦里，蒙蒙眬眬中甚至期盼着我们短暂欢娱的结果能在我温暖的小腹里悄然发芽，并且在九个月之后发育成一个健康白胖的婴儿啼哭着来到人间。

发表于《花城》2016 年 11 期

选载《小说选刊》2017 年 3 期

《小说月报》2017 年 2 期

入选漓江出版社《2017 中国年度中篇小说》

作家出版社 2017《小说选刊》精品选

现代出版社《2017 中国年度作品中篇小说》

山中行

一

那时候山里还没有通公路，电话机和摩托车也没普及到花儿岔这种地方。山里的亲戚之间来往，基本上靠一双脚步行，也有人会推上自行车，要是在陡峭的山路之间遇上一段平坦路途的话，就可以适时地骑行，让自己舒坦一会儿。冬天亮得迟黑得早，天气总是很短，牛子骑着自行车把媳妇秀女驮到附近的集市上，已经是临近集散的时节了，两口子买了点吃的提在手里，四只眼睛匆匆忙忙在人群里寻找花儿岔前来赶集的人。

街道是个三岔子地形，等他们把三个岔道走完一遍，再回到第一个岔口上，人已经散得没剩下多少。刚来时节还熙熙攘攘的那一团热闹气象，好像在这短短的时间里被一阵看不见的风悄然而迅速地吹散了。乡村集市上常见的那些颜色驳杂艳俗、质地粗糙价格便宜、包装零散的货物也都被抢劫了一样消失不见了，大小铺子里的老板和老板娘不是忙乱乱地往里面搬货物，就是懒洋洋地靠住墙根数票子。流浪的野狗野猫出动了，风也猖狂起来，风卷着地面上的破纸片、塑料袋子、旧布片子，在空荡荡的街面上跑来跑去，猫儿狗儿跟着那些旋风裹着的尘埃，也追来逐去。街道上有名的傻老汉王美人头上裹着一片大红的三角巾，笑哈哈撵着一团风跑，跑得投入而热烈，好像他正在指挥一场浩大的战争，大冷的天他却累得脏兮兮的脑门上顶着一层油亮亮的汗。

小媳妇秀女也开始冒汗了，她眨巴着一对毛茸茸的杏核眼，有些委屈地瞪着牛子，她满肚子都是抱怨牛子的话，昨夜说得好好的，一大早就送自己的，谁知牛子临时要赖皮，昨夜跑出去跟人耍赌，后半夜才回来，第二天死活睡不醒，她早起把牛羊喂了，早饭做熟，催了一遍又一遍，他就是不醒。这不，耽搁到九点钟才从家里出发，紧赶慢赶，还是没有赶上趟儿。按她的打算，早早地来，在集市上肯定能遇上花儿岔前来赶集的人，然后她和他们结伴儿一起去花儿岔。大姨娘家里起发女儿，早在半个月前就捎来了话儿，请她去呢。大姨娘的女子茹儿和秀女从小认识，两个人每年都要在外奶奶的家里见上几面，可以说是最投脾气的姑舅姊妹，如今她起发嫁人，这么大的事儿，秀女无论如何都要去吃宴席的。秀女早就给她备好了赠送的心意，一对儿绣了鸳鸯戏水图案的洋枕头，就装在手里的挎包里。

想到此刻大姨娘家里一定聚满了来自四面八方的亲戚，其中就有秀女的几个姨娘、舅舅舅母，还有外奶奶，母亲肯定也来了，秀女心里真是恨不能马上就飞到现场去。牛子左右打量空下来的街面，刚才一口气前后奔跑，加上昨夜没睡好，他一脸倦容，样子有些沮丧。他试探地看着媳妇，说，要不，这宴席你就不去吃了，这隔山架岭的太远了，再说天气也不早了。

秀女觉得有个手在自己心里狠狠揪了一把，扯得她心里颤颤地疼了一下。委屈像水波一样漫上来，眼泪跟着就来了，很快两个毛茸茸的大眼睛变得泪蒙蒙的。她没吭声，眼睛望着四下里看，不甘心就这样跟着牛子返回婆家，就这样错过了茹儿的喜宴，就这样错过和娘家所有亲戚见面的机会。说实话，作为一个女子，自从出嫁到婆家做了人家的一口子人，就很少有自己的自由了，不像女儿时节经常能见到娘家的亲戚，现在就是想见，也只能乘着娘家过事的机会大家见一见。这趟出门，是公婆点头了的，也给了钱让她拿人情。现在已经到街上了，等于把一小半路程都走过了，难道你牛子说不让去就不去了，茹儿肯定在眼巴巴地等着自己去相送呢。

牛子好像浑然不知媳妇的情绪正在起伏，他有些无所谓地摇着头，说算了，看来你这个宴席是吃不上了，花儿岔那地方太远了，尽是盘盘弯弯的山路，难走不说，还一路不见个人烟，你说你一个人去，肯定不行，荒山野岭的——他话没说完，秀女打断了他，秀女指着街口左边的一根电线杆子，喊，我看到了，花儿岔的人，茹儿的蒜头巴巴。

牛子顺着秀女的指头看，也看到了，街口那里有好几根电线杆，靠里是一排矮矮的小房子，全是磨坊，磨面、榨油、碾米，各样机器都有。人多的时候，电线杆上拴满了毛驴和骡子，四面八方的山里人驮着粮食来磨面碾米。电线杆再往前几步，是卖农具的，犁铧锄头背篼笼子簸箕筛子绳疙瘩，农村人生活当中用到的家具在这里都能买到。

秀女有点兴奋，一路小跑，牛子推着自行车大步撵。秀女边跑边喊，他就是花儿岔的，就在岔口上住着，离我姨娘家近得很，我和茹儿担水的时节见过他，算起来他还是茹儿的堂巴巴呢。

小两口一前一后像赛跑一样冲向电线杆。地面上到处是乱石子，自行车的车轮滚滚碾过，碎石子儿在辐条之间飞溅，敲在包链盒上，发出叮叮当当的乱响。这动静早就引起了电线杆子下一个人的注意，他正在拾掇摊子，要结束一天的营生回家去了。听到声音抬起头诧异地看着一对男女狼撵着一样冲自己跑来。

姑舅巴，你还没收摊啊，这就好，我正好去花儿岔哩，正愁找不着一个做伴儿的人哩——秀女身子靠住一根电线杆，喘着气，一口气说出一长串，刚才的狂奔累得她嗓子里冒烟，但声音里洋溢着喜悦。

蒜头是别人送给这个人的绰号，不过确实准确，一根细长的脖子上顶着一颗又尖又瘦的秃头，造型下面大，往头顶上慢慢地缩小，猛看上去还真像一颗剥了皮的独头蒜孤零零蹲在脖子上。

蒜头把手边最后一摞子背篓往一起套，大背篓装着小背篓，小背篓肚子里又塞一个更小的背篓，里面再套一个最小的抓粪子，七八个背篓套成两套，他又用一串绳子把几个柠条笼子串起来，背起背篓，手里提一串笼子，摇摇晃晃站起来，这才认真看一眼秀女，眯着眼睛笑了。

是你啊，茹儿家的亲戚女儿，好好好，等我把货物寄下咱就走。

秀女从挎包里掏一个大苹果，带着一点讨好，塞进牛子手里，指着蒜头的背影说看到了吗，茹儿的本家巴巴，有名的蒜头老汉，卖背篓和笼子的，他个家编的，到处收了用过的旧扫帚老竹子，拿回家裁成竹篾编背篓和笼子，那些大笼子的柠条也是他个家到山里割的。秀女说得很快，叭叭叭一口气说出一大堆，好像蒜头就是她娘家的一个亲人，他的方方面面她都掌握，她急于把他介绍给牛子。

牛子对蒜头没兴趣，看到媳妇既高兴又亲热，他草草扫一眼这个浑身脏烂的干巴老头儿，抬头看看天，打个哈欠，说有人做伴儿我就放心了，快去吧，我也要折回去呢，还要给妈买些酱油，我先走了。

蒜头的货物就寄存在碾坊碾米的老杨跟前。老杨忙完了一天的生意，这会儿出来透气，他脱了外衣在手里抖，厚厚的米糠把一件旧毛蓝罩衫污染得看不见本来的颜色了。老杨哗哗地抖着，眼睛看到蒜头身边直溜溜站着一个年轻的小媳妇，老杨的眼睛扫来扫去看了一圈儿，咧嘴笑了，说蒜头啊，哪只脚踏上狗屎了，咋运气不错啊？

蒜头把一个黄皮褡裢架在肩膀头上，把黄胶鞋的带子往紧绑绑，起身拍拍屁股上的土，说走啊，天气不早，得紧着点上路！又说，把嘴皮夹紧，漏风不要紧，只是不要把谷糠漏了。

前一句是给秀女说的，甩出后面那句的时候他望着老杨的方向。但是他和老杨都不生气，两张爬满皱纹的脸都笑嘻嘻的。秀女在边上看着好奇，就也跟着笑了笑，不过她有点不明白这两个人究竟是啥关系，还有为什么会有那种奇怪的表情。

老杨最后抖一下罩衫，扬声说蒜头你下个集来得请我吃炒面，苏白脸的炒面片子，你不请你是个锤子。

蒜头装作没听见，大步经过磨坊门，然后就走向街道外的河，过了河，那就是通往花儿岔的山路了。

二

山路之所以称作山路，是因为它们具备着山路独有的特征，就像现在展现在秀女和蒜头眼前的道路，狭窄，弯曲，七拐八弯，简直就像是一副盘绕在一起的肠子，弯弯扭扭，没有一截是舒展的，也就没有一截能让人甩开了步子舒舒服服地走上几步。只要踏上南边的这条路，眼前全部都是山，一座山连着一座山。这里的人赶集一般不骑自行车，因为一路上几乎没有骑的时间，上上下下的都得挂着走，要遇上雨雪天气，路滑难走，弄不好就得人把自行车扛在肩膀上走了。最稳妥的办法就是用一对脚板走，需要负载重物的话，吆上骡子或者毛驴，毛驴最好，轻巧，灵活，能帮人不少忙。

秀女清楚去花儿岔是啥路况，离家出发前作难了一阵儿，想穿自己手做的布底鞋，布鞋看着不够洋气，但是上了长路就能知道它们的实惠。穿上脚后，她对着穿衣镜左看右看，再看看红艳艳的新棉衣，褶子直翘翘的青裤子，头上刚换的崭新粉红头巾，全身上下一簇新看着挺好，可是目光往下，看到脚上的布鞋，真叫人觉得越看越难看，一点都不搭配。啥衣要啥鞋配呢，布鞋穿着舒适，就是样子不够洋气，甚至肿头肿脑的说不出地难看。她犹豫再三，牛子在门口催得急，干脆一咬牙换上了洋气的干板平绒鞋。

她穿着平绒鞋到了集市上，然后又跟着蒜头走山路，眼前是一段漫长的上坡路，而且是个紧坡。两个人都不说话，一口气走出一大截路，走到最高处，秀女感觉脚有点疼，鞋夹脚，新鞋就是这样，刚上脚感觉合适，走走麻烦就出来了，需要好好地磨合磨合。身上也好热，脊背隐隐透出一层汗，她舒一口气，抬头看前面，同时伸右手解开一颗纽扣，凉风马上顺着豁口往进钻，她舒畅地深吸一口气，前面蒜头正好也停下来，在等秀女，一面把肩头的褡裢从右肩挪到了左肩，他定定地瞅着秀女，说我没记错的话，你应该是叫个秀女子，娘家是柳树梁的，你前年腊月里来过花儿岔，你比茹儿大着一两岁。

秀女回头望远处的西边方位，那是他们刚刚走出来的集市，现在那里空荡荡的，几乎看不到人了，她的目光又往北边更远的方向看，这会儿丈夫已经骑着车子远离集市了吧，不会又跑到哪里耍赌去吧。她心不在焉地点了点头，说对着哩，姑舅巴巴你好记性，我是茹儿的姑舅姐。

远处的太阳似乎距离西山近了一点，秀女加大了步子，说姑舅巴巴，我们走快点，不加紧的话恐怕就要带夜了。

蒜头的目光在她领口上滑过，望一眼前路，说对啊对啊，得赶紧走，带夜了我不要紧，你一个年轻轻的媳妇子，可就苦辛得很。

秀女没在意，跟着笑笑，说姑舅巴巴你隔三天一个集就得来集市上做生意，这来来去去的，你才苦辛哩。

她注意到蒜头脚上的鞋破了，黄胶鞋从后面帮口上破开，眼看就要彻底倒塌，他每往前走一步，一个粗糙的脚后跟就往后鼓，鞋跟出塌出塌扫着地面，黑布裤子的裤脚有点长，也扫着脚后跟，裤边子刷得起了一层毛。黑布吸土，这一段土路走出头，两个裤腿上都吸着饱饱一层黄土。

是个可怜人。秀女在心里叹了一口气，一种微微的怜悯在心里浮动。她紧赶几步，跟上他，心里想，这老汉女人殁了好十几年了，一个人拉扯着一堆娃娃，真是一把屎一把尿，当了男人又当女人，外头的地得种，回到家里吃不上一口热饭，还得扁起袖子亲自做饭，一个大男人家，粗活儿难不倒，那些锅灶上的面活儿、缝缝补补的针线活儿，才叫犯难呢，好像是五个娃吧，女人走的时节连一个都没拉扯成人，最小的一个好像才一岁多，他硬是拿面汤汤给喂活了。这些都是茹儿告诉她的。

茹儿带着秀女去过他家，她们是念苏热后端了烩菜去送，当时蒜头不在，一座破破烂烂的黄土院子里，两间房藏在一道低崖下，屋子里又脏又黑，连视线都有些浑浊，当时秀女都不愿意踏进门槛，她站在门口看着茹儿把一盆子烩菜倒进一口黑乎乎的铁锅里，她们就离开了，正是那次回家的路上茹儿跟秀女说了蒜头一家人的情况。秀女记住了挨墙根儿站着的几个娃娃，一个个又脏又烂，一个据说是九岁的女子，头发毛得像一窝刺，茹儿说她已经学会做饭洗锅了，七岁上就踩着板凳开始学的。秀女好惊讶，倒不是惊奇女子学习锅灶的年纪小，而是她太脏了，袖口和前襟上磨出的烂线吊成串儿，线串儿上挂着垢甲疙瘩，那个样子做饭，做的饭咋能吃得下去。

咋不再寻一个女人，屋里没个女人肯定不行。秀女呆了一会儿，忽然问茹儿。

茹儿搐着鼻子，说拿啥寻，家里夯得屁屎腥气，哪个寡妇愿意跟他，除非人家眼瞎实了。

蒜头没能力续弦，只能一直打光棍，一个人拉扯着一堆娃娃过活。

秀女偷偷打量这个背影，发现从背后看，他的背影其实不怎么老，远远没有面孔那么沧桑。一对短短的腿，有点粗，微微叉开，向外撇，一步一步慢慢走，踏出的脚印显得有点奇怪，黄胶鞋印出的一个椭圆从中间断开，前后两个圆坨，中间细细的，好像一个细腰的女人立在路面上的尘土里，在叉着腰看人。一对膝盖弯里，裤子打出一串褶，褶子好像是谁用心专门叠出来的，左边是五道，右边也是五道。这些褶子纹路清晰、粗糙，一直延续到屁股蛋子那里。裤子宽绰，几乎看不到裤子里包裹的屁股形状。上身的棉袄没有套罩衫，后领和袖口脏兮兮的，不知道蹭了多少垢甲，胳膊甩动，擦着衣襟，秀女从侧面看到他的衣襟上亮晃晃地闪着光，那也是油垢甲。

秀女想笑，嘴角扯了扯，却把一声叹息咽进了肚子。没女人的男人真是可怜，仅仅是看一眼这穿着就能知道家里的日子有多恓惶。吃喝上受罪，穿戴上没人洗刷，儿女上头一个人操着两个人的心，就算这些都撇过不说，单单是一个人，长年累月地孤单单熬着，白天艰难不说，夜里的日子只怕也不好过吧。她不由得想起牛子夜夜缠着自己的样子，他们是新婚，牛子也年轻，不知道到了蒜头这个年纪的男人是啥情况，还会不会像年轻人一样贪婪。就算精力跟不上，没那么热火，时间长了，总还是会熬煎的吧。他离开女人这些年，难道就一直心里静得像水，夜里就不孤单？

哎呀，你胡想啥呀？秀女赶紧在心里悄悄骂自己，脸也烧起来，伸手心摸了摸，这脸蛋水嫩嫩的，出了微汗，摸着像一颗饱满的桃子，她干脆悄悄掐了一把，自然没舍得掐破，却有点疼。就应该疼，胡思乱想啥呢！她发现自己刚出门就开始想念牛子了，尤其想念他在热被窝里的身子。

呸呸呸，越来越没脸了，想那没良心的做啥！

脸更烫了，怕蒜头看到，她装作看风景，扭头把脸朝后看，发现夕阳又低了一些，眼看着就要驮到山肩上了。心里说还是加快赶路要紧，总不能带夜路吧。这时候她才发现蒜头的脚步没有开始那么紧凑了，他扑塌扑塌走着，一步一步慢下来，本来一直走在前头，现在，慢慢要和她并肩而行了。离得近，秀女能闻到他身上的味道，一股气味不太好闻，有点呛人，尤其这会儿又是迎面风，风从他身上扫过，飘进秀女鼻子里的是一股干燥的土腥味，还透着汗腥，还有点尿臊的味道。好像是很多味道混合了，又被他捂在衣服深处，经过一定时间的发酵，最后才制造出这样复杂的气味。有点臭，不好闻。他应该是很久都不换水吧。秀女悄悄在心里猜度，据她在花儿岔做客留下的印象，蒜头在花儿岔的男人里算不上有教门的人，似乎茹儿就说过，别的男人七天的一次主麻肯定要去礼的，他总是绕着寺门走，一般很少进去。这样的人，身上是不是经常带着水就难说了。说实话，换水也是一件麻烦事。牛子就不爱换水，每次和她温存之后，她都要爬起来洗一壶，牛子只有去寺里之前才洗。她骂过他。他厚着脸嘻嘻笑，说还年轻嘛，等上了岁数再讲究教门。听听，这都是啥话啊。想到这里她忍不住咧嘴笑了。说良心话，论起来也不能完全怪牛子，小两口儿正是热火的年纪，夜里在一个被窝里钻着，谁都忍不住啊。

一扭头，撞上了一对眼睛。

秀女咧着笑的嘴愣住了，对方也正在望着自己笑，笑得有点傻，厚厚的嘴唇翻开，露出几颗又大又黄的板牙。

她不由得也跟着笑。

他笑得更欢了，嘿嘿响。笑的同时身子一点一点往近挨了过来。她第一次发现他脸上的皮肉那么松弛，腮帮子软软地垂着，很容易就把嘴咧到了最大限度，牙花床子露出来了，那些肉红丝丝的，肉当中镶嵌着牙，他的牙很凌乱，挨挨挤挤歪歪斜斜的，每一颗牙面上都明晃晃泛着黄。

小两口儿亲热的时候会亲嘴，你吸吮我湿津津的嘴唇，我软软的舌尖探索着舔舐你的牙齿，恨不能把对方吃进自己的肚子里来。

牛子亲起来就没完没了，简直让她喘不过气来。

这男人的嘴也亲过女人？

让这样的嘴唇亲着，好像有点恶心啊。

这张嘴离自己越来越近，都已经凑在眼前了。

这是要干啥啊？

秀女忽然就醒悟过来，跳着脚往右躲，右边就是地埂子，她没地方躲，干脆跳着脚冲出几步，回头狠狠瞪了一眼。

蒜头似乎还沉浸在一种奇怪的气氛里，他笑嘻嘻瞅着秀女，左手往后一凑，把右肩上就要滑落的皮褡裢往起托托，咧开嘴嘿嘿笑，说大妹子，你、我、我……

脚上一阵痛，现在她有点后悔，低头看着自己的脚，为啥没有穿布鞋呢，穿开的那一双，虽然旧了点，也没有买的鞋体面，但是甜活脚呀，走多远的路脚都不受罪。现在这双鞋好看是好看，可这才走了多长一点路呀，就这样了，剩下的路途咋办？心里发愁，两个脚好像被唤醒了，疼痛顿时明显起来，火烧一样发烫，每走一步，感觉都像踩在一簇火星子上。

秀女装作没听懂蒜头的话，低头抖了抖脚，鞋紧紧箍在脚上，鲜艳的平绒鞋面落了尘土，已经没有出门时候那么鲜艳了。

秀女不知道他你你我我了半天究竟要说什么，不过她好像能猜到这个人要说啥了，她不还嘴，闷头走着。

蒜头好像受到了一种看不见的鼓舞，他又往右边凑了凑，说大妹子，晓得有你今儿陪着哥走这一程路，哥在苏家杂碎摊上割二斤牛头肉，我两个说说笑笑走路，香香地扯着吃，唉唉，怪哥不是个早知道啊——

秀女右边下去是大片的土地，地埂子窄窄的，秀女感觉自己再退，就要一脚踏空栽下去了。

左边的气味在逼近，汗臭、土腥和男人身上才有的那种味道之外，还有蒜臭味。他肯定吃蒜了。花儿岔离集市远，要来集市上摆摊做生意，他一大早就得离开家上路，家里没女人伺候他吃喝，所以他肯定没有在家里吃。到了集市上，就忙着摆摊招揽生意，不会有时间去饭馆里吃一碗热乎乎的面，再说像他这种小本生意人，也是吃不起一碗饭的，一碗炒面都涨到五块钱了，他编一个背篓才卖八块，家里一堆娃娃张着嘴等吃喝呢，他哪里舍得给自己买饭吃。只能是自己带了干粮和大蒜，一边做生意，一边抽空儿掏出馍馍啃，馍馍干，吃不下去，就着大蒜好歹能多吃几口。农活儿忙得昏天黑地的时候，庄稼汉人总是这样吃干粮。

要是被这样的嘴巴按在地上亲几口那是什么滋味，要是再被扯破了衣裳……恶心的感觉顿时漫上心头。她感觉左边的人又挨近半步。那身子热烘烘的，臭烘烘的，还在说着话，试探着往前靠近。再有半步她就会栽下去。下去就是干硬的土地。冬天的山野里很少有人，天色晚了，现在这山路上连半个人影都没有。只有两个人，她和他。一个被一双新鞋夹得脚疼的年轻小媳妇，一个四五十岁的老光棍。这光棍除了四季在地里扛农活儿，一有空闲就往集市上跑，用旧竹篾编制背篓、笼子换几个小钱。他的肩膀是扛过步犁的，扛过粮食袋子的，他的胳膊能撑得住架子车，他的手捞得起锄头和铁锨，别看他瘦巴巴的，其实山里的庄稼汉男人，随便哪一个，一般女人都不是他们的对手。

只要他一把捏住她的胳膊往下按，自己能打过他吗，只要按下这地埂子，压在下面，就是咋哭咋闹肯定都没用，这旷野里哪会有人正好路过相救呢。

心忽然就跳荡起来，跳得很激烈，一下一下撞击着胸腔。嗓子眼里有一股火，她感觉只要自己稍微松开嘴皮，那股火就会蹿出来。

我真是个蠢货，笨死了，咋就给自己找了这么个伴儿，这不是绵羊和狼搭伴吗。

她恨恨暗骂。

左边的人更近了，似乎有个大手晃悠悠伸了出来，直接向她胳膊上抓来。

一声尖叫没有喷出嗓门，她猛然加大步子，冲向前方。几步跨到路中央，不停，快快地走，接着跑了起来。

她超过他了，把他甩到后面了。

脚疼得钻心，她想不行的话我得把鞋脱了光着脚跑，这时候还顾啥呢，冷点也没有啥，跑脱才最重要。但是脱下这带扣襻的鞋需要花费时间，一弯腰，一停留，万一被抓住了咋办？不能停，跑，脚疼就疼吧，农村妇女的脚，耍啥娇气呢。她扭着脚跌跌撞撞地跑着。两边的田地在眼前闪动，风擦着耳畔消失，发出呜呜的叫声。

跑着跑着，秀女感觉身后有些空荡，没有人在追赶自己。

没有大跨步追赶的脚步，没有喘着粗气堵截的身影，连那股子汗腥味蒜臭味都没有了，只有风在猎猎叫着擦过耳畔，风好像在大声地笑。

胸口一股甜丝丝的血腥味在翻涌，好像这一番奔跑把沉睡的五脏六腑打翻了，错位了，搅和成了一团，在热烘烘地拥挤着颠倒着，血腥味伴着呼吸从嗓子门里往上冒。她深咽几口气，把那种感觉压下去，慢慢地回头看。

他果然没有追来。

地面很冷，冰凉透骨，秀女赶紧穿上鞋，他没有紧追而来，在远远地慢悠悠走着，同时右手举起来扬动，有些艰难地晃着，像落进水里的人在水面上举着一面旗帜，在苦苦地求救——大妹子大妹子，你跑啥呢嘛，哥岁数大了，哪里赶得上你年轻人——我们两个消消停停走么，急啥哩！

她拧过身看，他终于一点点赶上来，她发现他显得很正经，那张脸还是在大街上摆摊的样子，爱笑，一笑一双眼睛就深深陷在一圈松弛的眼睑里，罗圈腿快步走起来很不利索，一撇一撇的，看看就要撵上秀女了，却不超过，收住脚步，仰起头来，望着秀女嘿嘿地笑，样子竟然有点腼腆，喘吁吁说大妹子，你真是个急性子——可能这几步赶得实在急，黑红的脸憋得通红，鼻孔里喷着粗气。天气还早得很嘛，你说你急个啥，哥这气管炎容易犯——

笑容傻乎乎的，显得憨厚、亲昵，像一个犯了错误的娃娃在变着法儿跟大人撒娇，不，不全是，这里面分明带着一种长辈对小辈儿才有的嗔怪。

秀女忽然有点不好意思。

她不敢看蒜头的脸，心里的那种担忧已经烟消云散了，奇怪的是，她心里感觉不到轻松，倒好像有那么一点点的失落，好像她本来在隐隐地期待的一个什么结果被人悄然扭转了。是什么结果呢，她不知道，这念头模模糊糊的，很不明晰。不不，肯定不是那样的，而是另外的样子。另外的样子又是什么样子呢，她迷糊了。就像有人给她一颗糖，她不接，不吃。人家不给了，她竟然又有点想那颗糖。哎呀这都啥心思啊，太乱了，多没羞耻呢，她赶紧狠狠摇头，同时转身，干脆站到风头上，让凉风吹脑门。风掠过，汗水顿时就僵在脑门上，心头的迷雾慢慢散开。她觉得是自己的感觉出了问题，人家比自己大了十多岁快二十岁呢，胡子都有了，又一口一个大妹子，喊得跟亲兄妹一样，人家难道会有啥不好的想法。都是自己多心，想多了，把好人想到歪路上去了。

她有点歉疚，赶紧赔笑，姑舅巴巴，这天气实在是不早了——

要不你头里先走——蒜头还是笑眯眯的，一笑牙花床子全部龇了出来。

秀女这一回没觉得那牙床子有多脏。

想不到他会这么干脆。

秀女心里的内疚在悄然滋长，她暗骂自己心里的弯弯绕真是太多了，硬是把一个好好的亲戚老哥给想岔路上去了。

也许，人家那会儿凑近自己只是想靠近点说说话儿，也许人家根本就没有举起手拉自己，只是想抠抠头，也许，人家压根儿就没有抬手，只是自己的感觉出了问题。

秀女越想脸越烧。

还没看清楚就急惶惶乱跑，还差点大喊了起来，这要是在人烟稠密的地方被人撞见，可不活活地冤枉了一个好人。

他把姑舅巴巴改成了哥，把她喊大妹子，称呼上的变化她注意到了，但是一开始的那种不舒服感竟然消失了，爱咋喊就咋喊吧，又不会少了自己身上一疙瘩肉。

她感觉心头一阵轻松。有一种豁然想通了的舒畅。

他一屁股坐在了地上，仰着脖子换气。他果然有气管炎，这一阵追撵，像一蹿火烧着了他的嗓道。

她有点可怜他，伸手在包袱里一阵摸索，摸出自己的一块新头巾递了过去。他也不推辞，接了头巾就往脸上擦，沿着额头往下，一直到下巴，擦了一圈儿，又把脖子擦了，头上也擦了。瘦巴巴的胳膊举着手在干瘦的头上蹭。那种奇异的感觉又浮上心头来了，好像挨着他的头和脸摩擦的不是头巾，而是自己的手心。她赶紧开解自己，既然给了他擦汗，就由着他擦吧，反正到了姨娘家要洗洗的，洗了连夜搭在火炉筒子上，赶明儿天亮肯定就干了，不耽误自己搭着新头巾送茹儿嫁人。她看着他擦汗。他的手劲叫人看着有点别扭，好像他望着的不是一块头巾，而是一个什么柔软的东西，他十分珍爱，带着小心举起来，小心翼翼地有些舍不得一样地慢慢地擦着，这柔软的动作给人很温柔的感觉。

温柔？秀女差点笑出来，赶紧捂住了自己的嘴。这是啥奇怪的感觉啊。一个浑身泥巴的老光棍，竟然会温柔，他又不是一个女人。

蒜头擦完了头，把头巾慢慢折好，送了过来，大妹子啊，老哥这腿脚越来越不行了，你看，走这点路就疼得不行，唉，都是穷日子害的啊——他不说了，忽然被大风刮过的谷子一样，使劲地摇头，好像要把无数的感慨摇进肚子里。看样子要站起来，试了几次，却没能起来，好像那邋遢的身子很沉重，他提不起这副身子骨。

秀女也不知道自己怎么就把一只手伸了过去。

秀女是去年冬天结的婚，在娘家算得上是娇养的女儿，这一年在婆家做新媳妇，那些粗重的苦活儿她基本上没沾手，每天洗洗刷刷做饭扫地，一双手不算粗，甚至有些白嫩。她把自己一只白生生的手伸在蒜头面前。

蒜头自己也没有想到。他忽然有些慌乱地伸出手，秀女的手还没抓住，他又缩了回去，在裤脚上蹭了蹭，这才再次伸过来。

秀女忽然心里一阵烦躁，刚才喧腾在心头的那点怜悯没有了，她闻到了他身上的臭味。手还是被捏住了，捏得很轻，好像怕捏疼了她。却很紧，像一片干硬但是带着黏性的胶粘住了。秀女狠狠地抽，她忽然觉得自己有些荒唐，这荒山野外的，天气都要黑了，自己竟然对一个男人心生可怜，这叫啥事呀，对方还是个没有女人的老光棍。他要是一把抓住了不放手可咋办，要是乘势把自己拽进怀里可咋办。她气恼地抽手，用上了劲，刚才的温柔劲儿顿时消失得干干净净。她有点恨。

意外的是他的手竟然有点软，不像他的人那样又干又硬又冷，这手软塌塌的，手心里潮乎乎的，秀女想到了刚从开水里捞出的酸菜叶子，被开水煮过头了，也正是这种软乎乎湿答答没筋骨的样子。这样的手咋就把那些粗糙的竹篾给摆弄成了那么精巧细致的器具呢，背篼、笼子、筛子，一样一样做出来，有模有样的，天长日久地侍弄竹器，这手心应该是粗硬得像耙子才对呀。

就在秀女愣怔的时候，蒜头好像有些害羞一样松开了秀女的手，他不让秀女拉，自己扶住墙根儿爬了起来，拍了拍屁股上的土，咳嗽着回头看身后，一轮夕阳完全地落在了山头上。落下来的夕阳明显比挂在半空里大，好像一个刚滑出鸡屁股的软蛋，软软地落下来晾在那里，还散发着淡淡的余温。

三

山路之所以叫山路，不仅仅在于它的弯曲陡峭，走起来艰难辛苦，还在于它明明看着很短，走起来却曲里拐弯地漫长，越走越长，越走越乏力。

秀女也是山里长大的姑娘，对山路是不怕的，可是嫁到婆家这一年几乎没走山路，把娇贵的毛病给养出来了，加上一双鞋不趁脚，等翻最后一道坡的时候已经迈不开步子了，她只能五个脚指头紧紧挤成一把，忍住疼痛拧着脚跟走。

她的包袱早就被蒜头接了过去，和他自己的褡裢一起扛着走，秀女不知道他褡裢里装了啥，反正看着不轻。秀女的包袱里是一些水果，街市上买的时候她觉得买多了好，掏出来摆在姨夫家的桌子上面子上好看，现在她真是后悔买多了，兜里还装着人情钱呢，何苦又额外买这一包累赘呢，真是越走越重啊。蒜头把它们加在自己肩头，秀女感觉蒜头的腰身明显弯曲了下去。

还有一个手提包，秀女坚持自己背着，那里面是给茹儿准备的礼物，还有一些杂七杂八的东西，包括秀女这几天在姨娘家搽脸的油和粉。别看是小东西没分量，上了长路也是一份拖累呢。她脚疼得恨不能丢了手里的东西，只抱着脚歇缓，一步路也不走了。本来他们出发得迟，这一来赶路的速度更慢了，平时两个钟头能走完的路，他们走了四个小时还没有到家。

秀女一步一步落在了后面，她望着薄薄暮色里的身影，那个影子干瘦、单薄，一对扁瘦的肩膀扛着一颗扁长的脑袋，右肩膀要比左肩膀高一些，两个肩膀不平，腿也不好，随着迈步，厚子那里一趔一趔的。要不是自己那一包水果压在身上，他不会这么艰难吧。秀女心里有点难受。这一路太平地走下来，他再也没有说什么，也没有什么动作，一直都是那个喜欢傻笑的姑舅巴巴。自己竟然差点把他想到歪路上去了。

不过这个人是真的可怜。

秀女说不上自己今儿咋了，就是禁不住地要乱想。光棍十几年甚至几十年的老男人她不是没有听说过，她从来就没有想过他们的日子是不是好过。今天她真是吃错药了，一路走，一路都在思谋这个问题。

等翻过这座山坡下了坡就是花儿岔了。

秀女再次回头瞧身后，夜幕悄无声息地压下来，像一匹没有边际的巨大薄纱，把天地都笼罩了，他们走过的路也在身后模糊了。

这一路要没有蒜头做伴，自己一个女人家走，还不知道会吓成啥样儿。

她悄悄舒了一口气。

咯噔一声，脚脖子偏了一下。

疼得她喊了一声妈。

蒜头转过头来，咋啦，你咋啦？

他的声音显得很焦灼。

走了这几个钟头的路，鞋不合适，秀女的两个脚早就像夹在门缝里来来去去研磨一样，越走心里越委屈，不知道为什么委屈，有点恼恨，有些抱怨，心里说牛子你真是绝情，就不能陪我走一趟啊，就算山路不能骑车子，你可以推着车子走啊，只要能陪着我就是，有你在脚疼我还可以喊一喊，甚至可以靠住你的肩头歇一歇，再过分点还可以赖在你身上，让你搀着走。死货牛子，就知道耍赌博，真忍心叫媳妇一个人走这么远的路啊。

越想心里越委屈。如果说刚开始的委屈是朦胧的、不确定的，现在忽然就明朗清晰了，具体真实了，完全地落到牛子一个人身上了。臭男人，怪不得电视剧里的女人都喜欢骂男人是臭男人，谁说不是呢，夜里需要的时候把你疼得恨不能吸了骨髓，白天呢，白天屁股一拍就上赌场了，这么年轻的媳妇也舍得让一个人走这么远的路。

秀女爬起来，心里憋着一股气，故意跨出大大的步子，心里说脚脖子能疼断就疼断吧，最好废了算了，省得以后给婆家跑前跑后地下苦。疼痛钻心，整只脚都疼，酸麻，僵直，好像脚面和脚心那里连接的骨头断了，一走一错位，一动一抽搐，骨茬儿在蠕动。疼得她感觉整条腿也不利索了。

你要是吃力，我们走慢点。蒜头说。

秀女没吭声，她在努力地憋着不哭出声。

但速度确确实实更慢了，她像娃娃学步一样歪歪扭扭地走着。每一步都疼痛钻心，每一步都能感觉到硬硬的部位磨着娇嫩的皮肉，肯定早就磨破了，血也没少淌，袜子黏糊糊粘着。照这么走下去，肯定得走到半夜去。

她又坐下了，脱掉了鞋，只穿着袜子走吧，好歹要比套着这铁箍一样的鞋要舒服一点。

蒜头回头看了看，忽然把肩头的挎包卸下来放到路上。秀女惊得坐起来，心里说这个人要干啥，是不是要乘我这个样子做啥坏事呢。她知道来不及跑，后面是黑沉沉的路，前面的路也模模糊糊的，能跑哪里去呢，她抬手抓住了路边的一牙子黄泥块。这种含着岩浆一样的土块有些坚硬，要紧关头好歹可以拿来当作利器防身的。秀女已经想好了，就对着蒜头的眼睛拍出去，只要他眼睛看不见，自己就可以逃跑了。

蒜头却没有急着来为难她，他一屁股坐在路边，抓起自己的脚就扒拉。他穿的是胶鞋，系着鞋带，看样子他系得很紧，汗湿透了鞋底子，脚心粘住了，一时拔不下来。

他要做啥？秀女抓紧了土块。他扒拉臭鞋做啥？

一股臭味顿时弥散。

蒜头把鞋子递了过来。

秀女才明白他这是要自己穿。

秀女捂住了鼻子，太臭了。

暮色里透出一抹淡蓝，离得太近，秀女看到蒜头的瘦脸上显出一丝儿羞愧，他忽然一把掀起了自己的衣襟。秀女觉得自己的心都要飞出来了。这人忍了一路，现在终于装不住了，露出真面目来了，开始脱衣裳了。她两个手同时握紧了两块土疙瘩。只要他的脸凑上来，她就毫不客气地拍出去。

嘶啦啦的撕扯声在暮色里分外清脆。秀女看到蒜头又脏又旧的棉衣下的线衣同样很脏，都脏得看不出原来的本色了。他把自己的线衣撕破了，线衣很脆弱，好像已经被风吹化了，他的手一扯就裂，他扯下两大块。

要做啥？

秀女蓄积着力量，她觉得无论如何这一击拍出去都得既准又狠，如果失去了这个机会，接下来肯定就不会有自己的好果子吃了。

老牲口，只要你敢动瞎心，我就下得去手。

这一刻她觉得自己就是奶奶讲的古剧里的王宝钏，真正的贞洁烈女。

蒜头没有扑上来压倒秀女，而是一把捏住了她的脚。

秀女举起了右手里的土疙瘩。

她没有拍出，因为蒜头的动作没有她想象的那么急，那么剧烈，那么来势凶猛。

他竟然有几分轻柔地慢慢抬高了这只脚，褪下了袜子。

秀女穿的是一双新尼龙袜子，走了这一程路早就被汗湿透，空气里顿时有了一股奇怪的臭味。秀女慌乱地去护脚，但是蒜头已经掐住袜子往下褪。她的脚其实很娇小，袜子也大，但是汗水和血水把袜子粘连在脚心上，随着撕扯，细细的疼痛毛毛虫一样满脚心爬动。

秀女不知道自己为什么没有拍出土疙瘩。

其实该是拍出的时候了。

在古代，女子的脚是最珍贵的部位，奶奶说过，姑娘家很小就缠脚，除非出嫁见了自己的丈夫，一双三寸金莲一般男人是绝对见不到的。在回民的讲究中，女人的脚也是不能随便外露的，要是叫阳光照到就等于失了伊玛尼。

现在的女人不用缠脚了，但是一个女人的脚，丈夫之外的男人能见到的机会也不多，像这样捏在手心里的机会，好像她还没有遇上过。

你这娃娃，咋不早说？

蒜头抱怨。抬手从路边抓一把细土，撒在脚上，然后慢慢地搓。

他是抱怨吗。秀女两眼发紧，忽然想哭。蒜头的音调哪里像一个并不熟悉的男人，而是一个疼爱她的男人，父亲，或者爷爷。反正不会是牛子。牛子就没有这样捏过她的脚，牛子直接扑倒她的身子，享受该享受的，牛子才没有兴致花费温情这样对着一只臭脚温存。

她忽然有点遗憾，牛子，似乎应该给她更多，可他就是没有给予更多。而这一点她从前是没有发现的。现在忽然就醒悟了。这醒悟让她心跳，脸烧，心忽然就跳得止不住，好像心已经勾搭了牛子之外的男人，心干了不好的事情，身子却没有干，身子撞破了心的秘密，心为忽然暴露的秘密而羞愧得不行。

我咋能这么想？我是不是学坏了？

一个声音在质问。

她感觉手心里出汗了，那块土疙瘩的一角被她捏出了热烘烘的温度。

看把脚磨成啥了？

他说。

他的声音在颤抖。

秀女的心也在颤抖。

她再一次抓紧了土疙瘩。

现在他离她很近，近到她都能闻到他呼吸里的气味了。她忽然发现，他的气味里除了汗臭、腥味，还有竹篾器具的味道，竹子泡在水里湿透的味道，小刀划过竹篾劈出一条条竹篾，随着碎屑飞扬，溅落出细细碎碎的味道，阳光晒干竹器，逸散出来的淡淡的植物才有的味道。

蒜头忽然就叹息了一声。

一声叹息把两个人从遥远的地方同时拉回到现实。

秀女立即往回抽脚，同时举起了土疙瘩。

只要他稍微流露出不轨，她就可以反击。

但是蒜头没有进一步的过分行为，他用线衣的布缠裹起来。现在秀女明白他为啥要扯出又细又长的布条了，他像缠脚一样从脚跟开始，一圈一圈裹，把整只脚密密地裹在了里面。然后他把自己的胶鞋套在上面。胶鞋又大又破，她穿不住，他掀起衣襟又撕线衣，扯下线条来绕着她的脚绑了一圈儿。右脚结束，他用一样的方式缠完了左脚。

你起来试一下。

他说。

秀女颤抖着站了起来。

像吃奶的娃娃学步一样迈步，稳稳地走出几步，然后试着大步走，不疼，除了脚踝骨可能拧肿了有些酸胀，脚掌、脚心和脚指头都不疼了。

蒜头已经把他的皮褡裢扛在肩头，又把秀女的一包水果丢在上面，手里提着秀女换下的平绒鞋，甩开步子就走，他不回头，声音硬朗朗扔到后面来，大妹子，还疼吗，疼也要忍着，下了这道坡就到了。

他光着脚，和她拉开了三步远的距离。

秀女想说你的鞋给了我穿，你咋办，天气这么冷，光脚要冻坏的。

她没有喊出来，她发现不知道该把这个男人喊啥，跟着茹儿的辈分喊姑舅巴巴？还是像他自称的那样，喊成哥？她张大的嘴巴慢慢合上，啥都不想说了，说啥都给人感觉是多余的。

秀女踮着脚碎步追赶，她忽然感觉自己的脚说不出地娇气，是不能大踏步甩开走的，是不能放开跑的，最合适的方式就是这样小碎步轻轻走。每走一下，脚心里一股软软的稳稳的感觉在扩散，像什么呢，像踩在水面上，像踏在绵软的黄土当中，像有一双手在轻轻地摩挲脚心。她有些喜欢这种感觉，有些沉醉，甚至有点享受。夜幕已经落下来，风更冷了，她感觉冷风吹过，两个脚凉凉的，真是说不出地舒服。

剩下的路程很短，他们几乎没有再说话，在沉默中走完了。

花儿岔到了。首先经过的是秀女的姨娘家。大门开着，屋里透出灯光来，可能因为明儿过喜事，大家正忙着明天的宴席，屋外的廊檐下也挂了一盏灯，高灯照远，半个院子里都亮晃晃的。

秀女在麦场边收住脚步，脱下鞋，蒜头把那双干板鞋递上，秀女轻轻穿了，蒜头早就把一包水果卸在地上。秀女刚要说你进屋喝口水缓缓再走，蒜头已经接过他自己的鞋掉头就走了。

他竟然没有吭一声就这么走了。

秀女怕大声喊惊动了院里的人，心里却又不甘心，好像还有什么牵扯，来不及穿鞋，干脆光着脚赶，追到麦场尽头撵上了蒜头，她想说姑舅巴巴多谢你了，可嗓子干得厉害，嘴唇也是干的，什么都没喊出来。她看到蒜头在麦垛的阴影里站住了，用背影对着她，举起了手里的什么，放在鼻子下面闻。秀女断定那正是她刚脱下的鞋，好像那鞋子经过她的脚穿，留下了诱人的香味。

秀女慢慢地傻了，呆呆站着，草垛在麦场边，离得远，院里的灯光照不到这里来，一轮月亮从云缝里钻出了头，月光毛茸茸的。月亮像跟大人捉迷藏的孩子，小脸蛋上透着红红的兴奋，瞅着地面上的秀女傻笑。

秀女愣愣地看着月亮，月亮冲她挤眼睛，她也给它挤眼睛，月亮给她努嘴巴，她也跟着努努嘴，直到这小脸盘儿重新钻进云层躲起来，她再看远处，蒜头早就走远，像一缕很轻的风，消失在淡淡的月光里。

发表于《清明》2017 年 6 期

选载《小说选刊》2018 年 2 期

《新华文摘》2018 年网络版

入选漓江出版社《2018 年中国短篇小说年选》

梅花桩

一

接完哥哥电话，我快速将最后一段过道擦完，跟保洁部经理请过假就往家里赶，我得赶在他到来之前把家里先拾掇一番，不能让他看出破绽。

从上班的酒店到住宿的康居小区，路途不远，五个公交站点，下班我一般不乘公交，步行回家。走一走实在挺好的，用大家时髦的说法来讲，走路可以减肥，其实对于我来说最重要的是可以节省出一块钱的车费。早晨时间太紧，得挤公交过去。

现在情况特殊，我打了车。下车时我递上老早就备好捏在手心里的四块钱。出租师傅说五块。

我从包里再翻出一块，可我不甘心，不是四块吗？你咋五块？

早涨了，师傅有些不耐烦。

我觉得自己不能就这么不明不白地多花出去一块钱，我用手扳住车门子，指着玻璃下端的几个字，你们明明写着起步四元，这才走了几步路程呢？也就刚刚是个起步吧？

司机一边打方向盘，一边从车里探出半边脸，嘴脸有点狰狞，说起步是四块，但还有燃油补贴呢，你去打听，也可以投诉，车身上就有电话。说着踩油门，车子气哼哼滑了出去。我果然看到绿色车帮上打着白色一串号码。

我望着那号码呆了一瞬间，说实话我有些近视的眼睛没看清楚具体的数字，再说我也没有闲心情真去投诉。

等我匆匆小跑着一头栽进房门，却呆住了。我发现不知道该从哪里下手。

是啊，从那里下手呢？

我第一次用挑剔的外来的目光打量这间房子。

我在这里住了五年。我在这里失去了自己的童贞，和生命里唯一的男人有了肉体关系，也是在这里我怀上了我们的儿子，等他生下来，我的月子也是在这里度过的。孩子的幼年童年都在这里经历。同时我和丈夫的婚姻也在这逼仄潮湿的空间里经受了岁月的挤压、蹂躏和拆解。

屋子有些乱，就像不久前这里经历过一场匆促的战争。我扶着门喘气，让自己的心先安静下来。一个稀薄的梦境在心头晃荡，今天早晨的六点五十，闹铃把我们从睡梦里揪醒，那时候我正在做梦，梦到了老家。

我匆匆套上衣裳，接着拍儿子的屁股哄他起床，然后是噼里啪啦地刷牙洗脸，换鞋，给儿子穿鞋，围围巾，拿上接送卡，拎着包哄他出门。七点十分，幼儿园接送车准时在康居小区门口出现。二十分钟内要完成这些动作不存在困难，问题是儿子不好好配合，他总是专门和我作对一样慢腾腾磨蹭着。我一半强迫一半哄骗，下楼后距离小区大门还远，需要穿过十九个单元楼的距离，我听到自己的高跟鞋在水泥地面上敲出一串紧迫空洞的脆响。就在这响声里，一步一步，我感觉自己内心强撑着的底气在一点点地泄露，这让我禁不住一再想到自己已年过三十却不能保全一份婚姻的那种苍茫和无助。

看着儿子被塞进校车，黄色校车屁沟后冒一股烟，卷起街面上初落的几片金色叶子，飞一般远去，我没有时间喘息，高跟鞋的清脆声继续当当当响彻，穿过街道，走一百多步，坐上五路公交。上班高峰期的公交车就是一个被日本鬼子排着队蹂躏的慰安妇，肚子里已经塞得透不过气，下面还拖着一个长长的队伍，大家一个劲儿往里挤。司机的声音在喧闹声里显得有些弱不禁风，他喊前门上车的往后往后往后——偏偏大家没几个愿意往后的，好像自己的身子挤进来就万事大吉了，身后别人是不是挤得进来，别人上班会不会为此迟到，好像和自己已经没有关系，所以车厢里总是满满地塞着人，座位上的低头玩手机，站着的手抓着吊环，神色冷漠，晨起刚梳洗的化妆品味道浓浓地挥散着，在车厢里融合成一股奇异的味道。

我早就习惯了这种拥挤和气味，我每天都在这种味道中到达酒店，下午三点，我会带着一身疲惫重新搭乘相反方向的五路公交返回康居小区。

上午时间是酒店的，我要专心做清洁，根本没时间做自己的事儿，只有三点半以后到家，我才开始打扫房子，买菜做饭，等待接儿子，打理属于自己的小日子。

哥哥一个电话，把我一成不变的生活次序给打乱了。我现在要马上做打扫。家里很乱，儿子不是一般的顽皮，糖果纸花生壳瓜子皮水果皮，他总是一边剥一边往地上丢，他还小，我当然舍不得骂他，不过我觉得他这不知道保持卫生的习惯和他老子有些像。秦向东也是这毛病，我们在一起的日子他从来不动手打扫家里，乱丢起垃圾来理直气壮，从来没有一点点内疚心理。

我先用湿抹布把小茶几抹一遍，将茶几上所有的垃圾全部扫到地上。然后扫地，连沙发底下也跪下去扫了。最后拖地，怕赶在哥哥进门前不能干，我只将拖把头稍微蘸了点水来擦。这三十六平的政府统一建设的廉租房，当初我们搬进来时做了点最简单的装修，秦向东说又不是真的属于我们了，我们只是暂时居住罢了，所以在这里多花钱不划算。所以只在墙上简单地刷了层最便宜的白灰，地面上没舍得铺地板，保持着水泥裸露的模样，秦向东开玩笑说这才是原生态，甲醛释放少，住着健康。我爱干净，只要有空我就拖地刷马桶，我觉得就算这儿不是我们永久的家，但既然我们已经住在里面了，打扫得干干净净整整齐齐的，住着舒心嘛。秦向东看不惯，说你就是给人家打扫卫生成职业习惯了，快要成强迫症了。我想还击他，酒店是五星级的，地面都是大理石的，我们这水泥地面自然不能比，最后我还是没说，我爱干净是从小养成的习惯，就算秦向东不以为然，我还是坚持把这小屋子拾掇得尽量整洁。

也许正是多年干保洁锻炼出了速度，我很快就扫完、拖完，桌子窗台包括床拐角，我都用湿抹布擦了，看着墙角那盆绿萝有些脏，用抹布蘸了点酒擦，很快擦出一片片翠绿清新的绿意来。

可我看着屋子还是不满意，总觉得不是我要呈现给哥哥看的那个样子。我准备让哥哥看到的是一幅什么样的生活情景呢？我把被子打开重新叠一遍，把抽屉里收藏的一片绣花方巾拿出来苫上，再把枕头摆好，把一个布绒熊猫靠在枕头前。看看还是不满意。拉开抽匣，点上几根卫生香，床头木柜子上插一根，窗台前墙缝里别一根，卫生间里多点了几根。马桶是工程装修时带的那种，我们结婚半年它就坏了，早就失去了冲洗功能，用完后得接半盆水冲下去。地漏子也处理得不好，老是往出逸臭味。只要有人来家里，我会提前多点卫生香来压制异味。

我把墙头上儿子乱贴的一些画撕下来，幼儿园的孩子，拿起油画棒就画，几乎每天都能给我带回来一幅作品，然后他自己动手贴在床头边，贴得乱糟糟的。

我接着看了一圈儿，还是觉得欠缺点什么，慢慢拉开茶几抽屉，在里面翻找茶叶和一次性纸杯，顺带翻出了儿子早年的一些玩具，这些玩具没有一个是完整的，都被大卸八块缺胳膊少腿儿了，我看到了一包莫合烟。我忽然心头一亮，对了，我知道欠缺的是什么了。慢慢把烟拿出来打开闻，居然没有潮，还存着一股烟味儿。这烟还是我们新婚那会儿秦向东常吸的，那时候我们日子穷，生活水平不允许吸纸烟，秦向东又舍不得改掉多年的吸烟习惯，只能买莫合烟凑合。一包莫合烟八毛钱，用报纸裁的小纸条儿卷成烟棒子，一包烟能卷好多烟棒，足够秦向东应付一周时间。

后来我怀孕了，酒店里常有顾客吸烟，我忽然很喜欢纸烟的味道，吸烟的人走后我不急于打开窗户通风，而是站着闻一会儿，莫合烟味虽然没有纸烟味好闻，也还能凑合。和我一起干活儿的李姐发现了我的异常，她像个农村大娘一样对着我好一顿批评，说吸烟对人不好，对怀身子的女人尤其不好，你闻多了，养出来的娃娃残疾。吓死我了，等我告诉了秦向东，他也吓一跳，我们当时就到门口的妇幼保健院做了检查，大夫说孩子小看不出发育情况，不过以后要千万远离吸烟环境。

秦向东说他从此要把吸烟的坏毛病给改掉，就从此刻开始，这包莫合烟不抽了，要我快丢进垃圾桶。我担心他戒不掉还想抽，再说一包烟丢了可惜，就藏了起来。戒烟自然很痛苦，秦向东半夜里爬起来啃自己的手指头，我看着实在不忍心，就拿出莫合烟说那就抽一口吧，去门外抽，抽完了回来。秦向东红着眼睛说不抽就是不抽，你不能引诱我。

想不到秦向东从此还真把烟给戒了，从这件事情上我看出他是个硬性子人，说到做到，所以后来他提出离婚，我也就答应了，我知道依这个人的性子，我就是再怎么尽力也挽不回他的心。

时间过去四年了，想不到这包烟一直躺在抽屉深处。我把烟摆在茶几上，看看，再找出一盒火柴也摆上。茶叶罐里是空的，自从秦向东搬走，说实话我一个女人家哪会喝茶，有时候酒店里剩下一点半点开包的残茶，包间服务员看不上拿，我们几个保洁员分了，拿回来就塞进罐子里。我打开茶叶罐，一股霉味。还好，茶叶是不生虫子的，好歹能给哥哥凑合泡一杯吧。

茶叶、烟、火柴，足够营造一个男人存在的氛围吧，哥哥很早就知道秦向东是抽烟的，为此我们处对象时哥哥还表达过不满。可我还是觉得心里不踏实。打开布衣柜看，里面除了我和儿子的衣服，没有一件是秦向东的。秦向东走的时候自然带走了全部的新衣，有些脏旧的他没看上，他前脚走，我后脚就打了个包丢进了楼下的垃圾桶。那时候我在想，既然滚，就滚得彻底点，我不想在这个家里看到任何秦向东存在过的痕迹。

我转着圈找了找，连一个平时不动专门装杂物的大纸箱子也打开了，里面全是尘土，还好，翻出来一件半旧夹克，一件牛仔裤，都压得皱皱巴巴的。我赶紧挂起来打开挂烫机熨烫。一个家里怎么能没有一两件男人的衣物呢，岂不是很不正常，要是给哥哥看出破绽呢，所以哪怕是临时应急，我也要努力做出点气氛来。

幸好我知道哥哥是个马大哈，神经比我粗多了，只要我装得从容镇静，他肯定看不出破绽，再说他也不是个喜欢在别人家多磨蹭的人，只要喝口茶，吃过饭，就会匆匆离开，他来固城肯定又是找活儿，同时也代表父母家人来看看我们一家，不用说又是临行前母亲一个劲儿啰嗦，要他一定来看看我，看看我儿子长大了没，所以他才来的，说不定还带着一包母亲连夜准备的好吃的呢。

挂烫机里的水还没加热，门在响，哥哥已经来了。

二

他，对你咋样？

哥哥一面打量着我们的屋子，一面慢慢在沙发上落座，同时随口问道。

我愣了一下。

这是我早就预料到的，他会这么问。

我也早在做出预料的同时，已经想好了对答的话，包括我应该配备的口气和表情。我像勤劳的演员，一遍遍演习过此刻的回答。

但是我哽咽了。

就像第一次出镜的实习记者，尽管我做了很充分的准备，最关键的这一刻，我还是紧张了。

我赶紧弯腰给电热壶里灌水，我要给哥哥烧水喝。

借着水流哗啦啦的声响，我把嗓子里翻涌上来的灼烫狠狠地往下压，咽回肚子里去。

你不要犯傻——另一个我的声音，无比清新无比冷静地在看不见的地方给我下命令。

我双手端着泡好的茶放在哥哥面前，不敢抬头看他的眼睛，挂烫机里发出噗嗤噗嗤的声响，我借机调头跑过去拿起了挂烫机头。

我把秦向东的夹克挂起来烫，装模作样地一一熨平那些陈年的褶皱，这滚烫的蒸汽哪里是在熨烫褶皱呢，分明是正熨烫在一连串叫我难忘的日子上，那些日子里的丰满与温情很快就蒸发消失，再也难以回来了，借着白森森的热气遮掩，我狠狠地擦了一把滚烫的眼泪。

　　有啥吃的吗？

　　哥哥说。

　　我顿时心里就轻松了，这就好，我还正在心虚呢，怕他看穿我的把戏，一件脏乎乎的破衣裳，也值得这么用心熨烫？难道秦向东还穿这么破旧？他不是现在混得不错吗？你不是每次都在电话里告诉父母，你们过得越来越好了吗？日子既然好了，还有必要穿这么旧？

　　我赶紧断了电，匆匆将一片塑料布套在熨烫机上连衣服一起遮掩了起来，同时把发热的熨烫头放在一片抹布上，我钻进旁边的小厨房做饭。

　　这顿算什么饭呢？早饭已经不是了，午饭还早，现在是十点多吧，那就干脆做午饭算了，正好我也跟着吃点。儿子在幼儿园吃。平时我一个人懒得做饭，中午瞎凑合，麻辣烫啊凉皮啊烩粉啊，就着一个饼子就是一顿。

　　得为哥哥做点好吃的。冰箱里有肉，还有半条鱼。我匆匆淘米蒸上米饭，然后拣菜切肉，同时和哥哥说话。我看到哥哥正低头看面前的茶水，我心里一动，但愿他不要喝出茶里的霉味。父母还好吗，阿旦的舅母好吗，几个娃娃乖吗？今年庄稼薄了，天气旱这个我知道，家里碾了多少麦子？挖了多少洋芋？娘的老风湿腿秋来恐怕又要犯了？

　　我一边问，哥哥一边回答。我们的问答声不高，有时被菜刀在菜板上发出的清脆声响淹没，我就提高声音大声地说，然后竖着耳朵听哥哥的回答。屋子里安静极了，康居小区也就是专门建出来给这个城里最底层的人居住的，所以位置偏僻，这里远离闹市区，自然没有多少喧嚣。只有一个小小的闹钟在床头边走动，发出咔嚓咔嚓的声音。

　　我说哥，这回打算干点啥？还是拌沙浆吗？

　　不等他回答，我又说那活儿太苦，再说眼看就要上冻了，一冻就停工，你进去干不上一个月就又得换地方，还不如干点旁的啥。

哥哥没吭声。

我不奇怪，哥哥是蔫性子，这个我从小就知道，小时候我们在一起，总是我在叽叽呱呱说，他闷着头在旁边听，除非遇上非说不可的地方他才插一句半句嘴，只要我们吵架，我是鼻涕一把泪水一把边哭边骂，就算理亏的是我，可哥哥一着急就脸红就结结巴巴越加说不出半句话，等父母闻声赶来，一看我被欺负成这样，更没有哥哥的好果子吃，每次他都会挨一顿臭骂，可他不计较，事情一过还是带着我耍，一点都不记仇，有啥好吃好喝好耍的都让着我。

想起小时候，一阵温馨顿时在心头盘旋，我嘴角噙着一抹笑，看看切出的半碗肉片有点少，打开冰箱干脆把剩余那块都拿出来切了，哥哥难得来一次，给他吃顿好的是应该的。

我炒菜的时候门口一暗，哥哥的身影靠在门口，目光打量我的小厨房。我赶紧斜过身子冲他笑。廉租房的厨房很小，其实就是依着客厅辟出来的一个狭窄的小过道，里面只放了一个简易小桌，上面搁着菜板和电热锅，调料盒子一类我全部摆在窗台上。连我们的小冰箱都放不下只能摆在外间。

太小了——我给哥哥解释，我觉得有必要解释一下——他说了，等以后宽裕了，想办法买个碎院子，楼房买不起院子总有希望的，只要是自家的窝窝子就行，等真的有了自家的窝窝子，这心里也就踏实了。

冻肉片在热油锅里滋啦啦叫着，我的声音在深深浅浅飘摇的油烟雾气里起伏，我家没有抽油烟机，偏偏窗口向西北开，小城一年里三分之二的时间刮西北风，只要有风不管大小，一做饭油烟味满屋子窜。我已经习惯了。我看到门口的哥哥很快被一团淡淡的烟雾包围，奇怪的是我竟然透过薄雾看到了哥哥脸上的皱纹。哥哥比我大不了几岁。我把锅铲交到左手里，抬右手摸了摸鬓角，我知道我的两鬓已经有了皱纹，尤其离婚后这两年，皱纹忽然就大量冒了出来。

哥哥用目光将这狭窄得只能勉强转身的小厨房扫了一圈，最后望着地面看。我不由得有些为难，赶紧说哥上回你说的建议，不是我们没听进去，他说了，迟早要搬家，还不如先凑合着，给这里铺地板，花的都是冤枉钱，实在没必要花，这地面就没铺，没铺是看着有点难看，不过我已经看惯了。

哥哥从前干过室内装修，上次来就曾对我们这廉租房提出了装修意见，他说自己可以装，材料既便宜又不用掏工钱，装出来要比这样裸住着舒服得多。当时秦向东很高兴，仔细听了哥哥的装修计划，兴致很高，当时就在纸上写着装修需要的材料，以及总体花费。

最后还是没装，我怀孕了，秦向东说装修后的味儿对胎儿不好，再说我们又没有地方可以搬出去住，那就干脆等孩子生下来再说。孩子生下来，我们的精力都围绕着孩子了，更没有心思再想装修这事。

我以为哥哥还在惦记这事儿呢，但哥哥只是淡淡地点了点头，什么都没说，捡起我菜板边一个碟子里的冷馒头吃了起来。我赶紧说锅里米饭马上好，那馒头干了。哥哥不听，嚼着馒头出去了。

饭菜端上桌，我看了看，还算满意，米饭蒸得挺好，水量合适，电饭锅自己控温，所以米粒一粒一粒亮灿灿的，闪着晶莹的光。白菜炒肉片，蘑菇炒肉丁，酸辣洋芋丝儿，凉拌西红柿，还用几片紫菜一颗鸡蛋顺手烧了个蛋花汤。这些年在酒店干活儿，虽然没机会吃好的，但天天看到那些客人吃喝享用豪华的宴席，我也知道了一桌宴席上都有哪些基本的菜肴，也知道了荤素如何巧妙搭配才能色香味都具备。

哥哥匆匆扫一眼全桌，然后看看门口，忽然伸出手在裤缝边蹭了蹭。

我注意到这个动作，忽然心酸了一下，这看似不雅的动作，我可是熟悉的，我们山里人总是一身汗一身泥地干活儿，尤其农忙时候哪有闲时间讲究，吃饭前拿筷子时就有个动作，就是把手在裤缝边蹭蹭，蹭掉手上的脏痕。想不到这么多年，哥哥还保留着这习惯，而我早就当作恶习给改掉了。

我也扫一眼门口，装作漫不经心，说我们吃吧，他中午不在家里吃。同时我悄悄把手挨着右边的裤缝，慢慢地蹭了蹭。

哥哥的吃相很泼实，端起碗不客气，大口大口往嘴里扒拉，扒拉得呼噜呼噜响。我再次看直了眼。说实话，这些年在城里，干活儿的地点又是酒店那样的高档地方，所以我已经很久没有见过这样的吃相了。来酒店吃饭的人都端着一种架势，慢慢的，稳稳的，透着一股叫人说不来是什么感觉的味儿，李姐说那就是高雅，有钱人才有的高雅。我和李姐都不是有钱人，但是天天看着，耳濡目染，我们也变得高雅了，我们吃东西也不用那么急，也能细嚼慢咽了。

哥哥一口气吃了两碗米饭，菜也几乎全吃光了。等他终于放下碗，才发现我还端着一碗米饭，饭顶上盖着几片菜，在慢悠悠地嚼呢。哥哥似乎有点不好意思，挤出一丝笑，说妹你不要笑，我饿了两天了——停了一下，又说——你晓得的，城里活儿不好寻，老板卷着工钱跑了……

我这时才发现哥哥的嗓音有些沙哑。原来是这样啊，不是刚从家里来，而是已经在固城干了一段时间了。怪不得手里没拿老家的特产。我忽然有点心疼，也有点生气，冲他瞪起眼睛——那为啥不来家里？难道我还管不起你几顿饭？

哥哥把擦嘴的餐巾纸慢慢捻成团儿，神色间出现了一瞬间的模糊，说我是怕你们不方便嘛，他那个脾气我又不是不晓得。

声音很低，说到后来就完全听不见了。

我怔怔坐着。

哥哥是忌讳秦向东在家里，所以不愿来找我，宁可在外头挨饿也不愿给我添麻烦。我真想告诉他，其实我们已就离了，这个家现在是我的，你可以随时来，不会有什么不方便，我们是亲兄妹。话在嗓门上打旋，我还是忍住了，还是不说好点，哥哥知道了，接着老家的父母家人都会知道，这事瞒不住，也没办法瞒，等消息传回老家，又给父母心理增加负担，甚至会很伤脸面。虽然这些年老家农村也在发展，人们的思想早就不是早些年那么保守，但离婚毕竟不是啥光彩事儿，我在那里长大，我还能不了解村里那些老人内心深处的看法吗，大家总是觉得离婚，尤其对一个女人来说，是不光彩的事儿，首先就会往不够贤惠啊不守妇道啊一类方向上去想。

再说我这些年在外头，在村里人看来，我是攒劲女子，能走出农村，不再守着土地下苦就是有本事，我也能从母亲的口气里听出大家对我的赞赏和羡慕，好像我已经在城里扎住了脚跟，过上了好日子，吃得好喝得好穿得好，还不用黑水白汗地干农活儿。我已经被大家无形中想象得这样美好，哪里还有勇气亲手去打破这一份美好的幻象。我觉得自己没勇气，更重要的是，这样会伤及父母在乡亲们面前的面子。

只能继续瞒着吧，两年时间都瞒过来了。

我把脏碗和碟子摞到一起塞进水槽里，进卫生间对着镜子捣鼓了几下，然后拎起小包。我做好了出门的准备，如果下午哥哥还来吃饭，我得买点菜，如果他这一顿吃了就走，我得送送他，送完了我去酒店。上午请了假，下午得去补班，不然扣工钱，按小时扣，我不能一耽误就是几个小时。

哥哥也站了起来，我说你准备回老家呢还是接着找活儿。问完我忽然想到了一件事，从小包里翻出一百块钱递给哥哥，告诉他先应急。既然哥哥能因为要不上工钱而饿了两天肚子，那么他兜里肯定没钱了，哥哥不是那种揣着钱舍不得吃饭让自己挨饿的吝啬人。

我们刚走出小区门口，就看见五路公交远远来了，我紧走几步，指着相反的方向告诉哥哥，你可以到对面坐车进城，我先去上班了。

哥哥给我点头了吗，他手里备有一块零钱吗，等我挤进下午上班高峰期乘客爆满的公交肚子，才慢慢想起这些。不过已经来不及补救了。我在心里想着一件事，晚上万一哥哥真来吃饭，就会见到阿旦，那时候我撒的谎自然就瞒不住了。

三

下午五点半我准时在康居门口等来了幼儿园的校车，等阿旦奔跳着从黄色校车肚子里爬出来，我接过书包先背在自己肩头，然后捏着他小手直接进了小区门口的商店。我挑拣了一小包阿尔卑斯硬糖果、一大瓶夏进酸奶，想了想，再加一包香脆方便面。

阿旦眼睛顿时亮晶晶闪光。

妈妈，妈妈，是给我买的好吃的吗？妈妈不是最抠门吗，为什么今天这么大方？是不是妈妈发大财成了大款？

阿旦抱着一包零食，激动得小脸儿泛红，一张软软的小嘴很讨巧地叭叭叭说个不停。

我把孩子揽进怀里亲了亲，拉着他手走进小区的绿化带，在小椅子上坐下来，我耐心告诉他，舅舅来了，等会儿要来我们家吃饭。

阿旦听后眨巴着睫毛长长的大眼睛，眼神迷惑，妈妈，舅舅是谁？是不是你常常念叨的老家的舅舅？我点头，是啊。我没事儿就喜欢在孩子耳边念叨老家，虽然这两年我有意找各种借口不带孩子回老家，但是外奶奶家有几口人，都是谁，阿旦是知道的。

阿旦一边吃干脆面，一面很高兴地笑，我知道了，妈妈的兄弟叫舅舅，爸爸的兄弟叫叔叔，可是妈妈，舅舅长胡子了吗？拄拐棍了吗？上楼梯要不要我们背着啊？会不会不喜欢我？他是好人还是坏蛋？

我被他这小逻辑给绕乐了，抱起他耐心解释，这个舅舅是妈妈的哥哥，是你外奶奶肚子里生出来的，他不像外爷爷那么老，很年轻，根本不用我们背，自然很喜欢我们阿旦了，也自然是好人了，因为他是舅舅嘛。

阿旦含着一口方便面乐了，我知道了，舅舅像马路口的警察叔叔一样年轻，舅舅是好人，舅舅来了妈妈就成了六款，舅舅来了妈妈就舍得给阿旦买零食了。

我盯着孩子的眼睛，故意压低了声音，装出一丝神秘，说，不过妈妈有个秘密想请阿旦同学来帮忙保守哦。阿旦来了兴致，眨巴着大眼睛，妈妈快说什么秘密，我保证不告诉一个小朋友，最好的朋友也不告诉他。

我在心里苦笑，孩子又怎么能明白我的苦心呢，我一脸愁容地摇摇头。

这个秘密就是，等会儿如果舅舅问起你说爸爸去哪儿了，你怎么回答？

阿旦歪着头看天上，夕阳正在下落，一道脏脏的彩霞光带烘托着太阳往下沉，身后浅蓝的天空慢慢变成了铅灰，似乎天空正在举办一场二婚婚礼，因为是二婚，所以婚礼显得有几分潦草，几分沧桑。

儿子看天空的神态忽然十分投入，从这瞬间变得那么庄重的神态里，我觉得奇异，孩子眼里的世界究竟是什么样的世界呀，怎么能把这毫无新意的风景看得那么投入深情？

我忽然没有勇气等儿子回答，我主动告诉他，如果舅舅问起，你就说我不知道，你问妈妈吧。

果然，阿旦黑白分明的瞳孔上下转了转，眼底浮起一丝疑惑，为什么呀妈妈，我明明知道的呀，爸爸不是永远离开我们了吗，他不是有了别的女人吗，为什么要我跟舅舅撒谎？撒谎不是好孩子！

我傻看着儿子，我们在离婚这件事本身上做得比较干脆，但是在作出那个决定之前，我们经历了一个漫长的熬煎期，也是互相折磨期。这个过程我们没法瞒着孩子，甚至有时拿孩子当作互相威胁对方的砝码。现在这恶果显形了，它一直埋在儿子心里，并不像我希望的那样，随着时间的消磨而消失。

我掏出十块钱，阿旦你看看这是多少？阿旦瞅一眼就乐了，虽然他还不认识，但是他知道这一张钱要比一块钢镚儿买来的零食多，所以他马上忘了刚才的固执，妈妈妈妈，是给我的吗？还要给我买零食吗？

是给你买零食的，但不是今天，明天买，而且有个条件，如果你能做到，妈妈明天下午这个时间还带你买零食，后天也买，直到把它花完。

阿旦软软的小指头钩住了我的指头，拉钩，上吊，一百年不许变，谁变了是小狗！

不敢指望这么小的孩子百分百能为你严守秘密，只要他在一顿饭的时间里不乱说就可以了，饭后哥哥就走，明天中午就算他还来吃饭，阿旦也已经送学校了。

等我迈上六楼台阶，一个身影坐在门口，在低头发呆。我心里一抖，是哥哥，他果然来了。哥哥站起来，同时把屁股下面坐着的一大块纸箱子拎起来，看一眼我手里的菜和肉，说你随便做点饭就行了，咋能顿顿都是肉哩，我也晓得你日子紧困。

我看到哥哥似乎很累，边说话边把后背靠在楼道墙上，在轻轻地蹭着。我忽然想到，哥哥是不是好几天没洗澡了。肯定是这样，估计身上内衣也很久没换了。一个要不到工钱的民工，都到饿肚子的地步了，哪还有能力洗澡。我真是大意，上午就该想到这个。

进屋我麻利地系上围裙钻进厨房忙碌，吩咐阿旦在小木桌前自己写作业，我又抽身进卫生间看一眼电热水器，温度显示三十度，有点冷，我赶紧调高五度，顿时热水器里发出呜呜的加热声。我说哥，等会儿洗个澡，有浴霸，不冷的。

哥哥似乎正在试图亲近阿旦，可阿旦不大愿意，大眼睛眨巴眨巴，一个劲儿往后退。我看不惯阿旦这副样子，跟舅舅怎么能生分呢，就呵斥他怕啥，这是舅舅，妈妈的哥哥，你的亲舅舅。阿旦还是一个劲儿往后退，眼神里闪动着不情不愿。

我只能抓住他往舅舅跟前推，嘴里说这是舅舅，你碎家伙几个月的时候跟我回外奶奶家，舅舅疼你，成天抱着你，你还拉了舅舅两手的臭臭呢。

哥哥从衣兜里摸出一个圆嘟嘟的玩具来，是一个黄色娃娃，娃娃没有腿，胖乎乎的身子坐在一个蓝色圆盘里。哥哥把娃娃放在地上，指头拨动，娃娃顿时摇摇晃晃摆动起来，奇怪的是它怎么摆都不会跌倒，下面的圆盘很稳固，掌控着平衡，边摇摆边从肚子里钻出一个唱歌的声音。

哇，不倒翁。阿旦拍手，抢过去一把抱起不倒翁，脸上咧开了花，是舅舅送给我的吗？说着连不倒翁一起投进了哥哥的怀里。

我笑着钻进厨房。晚饭照样比较丰富，因为我担心哥哥这一顿吃了明天不会再来，他这个人要不是这次要工钱遇上麻烦，他是不会两次来我家吃饭的，他是那种宁可让自己受苦，也不愿意给别人添麻烦的人，用父母的话来骂，就是死要面子活受罪的那类人。

晚饭做臊子面吧，羊肉大葱炒臊子，面多揉一会儿揉出筋道来，还有滚油泼的辣子，这是我最拿手的面了。小时候就会做，哥哥最爱吃的就是这一口了。我含着笑做饭，说实话我觉得能在同一天里两次为哥哥做饭吃，是有些幸福的。自从嫁给秦向东之后，我这个人就彻底离开了自己的娘家和亲人，一直围着秦向东一个人打转，从此很少有机会为自己的亲人做饭吃。

擀面的时候我把头伸出小门喊哥哥去洗澡，水烧好了。我有点没想到的是哥哥似乎不愿意这么着急洗澡，他把阿旦抱在膝盖上，正由孩子拧着他的鼻子疙瘩耍呢。他没抬头，只是淡淡地说哦。我说阿旦别闹，叫舅舅好好洗洗，洗了才能舒舒服服吃晚饭呢。阿旦小狗一样抽着鼻子，我不要舅舅洗澡澡，舅舅陪我玩嘛，晚上再洗澡澡嘛——

我刚要训孩子说舅舅晚上得回去，吃了饭就走，哪有时间再洗？

想不到哥哥漫不经心地说好，好，舅舅听阿旦的，晚上洗，睡觉前再洗。说完低着头继续逗阿旦。

我一边炒菜一边在心里嘀咕，哥哥打的啥主意，难道在我家洗澡不好意思？我忍不住偷偷笑了，这个哥哥啊，羞脸儿还是那么大，这有啥嘛，大家是在一套房子里没错，不过你关上门就是两个世界了，难道我还能跑门口去偷看你不成。人家城里人都这样过日子，也有好几辈人一大家子挤在一起过日子的，难道就不洗澡不上厕所了？

晚饭哥哥只吃了一碗。不管我怎么让，他就是不吃了，身子远远地躲在沙发一角，怕冷似的抱住了肚子。我说咋，胃病又犯了？他摇头，说没心吃了，真饱了。我是按照过去哥哥的饭量做的饭，过去他是三碗的量，我那时候为做饭没少和哥哥起纠纷，每顿饭要是少了，我怕挨父母骂，就吩咐哥哥少吃点，等父母吃饱了再说，他可以另外吃干馍馍嘛，要是做多了，我就逼着哥哥多吃，哥哥很多时候会积极配合，但是蔫人也有个土性子，被我欺负过分了，他也会反抗，我们就对打起来，他烧火棍，我擀面杖，我们乌烟瘴气在厨房里开战。

哥哥的胃病是念中学住校落下的，那时候吃学校大灶，我们家离县城太远，他一学期也就回来一两趟，维持身体能量的营养就靠每天两顿的大灶伙食解决，父亲给他的零花钱又很有限。所以他早几年就常抱着心口喊疼。

我泡了一大杯红糖水，都说红糖暖胃，我的意思是让哥哥喝了热水再走。哥哥看我洗完了锅灶，他从门外将那个踩扁的大纸箱子扛进来，铺在厨房地上，看了看，有点大，箱子是谁家买回冰箱拆下的包装，哥哥将边沿靠住墙往下折，再用脚踩，总算是勉强铺下了。我跟在身后看，看不出哥哥要做什么。哥哥最后踩一脚，完全将这个四角乱扎起来的纸板踩平了，说我想在这里住几夜，就睡这儿吧，门一关，也算是两个房间了。

我急了，哥哥那怎么行，我咋能叫你睡地上？还是睡……我哑口了，是啊，难道能叫哥哥睡床上？肯定不行，我们虽然是亲兄妹，可现在已经不是可以钻一个被窝的年纪了。我打量着自己狭窄的住所，我真不知道廉租房这种奇葩的居住空间是什么人设计出来的，五十六平的钢筋水泥空间里，一间小卫生间，一间小厨房，剩下的只有一个大点的空间，既当客厅又当卧室。我们挨着墙角摆了一个双人铁床，窗口是一个桌子一把椅子，地下是一个小茶几一个两人沙发，屋子里已经没有回旋的余地，冰箱在门背后，布衣柜像受了委屈的熊孩子一样紧贴着床边站立。这样摆设，也是秦向东当年费尽心思才摆下的，要换了我，无论如何也没本事将这么多家具塞进这个狭窄的空间。

我说哥，睡沙发吧，腿展不开我给你接个纸箱子垫着，总比地上好，地凉得很。哥哥一屁股坐在了纸箱子上，这儿就很好，把你家不用的被子褥子给我一套，妹，哥得多住几天呐。

我蹲下试了试纸箱子，还算厚，应该能凑合睡吧。总比哥哥去工棚里的好，只要他不见外肯来住，吃住都由我伺候，我也放心一些。想到这儿我有些高兴，赶紧把我最好的一床新被一个新毛毯抱了过来。我本来以为哥哥会注意细看一眼被褥，甚至会推辞一下，说太新了、糟蹋了一类的话。可哥哥似乎心情有些不好，看都没看被子，草草把毛毯铺开，拉开被子就钻进了被窝，说妹我很累，先缓了。

我倚着门望了会儿被子上鼓起来的大包，哥哥把自己包起来我看不到，我想起他小时候睡觉的样子就是这样，喜欢用被子捂着头睡，睡到半夜里打呼噜，呼噜震天，气得母亲常常一把揭开被子，可他一骨碌从梦里翻起来重新拽被子捂住口鼻，然后接着打呼噜。夏天那么热他也要捂住头，气得母亲说他是山里顾头不顾尾的呱啦鸡，明明沟子全都露在外头，好像沟子不冷腿不冷，只有头冷。

小时候的往事总是叫人觉得有趣又温暖，我噙着笑轻轻关上门离开了。想到哥哥没洗脚，就那么将臭脚直接塞进了被窝，我心里隐隐地惋惜了一下，那可是我家最新的被褥啊。

半夜里我被呼噜声吵醒过来。鼾声是从小门里传出的，正是哥哥的鼾声。我望了望窗外，浅粉色的尼龙窗帘外面是一盘满月，真是巧，它竟然刚好贴在我家玻璃上。我拉开窗帘望了望，对面的楼房黑黢黢的，整个小区里静悄悄。哥哥的呼噜停歇的间隙，我捕捉到遥远的几声长鸣，模模糊糊的，似乎因为夜的缘故，声音变得支离破碎，有些说不出的沧桑感，那是从西北上传来的，夜火车路过小城，要进站停靠了。

刚新婚那会儿，秦向东也曾带着我步行去火车站看夜火车。我们穿过大半个小城，穿过连成片的街灯和闪烁的霓虹，和一栋栋楼房窗口射出的千万家灯火。我们的十指紧紧扣在一起，慢慢地走，一点都不急，那时候我们没有孩子，还不知道人间生活里有那么多的琐碎与艰辛需要我们去面对，我们觉得只要能彼此在一起长相守，过平平淡淡的日子就好。

现在想起来，那时候的我把生活想象成一件完美华丽的衣袍，我以为这衣袍能为我提供一辈子的温暖，永远呵护着我，不让世俗的风雨吹打到我们的爱情和岁月。后来我就知道那衣袍只是纸做的，五彩斑斓的纸张，经不起风吹雨淋，很快就斑驳了，破碎了，将我赤裸裸抛在露天地里。

鼾声实在太大，单薄得纸板一样的小门根本隔不住，我痛苦地翻着身，真想进去替哥哥揭开被子。小时候家里穷，连填炕的柴火都稀缺，父母和我们几个孩子挤在一面土炕上睡，哥哥鼾声太大，吵得一炕人都睡不好，母亲只能反复揭开被子叫他透气，一透气，能暂时让呼噜中断。我在地上走了几圈，借着月光俯身亲了亲儿子的面颊，月影已经斜过一大截。鼾声断了一会儿，接着又响起来。哥哥这些日子在工地上肯定没少受罪，晚秋的工棚里肯定还有蚊子，不然哥哥怎么能一睡倒就跟死了一样沉，肯定是劳累过度了。

我不忍心打搅哥哥的瞌睡，横躺着盯住灰乎乎的屋顶胡思乱想，我想到了远在老家的亲人，父母、弟弟妹妹，还有嫂子和侄子侄女。我快三年没回去了，现在才发现心里很想念他们。只能等这一学期结束，寒假的时候再说了，到时候把儿子带回去在乡下玩几天。

呼噜中断了一小会儿，哥哥在翻身吧，我乘这机会逼自己赶紧睡。可是一些念头比白天还清晰，齐刷刷乱纷纷钻进脑子里来了。还是睡不着。我竟然想到了命运这个词儿。我也说不清楚为什么忽然要想这个和我这样的小百姓无关的高雅词儿。我每天守着酒店的三楼，从卫生间到楼道到整个楼层的每个房间，我扫地拖地擦墙面和玻璃，有钱人来这里消费吃喝，吃饱喝足后拉撒呕吐的地方归我处理，我得保证整个楼层始终整洁清爽，散发着空气清新剂的淡淡香味，带给消费者身心愉悦神清气爽的享受。

酒店的客人中有男人，有男人自然少不了女人，我对那些男人没兴趣，只要有空我会偷偷打量那些女人。城里的女人，她们是来消费的，她们坐着，而我一直站着。我觉得自己离她们很遥远。虽然我们暂时都出现在酒店这片天地里，但是我们肯定是活在两个世界里的女人。那时候我就会忍不住想到一个词儿，命运。

人和人命运是不一样的，我念完初中就从乡里出来了，在城里打工，我的命运和那些守在农村早嫁的女孩子就不一样了。接着我自己瞅了对象结了婚，尽管我们家人对这门婚姻不太满意，尤其哥哥他不喜欢秦向东，觉得这个人可能靠不住，我还是拗着性子嫁了秦向东。这一步路走过，我又和乡里那些女孩子有了区别。我婚后没有回老家伺候公婆扛农活儿，而是住着城里的楼房（尽管这楼房只是廉租房，但是在我们庄里人听来，怎么说都是楼房），打扮得跟城里女人一模一样，穿得干干净净，皮肤保养得白白嫩嫩，这一点我的命运又和农村那些女人不一样了。

我也曾为这样的命运暗暗窃喜过，我觉得我真的和村里那些姐妹不一样了，我要比她们活得好，她们只能羡慕我，用想象设想我的生活。可是现在，我独自面对着这一份命运和生活，我咂摸着它表面的那一层甜，和遮蔽在深层里的那些苦。我早就已经发现了，这层甜是那么薄，我一不小心舌尖就穿透了甜，舔到了里面的苦，苦那么厚，什么样的甜才能遮盖这苦呢？苦味远比甜味浓烈，早就渗透那层甜，再说我的味觉已经尝不出甜来了，满嘴都是涩涩的苦。常在半夜醒来，我望着深沉的夜空，想我要是不挣扎，不改变自己的命运，跟村里那些女孩子一样，现在嫁了一个老实巴交的庄稼汉，这会儿一定儿女成群，我们守着几亩薄田，日子可能会过得苦点、累点，但是我会这么苦、这么孤独吗？

　　哥哥一定也在咂摸他命运里的苦和甜。他早婚，虽然只比我大四岁，孩子却已经三个了，大儿子都上五年级了。按照我们乡里的习惯，父母为大儿子娶了亲，就算是完成了一桩大事，然后会给他们另外拾掇一个家，把他们分出去过，然后集中精力再为后面的孩子做打算。哥哥婚后一年就搬出来了，他不要父母为他们拾掇地方，他要带着媳妇娃娃出去打工。父母不同意，说媳妇年轻，娃娃太小。又拖了半年时间，嫂子常常和母亲为鸡毛蒜皮的事儿吵嘴，父母一气之下放她跟哥哥走。哥哥打工存了几个钱，他们拿出这笔钱做本钱，在我们镇上开始做小生意。

　　哥哥勤快，又肯下苦，嫂子也算是勤快人，两口子里外操持，他们的日子还算过得去，很快就有了三个娃娃。哥哥啥时候结束在小镇的生意，跑进固城来打工的呢，这个我记得清楚，是我刚生下儿子那会儿。他生意不顺，还是嫂子出了问题，这一点上我至今不知道深层原因，反正他们很快折倒了小生意，拖家带口跑回老家，嫂子和三个娃留在家里，哥哥一个人跑出来扛活儿。从此母亲的清闲日子一去不复返，我常从电话里听出母亲很烦恼，不是唉声叹气，就是抱怨自己命苦。其实细细去想，我们村里的女人，真正命好的没有几个，女孩时候就跟着母亲家里家外地学习各种家务，乡里的女孩苦，从外面田里的苦活儿，到家里的锅灶手艺、缝补浆洗，哪一样都得熟练，等稍大点就嫁出去，在婆家苦苦地熬，生一大堆儿女，好不容易拉扯大了，自己却已经青春不再，皱纹爬上了面颊。好不容易熬到自己能为自己的生活做主了，又开始为儿女操心，接着是孙子，这一辈子啊，就没几天消停日子可过。

　　我知道像母亲这个年纪的乡村妇女，除了在苦日子里熬着，就是偶尔找个人抱怨抱怨，抒发一下心底的郁闷。从前的时候我会耐心听母亲絮絮叨叨零零碎碎地说，随着生活对我的挤压越来越残酷，我被压得喘不过气，耐心也慢慢没了，要是母亲再试图诉苦，我就早早说没话费了，我忙得很，经理不让上班时间打电话，或者说我哄孩子睡觉呢不便接电话。所以现在老家那些鸡零狗碎的情况，我基本上没心情去过问，再说我已经是嫁出来多年的女儿，我没权利再回头去过问娘家的家长里短。我知道这种情况下最明智的做法就是远离，装聋作哑，把自己远远地腾身出来，不在是非中，以后去转娘家，才不会惹得大家都不稀罕。

我默默希望，哥哥和他的工友能尽快找到那个黑心工头把血汗钱讨回来，希望这个冬天哥哥不用再出来扛活儿而是在家里守着火炉安安稳稳过一个冬。

迷迷糊糊中，我忽然想到了自己担忧的那个问题，本来我以为哥哥只是吃一顿饭就走，所以我说秦向东中午在单位吃，那晚上呢，秦向东难道晚上也在外吃？就算这个理由勉强可以蒙混过关，但夜里睡觉的事呢，秦向东为什么晚上也不见回来？要是哥哥接着再住几天，连着几个日夜都见不到秦向东的人面，他不起疑心才怪呢。

天一亮我就醒了，比平时早了半小时。我已经想好了，利用这半个小时给哥哥准备早餐，我和儿子都不在家吃，宾馆为我们管一顿免费早餐，儿子在幼儿园吃。给哥哥热馒头，熬小黄米稀饭，用葱头小甘蓝拌个凉菜，再煎两颗鸡蛋，这样哥哥吃饱了才能有力气去讨债啊。

可是哥哥睡在厨房里，他还没起来，我不好意思进去做饭。我先躲进卫生间给李姐打电话，我知道李姐孩子在外地念大学，她没事儿一个人总起得很早。我捂住手机，说李姐过会儿你给我打个电话，打通啥话都不要说，你听我说就是，等我说再见你再挂断。

李姐说你神经病啊，好好的要啥把戏？

我说你就配合一次吧，算我求你了，回头请你吃椒麻鸡。

李姐在里面嘎嘎地笑着，说拉倒吧你，等你请客，我早馋死八十回了。

我说一定啊，演戏，演双簧你懂吗。

李姐放低了声音，是不是秦向东那王八蛋又欺负你？不是都离这么久了吗，难道是回来跟你抢儿子？

要说我在这固城有什么知心的人，那就是李姐了，我们在一起干保洁多年，算是知根知底的闺蜜，彼此家里的好事坏事都不瞒着对方。

时间一分一秒流逝，我匆匆扫了屋子，把儿子揪起来穿戴整齐洗了脸背上书包就要出门。哥哥还没出来，早饭是没法为他做了。我等不及了，轻轻推开了厨房门。哥哥慢慢从窗口转过身来。我忽然心里一动，原来他早就醒了，被子毯子也已经叠好放在纸箱子上。我说哥你夜里冷吗，早饭你去外面吃行吗，我没时间做了。

哥哥转过身来，逆光站着，身后的窗口接进这个城市黎明的混沌散去后初升的晨光。哥哥的五官有些模糊，我赶紧再追加一句，中午饭也在外吃吧，晚饭我回来做，我不能连续请假，新换的保洁部经理就是个更年期老女人，神经得厉害。

这笔账我昨夜已经算好了，我的一个班是上午八点到下午三点，七个小时后回家，下午不用再去，虽然工资要比干别的低点，但是对于我接送孩子方便得多，酒店规定正常上班时间请假按小时扣钱。一个小时扣二十，我如果中午回家为哥哥做一顿饭，来去至少两小时，四十块钱被扣不说，还不能拿全勤，如果哥哥在外面吃，一大碗炒面十五六元就可以，所以我建议哥哥在外面吃。不是我看多爱钱，是我实在需要这点工资养活我和儿子。

这时候手机响了。

我发现铃声响起，哥哥的身子似乎打了个哆嗦。

我没时间细想他为什么会这样，李姐这哥们，果然及时来电了。

我装得很自然，说喂。李姐在那头轻轻笑了一声。我说你啊，昨夜为啥没回家，加班了是吧？哦，果然是临时加夜班，哦，还要出差啊，派出去好几天啊，没事没事你去吧，家里我会照顾，儿子我会接送，你放心去吧，什么，时间太紧，换洗衣服也没时间回来拿，没拿就没拿吧，等到了杭州你买身新的算了。另外你出门在外要照顾好自己，晚上睡觉把门反锁，钱包手机都带好，落地记着及时开机，到了给我报个平安。

我按了结束键。

逆光里的目光正炯炯地望着我。

我甩一下头，自嘲地笑，嗨，是阿旦他爸，昨晚加班，今儿一大早又被派外头去了——哥哥已经转过身子，透过小小的窗户专注地看着外面。

我急匆匆说哥你不知道哇，他现在可能干了，是公司的业务骨干，好多根本不可能的客户也是他跑下来的，你知道他那张嘴最能说嘛——

妈妈你说的是谁？

稚嫩的童音忽然在身后问。

我赶紧一把抓起儿子的手，哥我先上班去了，钥匙我给你留桌上了，你回来自己开门。

四

在公交车上我接到了母亲的电话。

今天运气不错，我上车时正好有个空座。坐着自然比站着舒服，尤其满车厢人挨人人挤人，前后左右都是人的胳膊和腿，这时候坐着是很幸福的一件事。我闭上眼假寐，装作昨夜不堪劳累此刻需要休息的样子。这样既可以乘机获得短暂的休息，也能避免为老人和抱小孩的人让座。广播里一个甜腻的女声在滚动播放，请为有需要的乘客让座，请为有需要的乘客让座。五路公交是新区通往闹市区的路线最长的一班车次，所以那些进城买菜的、送孩子上学的、上班的，还有去固定场所晨练的，都要来挤这路车，这个点是高峰期。

我在默默问自己的同情心哪儿去了。记得刚进城那会儿，秦向东带着我坐公交，我一看到老人孩子孕妇就赶紧让座，为此秦向东骂我傻，说好不容易抢个座位你让了别人，你脚不疼就让吧，你看看满车的人哪个像你，土老帽儿。

我观察过，其实固城人没有秦向东说的那么坏，公交上让座的还是大有人在，但是人太多拥挤的时候，大家明显就不愿意让座了，在拥挤的狭窄空间里，有一个座位舒舒服服坐着，不用担心被人挤得高跟鞋翻倒崴了脚，也不用担心身后有公交色狼乘机用莫名的硬物顶着腿部。所以我也学会了固城人的习惯，稳稳一坐两眼一闭，什么都和我无关，这个点谁都累，大家都闭着眼不让座，眼不见心不烦，还可以从从容容地刷一会儿微信呢。

我刚掏出手机，屏幕亮了，一串号码在闪烁，是母亲打来的。

车里实在是太吵了。

我喊了好几声妈，问她啥事儿，竟然听不到母亲的声音。我恼怒地抬头扫视这一车人，心里说都是些什么人啊，挤个公交用得上这么吵吵闹闹吗？好像要把全世界的鸡零狗碎都拿到这里来讨论、争议、宣泄。车吭当吭当喘着气前行，除了喧嚣就是喧嚣，我听不见母亲的声音。

只能先挂断，等我回头打过去。母亲来电一般没什么大事儿，至多就是问个近况，问我好不好，阿旦乖不乖，女婿对我好吗，接着又劝我们不要吃饱了没事就吵架，都老大不小了，还是好好过日子要紧。

每次我只有苦笑，这个乡村妇女自有她的一套古老的伦理，她总是希望我们做儿女的都按照她期望的那样去活，似乎那样才是真正地活着。作为女人，就该好好地照顾家庭，伺候公婆和丈夫，拉扯孩子，做好饭洗好衣服照顾好家，不抱怨不顶嘴不挥霍，处处尽可能地克制自己委屈自己，以委屈自己来求得一家人的齐全。事实上她自己就这样身体力行了一辈子。

不过话说回来，这样的唠叨和说教，我要是隔段时间听不到就心里怪慌的，空落落的不踏实，似乎我需要这些说教来平衡自己失衡的生活现状。

下了公交我忽然想起来了，早晨为了和李姐演双簧，我不是把手机音量调到了最小吗？为的是防止李姐万一出声，叫哥哥听到来电话的是个女人。我赶紧掏出手机调好音量，想了想，这会儿还是不要急着给母亲回电，等我做完了第一轮保洁休息时候再打过去，那样可以比较从容地陪母亲聊上一会儿。

但铃声又响了起来。还是母亲。我说妈，啥事儿，我先上班了，完了给你老人家打回去好吗。

秋风从身后吹来，我忽然发现该穿秋衣秋裤了，风过处，一股凉意直透后背，一阵呼啦啦声响，伴着风声大团黄叶从高处劈头盖脸裹下来。就在这萧瑟的秋意里，我听到母亲说叶儿我的娃呀，你难道还不知道么，阿斯玛尼塌下来了，你哥闯大祸了。

我回头看看身后，又一辆公交车停靠在酒店门口的站点，从车里吐出的人群中我看到了好多熟悉的身影，都是和我一样为这家酒店出卖血汗同时换取几两银子维持生活的人，厨师、保洁、保安、服务员。也有一些生活水平高出我们这个层次的人，正在从自己开来的车里钻出身子来。

我用目光在人群里转了一圈儿，我不知道自己在找什么，我很快就知道自己在找哥哥。哥哥怎么会出现在这里。他这会儿应该在康居小区门口的包子摊上吃下了几个洋芋包子一碗稀饭，然后挤上五路公交去工地了。

那么母亲说哥哥闯大祸了，那是什么意思，难道哥哥他们把黑心工头堵在了某个地方，要对对方采取暴力威吓？或者已经揍了工头一顿拳头？没这么快呀，我离开家才这么会儿，他就能那么快做出让母亲慌张成这样的事情？再说就算真那么凑巧，哥哥在吃包子的时候碰上了工头，就算哥哥一气之下抡了几拳，但事情也是在固城发生，消息又怎么能如此飞速地传到母亲耳朵里去？要知道固城离我们老家足足一百一十里路程。

我说妈你不要急，慢慢说，我哥究竟咋啦？我刚才还……

我的意思是我刚才和他分开，他就是杀人放火也没那么利索。

母亲用哭音打断了我的话。

自从我们和全国的普通百姓一样用上手机这种大众化的通信工具以来，我是头一回在手机隔空听到母亲的哭声。说实话，有点奇异，嗓音尖尖的，细细的，要不是这个女人是我很熟悉的人，我真要怀疑这哭的人不是母亲，而是另外一个要年轻好多的媳妇在哭。

母亲说你哥他杀人啦，四口，整整的四口子人呀，这可把塌天的祸闯下了——

母亲大放悲声，手机滑开了，我感觉哭声顿时顺着耳朵低了下去。

我说妈你胡说啥呀，哥哥好好的在外头要账呢，工钱要不上他没钱回家，他咋能杀人呢，他那么好的一个人。

我还陷在一个古怪的逻辑里，七点多和我分开的哥哥，这半个小时的工夫，他哪有时间杀人，母亲说四口人，我觉得更不现实了，杀人又不是切萝卜，还能一刀一个啊，再说，卷了工钱跑路的只有工头，哥哥也没有理由杀四个人。他这会儿肯定还在康居小区门口的包子摊上徘徊，在犹豫究竟吃什么包子，所有的包子都是一元一个，但是荤素的区别在于个头的大小，肉包子像褪褓里婴儿的小拳头那么小，洋芋包子几乎抵得上我的拳头。以我对哥哥的了解，他肯定最后选了洋芋包子，五个洋芋包子一碗稀饭，足够他将肠胃塞得饱饱的。

我说妈你是不是给我哥打电话了，是不是你耳朵背听错了，我哥不会杀人的，他那么老实，见了血都要心里犯潮，他怎么能杀四个人呢，你是不是想我们了，等忙完了这阵子我们一起回来看你。

落叶时节是环卫工人最苦恼的季节，这是李姐告诉我的，李姐从前被环卫上雇用扫过马路，说冷风扫过，满大街都是树叶子，路人都觉得是风景，美得不得了，在马路工人眼里简直就是灾难，那落叶啊，扫了一遍又一遍，倒掉一车又一车，前面刚扫过后面又跟着落一层，直到满大街所有树枝头的黄叶全部被寒风扫尽，这一场苦难才算熬到尽头。

一种我叫不上名字的树木，叶子有巴掌大，金黄金黄的，落下来还保持着生命的鲜艳，亮灿灿在地上铺了一层，这绚丽悲壮的色彩，好像在为深秋举办着一场盛大的丧礼。我踩着落叶在原地转圈，脚底下发出咯咯吱吱的柔韧叫声。

母亲收了哭声，声音冷静下来了，一字一句慢慢地说，你嫂子在外头有人了，叫你哥堵在出租屋里了，你嫂子给你哥发誓说要收了心好好儿过日子哩，可是你嫂子跑到娘家就不回来了，这半年你哥前后去叫了三四回，丈人家不放女儿走，还骂得很难听，你哥说媳妇要是不来就算了，三个娃要领回来，可你嫂子连一个娃都不给，还要打官司离婚哩，要你哥给她赔啥损失费哩，开口要了好几万，大前儿你哥又去了，又大骂了一场，他们一大家子围着你哥骂，你知道你哥那个嘴，哪是骂仗的料儿，回来气得脸都黑透了。你大气不过，骂也没本事，连个女人都领不回来也就算了，现在连我们张家的三个娃娃也要外流了。

我静静听着，宾馆门口那些人已经通过旋转门、侧门、后门、地下车库等途径钻进这栋大楼的肚子里去了。只有我一个人孤零零站在清晨的秋风里。我们八点准时签到，迟到一分钟也影响考勤。我慢慢躲到一棵槐树背后，想借助槐树的身子把我隐藏起来。这座干旱的西北小城，绿化树木中最常见的是槐树，大概是因为槐树耐旱好养活，所以满大街都是这种碎叶子的矮树。

母亲说你哥糊涂呀，夜里说要出去找连手耍，我们没在意，大前儿夜里他走了，前儿昨儿两天没回来，原来，原来他那个夜里去把他丈人家四口人宰了，丈人、丈母、他媳妇，还有一个小舅子的碎女儿。警察刚来家里搜了，连你大也带走了，现在警察满世界都在找他，你说你哥他能躲哪里去呢，我的儿，世界虽然大得很，他能躲哪儿去呢？

母亲大哭起来。

我飞快挂断电话冲进宾馆门去签到。

我跑得风风火火，旋转门刚好转过来，在我胳膊上打了一下，好像有一把沉重的刀在胳膊上劈过，疼痛巨大而迟钝，感觉整条胳膊被人卸掉了。

我一口气写出三个字，张如叶，写完我呆呆看着这三个字。我觉得它们怎么那么陌生呢，好像我从来就不认识这三个汉字。它们歪歪斜斜，就要散架，随时要栽倒摔得粉碎的样子。我伸手从同事手里抢签字笔，我要补救，把歪斜得厉害的笔画再描画一下，叫它们能站得稳固点不要栽倒。但笔在同事们手里飞快地传递，签过了就再也轮不到我。我慢慢走出门，走过漫长的过道，去工具间拿笤帚拖把和抹布。

原来是这样的，原来早就这样了，事情早在他到来之前就已经发生，他不是来追要工钱的，他也不是来揽活儿的，他杀了人，来这里躲避了，现在，这个人，已经是亡命之徒，手里犯着命案，他没地方躲，所以跑我这里来了。怪不得呢，怪不得从前几乎不来打扰我们这次却忽然来了，怪不得饿成了那副样子，怪不得累成了那个样子，肯定是杀人后就开始逃，一路上都没吃饭、没睡觉，怪不得破天荒在我家厨房里打地铺留宿，怪不得说起家里人吞吞吐吐的。

原来早就这样了。

工具间的门已经开了，李姐正弯腰擦墙，她瞅了我一眼，这会儿宾馆里除了员工还没有客人，李姐放肆地笑了，说哟，咋啦，魂儿丢啦？跟姐说说，哪个男人勾走的？

我拿起笤帚干活，我忽然觉得自己一直赞赏的李姐的笑声，不再豪爽，而是放荡，声音里有一种肮脏的叫人厌恶的东西，一种随时准备勾引男人的那种放荡。我鄙夷地皱了皱鼻子。

李姐笑半天，见我没反应，不笑了，正经下来，怎么，真被勾魂儿啦？说说，哪儿人，大叔还是小鲜肉，干啥的，有钱没？有房没？有车没？二婚还是三婚？几个拖油瓶？

我埋头拖地，酒店的楼道里都铺着上好的大理石，湿墩布拖过没有异味，再打一层蜡，顿时亮闪闪的，闪烁着一层好看的蜡质。

我低头看到每一块浅黄色的大理石都映出一张面孔，我俯下身细细看这张脸，高额头，高鼻子，白皙面颊，薄嘴唇，尖下巴，要不是眉梢眉宇间已经爬了一细串皱纹，这张脸也还算得上好看。这些年在城里，我的日子也算惬意，风吹不上雨打不上，皮肤要比乡下常年背着日头干活儿好多了。我看着自己的脸慢慢地变化，眉宇之间那根皱纹深深地陷下去，把左右两眼分成两个半球，似乎总是在带着一点痛苦思索着什么，下巴上冒出一圈儿细细的胡楂儿，这张脸已经不是我了，是哥哥，那个叫张如林的男人。

我慢慢地走，慢慢地看，每一块大理石上都映出哥哥的脸。我们兄妹俩长得很像，尤其小时候，要不是他留短发，简直跟我一模一样。母亲常看着哥哥说他细皮嫩肉，像个女子娃，又看着我，说有些地方像儿子娃。

每一块大理石上的哥哥都在思索什么，眉宇间的裂缝在扩大，扩大，无限地扩张。我傻傻看着，感觉所有的石板都在慢慢开裂，裂成两半，将哥哥的脸也活生生裂成了两部分。

李姐从身后抱住我，胖胖的身子挌子贴着我脸颊，说张如叶你咋啦，好好的咋就栽倒了，是不是贫血？是不是低血糖？昨夜又失眠啦？是不是秦向东那王八蛋昨天又去欺负你啦？你还是早点找个好男人嫁了吧，你这样苦着姐也为你担心呐。

五

阿旦从校车里一出来就欢快地奔向我，妈妈，妈妈，给我买零食，你昨天答应好的，今天买棉花糖，彩虹豆豆。

我说阿旦，糖吃多了牙不好。

阿旦说那就巧克力。

我说巧克力太贵，我没钱。

阿旦说那就雪糕吧，我要巧克力味儿的。

我抬头看一眼夕阳，小城没有污染，所以那个叫雾霾的现代化衍生物还没有光顾小城，但是深秋干燥，风多沙尘大，这个季节的天空总是灰突突的，夕阳算不上美，晚霞照样脏兮兮的。

阿旦选了奶油雪糕，我拿了根冰棍。

阿旦瞪圆眼睛，妈妈你不是最怕冷吗，你为啥也要吃冷饮？

我慢慢咬下一口，冰凉瞬间布满口腔，冷得我眼泪都下来了，但泪花来不及落下就被冻结在眼眶里。我望一眼西边的高楼，夕阳被一栋在建的最高的建筑物挡住了，只看到一大团烧红的灰色尘烟在旋腾，我说阿旦，冬天就要来了，这是我俩最后一次吃雪糕好吗？

阿旦红艳艳的小舌头像一丛火苗，热辣辣舔一下雪糕，扑闪着大眼睛狡诈地笑着，妈妈，我明白了，还要为你保守秘密是不是？

我摸了摸他的头。

我打开门，一股炒菜的香味扑鼻而来，屋子里热腾腾的。

阿旦马上察觉到了异样，瞅我一眼，小声嘀咕，难道是爸爸回来了？

我抬起脚步好半天不知道该往哪里落，我注意到家里被打扫了，不是一般随便的那种扫，而是彻底清扫过，水泥地面被拖得没一点脏污，清一色水泥的原色，我头一回发现水泥的颜色原来会这么顺眼。茶几桌子都擦得干干净净，玻璃也擦了，隔这么远能看到对面窗户里的胖子在窗口正向我们这边张望。这间因为光照不足总是显得阴沉沉的狭窄空间，忽然充溢着一股清爽感，似乎每一个地方都经过了精心的收拾。我们也只在新婚那会儿这样用心拾掇过一番，后来日子习以为常了也就平淡了，夫妻间连对方都觉得没什么新意了，更没有心思收拾这间本来就不属于我们的屋子。

但是，新婚那会儿，秦向东这样为我做过饭，他说最喜欢我推门而进闻到满屋子饭菜香味时脸上露出的惊喜笑容。那时候我也确实惊喜地幸福地笑过，我像个不懂事的小女孩一样被他宠着。但是，这样的时光怎么会倒流呢？既然已经流走，就再也不会回来了。

我在心里悄悄叹了口气。

一张面孔出现在门口，笑呵呵的，他自然不是秦向东，是哥哥。哥哥腰里系着我的围裙，手里举着铁铲，笑呵呵的，回来了，快去洗手，饭马上熟了。

说完又钻进去，厨房里传出铁铲和铁锅轻微的磕碰声。

我扶住沙发慢慢坐下，我觉得自己忽然说不出的累，浑身的骨头好像都被人抽走了，只剩下一堆赘肉在艰难地呼吸。

茶几上多出一个小鸭子，全身金黄，一个大扁嘴夸张地伸出来，嘴巴里吊着一个小篮子，篮子里装了几棵绿色叶片。阿旦早就看到了，扑过去抓在手里，妈妈这是给我的吗？说着拧屁股后面的辐条，一阵扎扎响，小鸭子扭着胖墩墩的屁股开始走路，大大扁扁的脚蹼笨拙地在水泥地上迈步，走得吧嗒吧嗒响。随着走动嘴里的小篮子摇摇晃晃地摆动，越发显得小鸭子憨态可掬。

舅舅又给我买礼物了啊？阿旦跑到厨房去问。

哥哥呵呵地笑着，说是啊，舅舅给我们小阿旦专门准备的礼物，你喜欢吗？喜欢的话就跟舅舅亲一个。

我浑身一阵冷，我猜想哥哥肯定蹲下了身子，阿旦踮着脚尖，他们在亲嘴，一张带着胡子楂儿的大嘴，和一张花瓣一样粉嫩的小嘴亲在了一起。

啊，好香。

哥哥夸张地说。

舅舅的胡子好凶，扎疼我了。

阿旦抹着嘴巴跑出来。

阿旦——我忽然喊出一声。

这一声出来，我愣住了，我被自己这一声断喝里的凌厉和严厉吓了一跳，什么时候，我会用这样的口气跟人说话，不要说这个人是儿子，就是外人我也从来没有过，就是和秦向东闹离婚那会儿，我除了默默抹泪，也没有这样吊着嗓子跟他闹过。

阿旦说妈妈你吃火药啦？还是被你们经理扣了工资？火气这么大。

哥哥端着饭出来了。

他把三个舀满饭的碗装在一个方形塑料托盘里端出来，盘子大，还装着筷子和小小的盐盒、辣子盒、醋罐，还有一个小小的瓷碟子里盛着一碟小菜，甘蓝葱头青椒，拌得红绿相间，看着挺有卖相。

我坐着没有动，看着哥哥摆饭。

叶儿快吃啊，荞麦面搅团，你最爱吃的。

哥哥热切地摆好碗，又给我摆好筷子。

我坐着没动，不想动，没力气动，进门之前我已经想好了，要装，继续装，装得一切都没有发生的样子，装得我什么都不知道的样子，既然哥哥刻意要瞒我，肯定有他自己的打算，就像我要把自己已经离婚的消息刻意瞒着哥哥一样，只要哥哥不自己说出来，我就不能挑破这个脓包。

可是此刻我发现自己真是严重缺乏演戏天赋，我竟然控制不住自己的情绪，我无法做到强压下内心的情绪，而装作什么都不知道一样强颜欢笑地和哥哥周旋。

筷子滑进我手心，带着一股冰凉。我慢慢地握住了，接着端起了碗。

想不到哥哥还踏了蒜泥，清油炸了，里面放了麻辣调料和白芝麻颗粒，显得油汪汪红艳艳的，还有一小碟绿茵茵的小韭菜，这是吃搅团的绝配。

阿旦不上桌子，他幼儿园吃饱了，除非家里饭菜好吃他才肯再尝几口。他闻到了蒜香，皱着鼻子绕着桌子转，舅舅，舅舅你做的什么饭？看着像软泥巴。

哥哥慈祥地笑笑，用筷子头挖一点搅团，沾点蒜泥，喂进了儿子张大的嘴巴。

儿子像老头儿一样皱着眉头下咽，簌簌床着舌头，说辣辣，辣，泥巴不好吃！

哥哥呵呵地笑了，用筷子灵巧地拨着搅区，说这要是在过去啊，可是最好的饭菜呢，家里来了贵客才舍得做来招待哩，一般的客人哪有这口福，叶儿你还记得吗，你最爱吃纯荞面的搅团，可是咱家没有那么多荞麦，妈只能掺和点豆面、糜子面、莜麦面一起缠搅团，你扳着锅沿问妈今晚啥饭，妈哄你说荞面搅团，你问是纯荞面吗，妈说就是，一把一把都是荞麦面。等吃的时节你吃一大口，吐出来，狗一样扇舌头，你哭着骂娘哄了你。你吐出来的搅团刚一落到地上就被狗叼去了，那时节的狗也饿呀。

妈拿烧火棍打你，妈说你这样刁钻的女子再不好好调教，长大准是个母夜叉，找不上婆家，难道一辈子在娘家扎老女？呵呵，想不到叶儿你长大了根本就不愁嫁，根本不是母夜叉。

我也跟着笑，我听到自己的笑声里藏着一些难以掩饰的东西，是什么呢，好像是一些在阴暗处滋生出来的虫子，肉乎乎、湿腻腻的，它们浑身长满了毛，毛森森地爬满了我的心，还在生长，在繁殖，一片一片，像我们酒店铁艺墙上的绿叶植物。

是啊，小时候，小时候那些事我怎么能忘呢，自然都还记着呢。

我们一起呵呵地笑，我觉得嘴角本来紧绷的肌肉慢慢放松了，这笑是从内心深处散发出来的，被往事钩沉起来的，压不住，它们自己欢快地往出跑。

我有些笨拙地用筷子头挑起一疙瘩搅团，慢慢送进嘴里，缓缓地咬。一股久违的荞麦面味儿在舌苔上散开，沉睡的味蕾似乎一瞬间就被什么唤醒了，鼻腔里酸楚得厉害，我拼命压着，舌头有些僵硬，嗓门里回旋着一股火辣辣的味道。

为啥不蘸蒜？你碎的时节不是最爱蘸蒜吃吗？

哥哥问，一个小勺子伸过来，他把一勺油汪汪的蒜汁淋到了我的小山头一样的搅团碗里。

尝尝哥拌的咸韭菜，我知道肯定不像咱娘腌的那么好吃，咱凑合吃吧。

一筷子绿茵茵的韭菜落在了我的碗里。

我快快下咽，再美美夹一筷头淋了蒜泥苫了韭菜的搅团，我大口大口吃着，我忽然响亮地笑了，我说哥哥，没想到你还有这一手啊，你缠的搅团真好，很像咱娘的味儿，筋道，不粘牙，比外面饭馆里那些卖杂粮的做得地道多了，还有这小韭菜，咸咸的，辣辣的，韭菜下搅团，就是我们小时候的味儿啊。

我吃了一大碗，哥哥吃完一碗，又把锅底里焦煳的锅巴铲出来半碗，要给我分一些，我坚决不吃了，摸着肚皮说减肥，再吃肚子上的肉就掉下来了。

哥哥端着半碗黄灿灿的锅巴眼睛亮闪闪的，喊阿旦过来，要给他好吃的。阿旦皱着鼻子摇摇头，说那算啥好吃的，又不是超市里买来的真正锅巴。

哥哥当着我的面嚼锅巴，嚼得嗯嗯响。我坐在对面望着他吃，我忽然觉得哥哥的样子在缩小，缩小，一直小下去，最后变成了记忆里少年的样子。少年哥哥最爱吃的就是锅巴了，每当母亲缠搅团，散馓饭，他都抢着去铲锅底的锅巴，我哪里肯便宜他，我也抢着要铲，我们俩围着锅台打架，他捞着勺子，我捏着锅铲，我们在灶火门前开战。往往是哥哥背过身子咣咣铲锅，把一个屁股伸给我打，我就在那瘦巴巴的屁股上左右开火。等哥哥端着一碟子锅巴要跑，我大哭。大人赶来，一碟子锅巴归了我，哥哥换来一顿臭骂。后来锅巴是我们俩分着吃了，你一口我一口，我们吃得无比香甜，那滋味终身难忘啊。

我瞅着哥哥吃。我发现哥哥的前门牙竟然缺了一个豁口。有牙齿落了？哥哥很投入地吃着，不看我，我忽然没心情问他究竟缺了几颗牙，去哪里了。他这个年龄，已经不是换乳牙的时间，不过也还没老到掉牙的年纪。那么牙齿哪儿去了？是和人打架掉了，还是吃东西磕掉了，还是长了虫牙？小时候哥哥的牙齿可是很齐全的，那时候家里穷，父母很少舍得花钱给我们买糖吃，所以我们的牙齿都很健康。

我有些艰难地咽下了最后一口搅团，我觉得自己分明把满满一口悲哀也吞了下去。我和眼前这个男人虽然是兄妹，从一个女人的肚子里前后爬出来，我们一起度过了童年，但之后我们就分开了，这一分开就很少有机会长时间待在一起。每次我回娘家都是匆匆见一面，近几年甚至连面也很少见了。他吧唧吧唧嚼着，我慢慢低下了头，我觉得这咀嚼声和记忆里的一模一样，视线一点点模糊，我看到单调的灰色水泥地面在一点点变化，变得五彩斑斓，就像地面上绽开了数不清的花朵。

阿旦拿着本子跑来，我伸手去接，每次写完一行字母他都要给我看看，等待我夸他，这已经是我们母子间的习惯了。但是阿旦绕开我，扑进舅舅怀里，说舅舅检查，我要舅舅检查。哥哥笑呵呵接了，把阿旦揽进怀里。我低着头拾掇了碗筷钻进厨房。

我拧开龙头接水，水好像在水管里等待很久，早就等不及了，我轻轻一拧小小的龙头，白花花的水线就喷溅而出，落在盘子上、碟子里、碗里、锅里。我静静看着自来水流淌。碗碟都满了，平底小锅也满了。我不关龙头，身子软软靠住洗手盆，我俯下身子看水。我第一次发现水也是有生命的。它们流淌得这样用心，这样深情，这样拼尽全力。刚到城里用上自来水那会儿，我曾经十分不认可自来水，我觉得真正的活水在我们老家，水沟里那眼清泉里汩汩涌流而出的清流才是真正的活水，而城里这曲里拐弯不知道从哪里冒出来的冰冷的水管子，早就把水关押得死去了，水已经不是真正的水，成了我也不知道是什么的东西了。每天的生活都离不开，可我从来没有真正地从内心认可过它。

水情深地激荡着，在瓷碗里旋荡起一团团花朵。这花是白色的，它们努力地打开花瓣，花瓣一层层重叠，很快就裂了，碎了，消失了，还原成水本来的样子。我伸手在龙头下等着，手心里盛开了一朵花，我小心翼翼捧着花，我慢慢抬高手，把脸伏上去，泪水从眼眶里扑簌簌落下，水花四溅，花瓣碎了，我扑到水盆边，把脸按进平底锅里，满锅的水包围了我的脸，深秋的水很凉，我感觉泪也是凉的，从眼眶里一冒出来就凉透了。

我望着清水里的自己，我悄悄问，为啥呀哥哥，你到底是为了啥？

外面传来咯咯的笑声。是阿旦在笑。我慢慢靠近门口，偷偷听。哥哥在讲故事。哥哥像幼儿园老师那样压低了声音，把自己粗粗的男音逼得细细的，柔柔的，这变调的声音说一只小羊独自跑出去玩儿，在一条小河边，它刚喝了点水，忽然一只大灰狼出现了。

阿旦咯咯地笑了，舅舅舅舅，这故事不好听，我们老师早讲过的，你换一个新的吧。

哥哥的声音忽然有些干涩，他有些艰难一样，说可舅舅只会讲这一个故事啊，你要知道舅舅没上过幼儿园，舅舅不像阿旦你这么幸福。

阿旦想了想，那舅舅还是讲狼和小羊吧，我凑合听一听吧。

哥哥的声音再次响了起来。

我没有戴橡胶手套，也没有烧热水，光手在冷水里慢慢洗着碗，耳边模模糊糊听到一个声音在慢慢地讲述着一个狼和小羊的故事。

舅舅，我们老师明明说最后狼扑向了小羊，把小羊给吃掉了，老师还说这个故事告诉大家，小朋友不要一个人到处乱跑，会遇上坏人的，舅舅你为什么说的和老师不一样？

暮色已经落下来了，小窗户外的世界开始陷入巨大的黑暗，阿旦的童音听上去十分清脆，一字一字像清水珠儿落在白瓷盘里一样在耳畔四溅。

我慢慢拧干了抹布，我发现自己的两条腿说不出的困，连走出这扇门的力气都没有了，我慢慢地坐下，坐在哥哥睡觉的纸箱子上，哥哥他究竟给狼和小羊的故事篡改了一个什么样的结果？

六

我拉着阿旦的手走完最后一个台阶，手里的几塑料袋菜，还有苹果，很重，我不急着开门，靠住门喘气。

阿旦抽着鼻子，似乎从门缝里闻到了香味，他忽然抱着我的腿，亮晶晶的眼睛看着我，妈妈，舅舅又为我们做饭呢，舅舅真好，是暖男，要不妈妈嫁给舅舅吧，以后天天叫舅舅给妈妈做饭，妈妈就不用那么辛苦了。

一个塑料袋子从底部破开，散了，苹果欢快地奔出，顺着楼梯骨碌碌滚，我看着它们滚。

我就像看着一个自己无力挽救的结局。

我说阿旦，不许胡说，妈妈和舅舅都是外奶奶生的，我们是亲兄妹，是不能结婚的，再说你答应妈妈要保守秘密的，要知道不守信用的孩子不是好孩子，妈妈会不喜欢你的，不许你在舅舅跟前提到爸爸。

阿旦吐出一截红艳艳的小舌头，妈妈妈妈，我知道了，妈妈跟舅舅是亲人，亲人是不能结婚的，就像我跟妈妈一样，我长大了不能娶妈妈，我长大只能给妈妈买新衣服穿。

门开了，果然哥哥又在做饭。

这样的日子只持续了五天，第六天上，我打开门，看到屋里像我早晨离开前一样乱，一样冷清，我忽然心里一冷，全身颤抖。我疯了一样冲进厨房看，又到卫生间门口张望，哥哥不在。出去买菜了？还是透气晒太阳去了？还是……

廉租房就这点空间，我转遍了，没有哥哥的影子，厨房里那个他垫着睡觉的纸箱子竟然也不见了，碗筷还是我昨晚洗过码放的样子，茶几上除了我和阿旦的杯子，哥哥喝水的一次性纸杯没有了，再看垃圾桶，里面是新换的塑料袋，卫生间的袋子也换了。挂烫机还是盖着一片塑料，但是秦向东那件旧夹克那条牛仔裤不见了。

我忽然有一种心惊肉跳的感觉，摸摸身上，拿出手机，我翻出哥哥的号码拨打，一个不带任何温度的女声说对不起您拨打的号码已停机。我忽然有些如释重负，哥哥他停机了，停机好啊，停机了，就代表他跟世界接通的一条线断了。断了好啊，断了好。

门外传来敲门声。我疯了一样扑向门，这一刻我也不知道自己希望在门外看到谁。我颤抖着开了门。是警察。

警察只是简单问了一些情况，问我和张如林的关系，问我最近见到张如林没有，有没有联系，知不知道他现在人在哪儿了。我很慢很慢地摇头，只要能用摇头代替的地方，我都没有多说半句话，我忽然觉得这样沉默真是好。警察说你最近一次和张如林联系是什么时候，我说刚才，但是他停机，我没打通。警察要过我的手机看了看。警察问我为什么忽然想起给张如林打电话。我很慢地摇头，我说我也不知道为什么，我忽然很想他，想问他在哪里，问他最近好不好。

警察说要是能联系上你得第一时间给我们打电话，不然你就是知情不报，窝藏罪。

我很慢地摇头，摇到一半，我改了，我慢慢地很认真地点头。

警察走了，阿旦从我背后探出头，妈妈，张如林是谁？是警察叔叔要抓的坏蛋吗？

我点头，是啊，是坏蛋，被警察叔叔寻找的，肯定是坏蛋。

要是舅舅在就好了，就可以跟我玩警察叔叔抓坏蛋的游戏了，阿旦叹一口气，有些失落地去写拼音作业了。

我打开手机查看，哥哥来之前的那个上午，他给我打过一个电话，当时我没在意，现在恍然记起来，当时那个号码好像不是哥哥的，是一个陌生号码。为了证实这一点我快快地翻阅通话记录，我的手机通话记录很少，平时打给我的人实在有限，除了酒店保洁部经理通过电话指派我干活儿，李姐偶尔问候一句，在这座城里我实在是没有几个可以时常联系的人。果然，我找到了那个号码。一个陌生号，显示不是我标注的哥哥。

我删除了全部通话记录。好像在消除一个犯罪记录一样，我颤抖得厉害。我打开防盗门看看外面，又把头伸出窗户看楼下，看了一圈，确定警察真的走了。我对着手机按下了一串号码。就是刚才删除的那串陌生数字。就在删除的那一瞬间，这十一位阿拉伯数字自己钻进我的记忆，固执地留存下来。我把手机按在耳朵上，心跳得厉害，我不知道自己渴望听到什么。

喂——谁呀？

一个女人，有些匆促地问。

似乎她所处的环境很嘈杂，嗓门很高。

我说你是谁。

不是哥哥的声音，不是哥哥的号码，这女人是谁，难道是我记错了号码？

你给我打电话呢你问我是谁？

对方调门更高了，火追着屁股烧一样急。

我说你得先告诉我你是谁我才能告诉你我是谁。

我是你妈、是你姑奶奶——神经病！

电话挂了。

我忽然想到了嫂子。嫂子的脸很清晰地出现在眼前，像电视里的慢镜头一样一点点往我眼前拉近。嫂子长得好看，细皮嫩肉不说，眼睛眉毛鼻子都有模有样，所以哥哥很爱嫂子，刚结婚那会儿，母亲说要给新媳妇立规矩，调教调教，这样才能做好我们张家的媳妇。哥哥舍不得嫂子受委屈，嫂子担水，他陪着，他把水担到大门口才叫嫂子担，嫂子担着水颤巍巍进门，从婆婆面前走过，看得我娘笑眯眯的，直夸儿媳妇能吃苦。嫂子怀第一个娃害口，哥哥从集上买回好吃的，揣在怀里，进门先溜进自己屋里，把东西交给媳妇藏起来然后才去上房见父母。

以后哥哥是不是还那么爱嫂子我就不知道了，我们只在一起生活了半年，半年后我就进城打工了，我们的生活距离从此就拉远了。

我忽然想，这个骂我神经病的女人，会不会是哥哥的情人？

要不然哥哥怎么会拿这个女人的号码给我打电话？换句话说，哥哥和我联络过的号码，怎么落到了这个女人手里？

或者，是我想多了，她只是一个路人，哥哥偶尔借电话一用的陌生人。

这个女人性格明显和嫂子不一样，截然相反，这女人风风火火的，肯定是那种大大咧咧男人一样的性格，而嫂子，一直都是清水一样柔和温婉的，总是含着淡淡的微笑面对你，这样的女人，像一朵淡淡的花，像一杯清清的茶，不要说男人疼爱，就是我作为一个女人，我见到她也觉得从心里感到喜爱，想和她亲近，想和她多说一会儿话。

嫂子死了，被哥哥杀了，她是那么让人喜爱的女人，而杀她的，是很爱她的男人。这一对夫妻，他们的生活里究竟发生了什么？

门口传来响动，是钥匙在锁孔里转动的声响。

我忽然感觉有人把钥匙伸进了我的心里，钥匙转动，搅动着我的心瓣。

有一种被搅得血肉模糊的痛楚。

我呆呆站着，忽然很希望出现的不是哥哥。哪怕是秦向东，也不要是我的哥哥。

一张麻纸板先伸进来，后面跟着哥哥，哥哥手里举着纸箱子。

有些潮，我拿出去晒了下。

他抖着纸箱子，懒洋洋说，他的样子有些漫不经心。

我默默做了饭，端出来，我们默默地吃。阿旦照旧不吃，他的情绪有些低落，用油画棒在图画本上胡乱地涂抹着。这顿饭我做得很潦草，我们吃得也很潦草，整个过程里哥哥没有为我夹菜，他吃完一碗就推开筷子，我没有让他再吃第二碗。面条是前天从外头面店买来的，机器轧制的面条本来没什么味儿，又在冰箱里放了两天，菜是一个炒洋芋，没有肉，没有西红柿，我感觉这饭吃在嘴里像嚼着一块陈旧的抹布。

哥哥起身走到阿旦身边。阿旦忽然伸手护住了本子，瞪着眼睛，说舅舅不许偷窥，每个人都有自己的隐私，你不许侵犯我隐私。

哥哥笑了，说你一个碎娃也有隐私？舅舅看看你画的啥，要是画得不好，舅舅还可以帮你呢。

阿旦松开手，密匝匝的睫毛在嫩白的眼睑上抖动，忽然薄薄的嘴唇像花瓣一样咧开了，舅舅你知道坏蛋长什么样儿吗？

我差点失手掉了手里的碗，我说阿旦不许胡闹，要有礼貌。

阿旦有些委屈，瞪圆了眼睛，我只是想画一个坏蛋嘛，我没有对舅舅不礼貌。

哥哥已经拿起笔，笑呵呵说舅舅会画坏蛋，这就教我们阿旦。

洗碗的时候我将哥哥的纸箱子抖起来查看一遍，是外面垃圾箱边就能捡到的那种被扔掉的纸箱子，压扁了就是一个睡垫，没有可以藏东西的地方。我又仔细想了想，哥哥一开始来的时候就没有带任何行李，连一个很小的包袱都没有。我偷偷站在门口看，客厅里舅舅外甥头攒在一起在嘀嘀咕咕说着什么，阿旦好像很开心，不时咯咯咯笑。我用目光把哥哥里里外外看了一遍，他刚来穿的那件褐色外套不见了，腿上的裤子也不见了，他现在穿的是秦向东那身旧衣服，他本来就单薄，这身衣服是秦向东发福之前穿的，所以紧贴在哥哥身上，哥哥显得全身很紧凑，还是年轻人的身材，衣兜也都妥妥帖帖贴在身上。他会不会还带着手机，究竟藏在哪里？为什么原来的号码已经停机，是不是他拔下来丢掉了？他知道警察已经找到我这里来了吗？我要不要提醒他一句？今天下午他不在家，这时候警察来了，是他预感到警察要来，还是无意中的一个巧合？

我擦一把额头的汗，如果是巧合，这巧合也真是太巧了啊。

躲过了这次，那下次呢？警察会不会还来呢？我要不要提醒他这里已经不安全了？

夜晚照旧来临了，我在黑暗里醒着，这一回不是哥哥的鼾声干扰我睡觉，而是我自己失眠。眼睛干巴巴的，睡不着，只要我合上眼，眼前就出现一张奇怪的脸，一张女人脸，我仔细看过，她不是嫂子，不是母亲，不是我自己，是一张陌生的脸。她在远远地看着我，似乎要跟我说什么，但是又不说，我刚要凑上去，她的脑后好像有一双手操控着一样顿时将她的脸拉远了。我只能在原地待着。可是她又慢慢地靠近我，一点点往前凑，一对像男人一样英气逼人的眼睛里闪烁着晶亮的寒光。她要跟我说什么。

我不害怕，自从和秦向东离婚后，我曾经在黑夜里整夜整夜地醒到天明，我也做过噩梦，所以没有什么噩梦能吓到我。只是睡不着很难受，这样过不了几天，脸上的皱纹肯定会加深，头发也会脱得厉害。失眠是女人保养容颜的大忌，这个李姐早就告诉过我。

我把耳朵侧起来向着厨房方向倾听，我确定哥哥他醒着，因为我听不到鼾声。偶尔听到纸板在响，窸窸窣窣的。始终没有鼾声。难道哥哥彻夜不眠？

我拨通了母亲的电话，母亲的声音在电话里幽幽的，似乎她已经接受了现实，说你大回来了，公安局押他也没用啊，我们老两口又不知道你哥哪里去了。

我想了想，慢慢地问，妈你知道我哥他究竟去哪儿了吗？

母亲似乎被这个问题给难住了，沉默了一下，说越远越好啊，我造孽的娃……母亲的声音被她自己的哭声打断了。

我赶紧压了结束键。

厨房里静悄悄的，我关了手机，逼自己入睡。

七

我的日子很快恢复了常态，好像哥哥压根儿就没有出现过。每天早晨我看着阿旦上了幼儿园校车，然后我挤进五路公交，和陌生的躯体挤在一起挤过一段路程，然后我下车走进酒店，签到，开始一天的工作，干活儿累了，和李姐坐着聊聊天，听她天上地下地胡扯，下午三点准时下班。

不是日子自己恢复常态的，而是我努力的结果。我一直在努力，我的生活像被人切开了一刀子，我努力地悄然弥合了刀口。

但是我下班后不再像从前一样急匆匆赶回家里去，我改变了这几年的习惯，我慢慢地走，一直走到儿子的幼儿园门口，我隔着镂空铁艺门望里面，孩子们在教室里的小脑袋时不时冒起来，又落下去，也有孩子排着队跑出来在外面做游戏。我望着那些小身影看，我忍不住想，这些无忧无虑的小生命呀，他们哪里知道这世上有多少灾难和愁苦在等着他们去面对呢，他们傻乎乎的什么都不知道，他们肯定还在做着快快长大的梦呢。

五点钟，幼儿园开始放学。我转身离开，一步一步走过一段公路，在康居小区门口，五点半，校车在新区转了半圈儿，路过康居小区，我接到了儿子。然后我们一起走回家中。

从三点到五点半，我每天把两个半钟头花费在无所事事地闲逛和发呆上面。我晒太阳，沿着路边的黄色盲道慢慢走，秋风硬，秋天的阳光不毒，但是里面有一种硬硬的东西，我知道这时的阳光也很损伤皮肤，我包里就备有阔边软帽，我不想戴帽子，迎着阳光走，我忽然觉得能晒到阳光是很幸福的事，是一种奢侈，是难得的享受，我在心里说张如叶好好晒晒吧，黑点怕啥，粗点怕啥，人在世上能多活一天都是很难得的不是吗？

我们再打开门，阿旦默默的，不再抽着小鼻子兴奋地扑向屋里，因为屋子里恢复了过去的清冷，没有哥哥做饭的香味，没有他买好的礼物让阿旦开心。哥哥总是躲在厨房里，门关着，只有我推开门才能看到他，每次见面，他都要笑一笑，搓着两个手，说叶儿啊，哥明儿就走，包工头今儿又不在，哥就不信等不到他出现，我就不信他能躲我们一辈子。

我把早就备好的笑赶紧挤出来摆在脸上，我说哥啊，没事的，咱耐心等，这段日子秦向东他不是出差吗，我这里吃住都方便，你就踏实住着吧。有时候我会多说几句，我说市政府早明公开说要提前十天给全市供暖，还掏了补贴费，可是黑心的供暖公司到现在还不通水，这屋子里越来越冷了，还是咱老家好啊，这会儿土炉早就填得暖烘烘的，炉子也架起来了；我说我们在乡下种的菠菜芹菜没人吃，卖不出去，烂在地里，但是到了城里，菜价高得离谱，就连乡里一斤两毛的洋芋到了城里也卖一块钱；我说对面的一家超市倒闭了，正在清仓处理货品呢，可等我赶过去人家已经卖完了，我只抢到一提餐巾纸。

每次哥哥都在耐心听着。我看看小桌子，上面的小电视苫得严严实实，那是我苫上去的，我看得出来哥哥没有动。我说哥，心慌了看看电视吧，这小区太偏僻，没有闭路和网络，天线只收两个台，不过也能岔个心慌。哥哥瞄一眼电视，摇摇头，说我天天出去要账，不心慌，不想看电视。见我有些走神，他忽然笑了，叶儿你不知道，我们今天把老板堵在大楼里了，我们就坐在门房里等，你知道门房里是有电视的，我们就一边看电视一边等，五集电视剧都演完了，还不见那王八蛋出来，我说完了，肯定从后面跑了，等我们分头进去找，果然从后门跑了。

我跟着笑。我想到了一件旧棉袄。那时候我们上小学，哥哥四年级，我二年级，我们去学校的路上有户人家养着一条恶狗，有一回狗把我们堵在了路口上。哥哥弯腰捡起几块大胡基，悄悄在我耳边说等哥扑上去拿胡基打狗，你赶紧跑，能跑多远跑多远。我还在发傻，哥哥已经发一声喊冲向了狗。恶狗被哥的气势吓住了，跳着爪子后退，哥喊我快跑，我就撒开腿狂奔。等我跑到半山腰，回头看，哥哥一瘸一拐撵上来，他被狗撕破了棉袄，他跟叫花子一样抖着一身白花花的棉花穗子，说叶儿啊，以后哥得练点打狗的功夫，不然没法保护你呀。

我感觉自己此刻的笑声就像那个破棉袄，笑声里全是破洞，随着嗓音在颤抖，抖得棉花穗子白花花乱摆。

说话的同时我的目光扫遍了桌子和墙角所有能插电的地方，没看到充电器一类，哥哥没有为手机充过电，说明他没带手机，手机早就扔了。

晚上我在被窝里打开微信，找到李姐白天转发的一个帖子，是固城一个微信公众号首发，题目赫然是"男子怒杀岳父一家四口在逃，只为妻子屡次出轨不改"。新闻里的主人公被称作张某，文字中间配着一张照片，赫然就是哥哥。

每当我们做完一轮保洁，会躲在工具间稍微休息一会儿，这时候也是最热闹的时候，做保洁的都是上了年岁的妇女，不像年轻女孩子高傲，我们这个年纪的女人很合群，凑在一起就聊一些鸡零狗碎的事情，不是看来听来的，就是网上的八卦，什么明星绯闻啊，官员包二奶啊，夫妻离异啊，大款跑路啊，每人手中一部手机，QQ，微信，微博，只要你愿意，满屏都是新鲜的八卦奇闻。等我们感叹完那个网络世界中离我们遥远的天上地下，我们会聊聊今儿回家吃什么，今年小城里流行什么款式的衣裳，谁家孩子考上大学了，谁谁最近减肥成功了，谁谁的皮肤白了。

今天的八卦时间，李姐一屁股坐在小马扎上就骂人，对着手机骂，骂得很难听，连先人祖辈都从坟坑里刨出来骂。李姐的毒舌早就出了名，再配上她的直性子，她在我们保洁部是唯一敢跟经理顶撞的保洁员。经理对我们干过的活儿常常挑鼻子挑眼睛，动不动拿扣工资威胁我们，多亏李姐在前面顶着，我们的日子才不至于十分难过。

李姐说现在的人啊，都是咋想的，既然过不到一起就离呗，离了再找好的呗，为啥要人家的命哩！

我把手里的笤帚头捋顺挂到挂钩上。

崔姐说不怪这男人，你仔细看看，这女人花心肠，胡跟男人，跟的还不光一个，谁勾搭跟谁上。

我把崔姐随手丢在脚下的拖把捡起来立好。

李姐的嗓门陡然高了一个分贝，对对对，是这女人花心，烂婊子，男人一出门她就往屋里领男人啊，大白天也敢拉窗帘顶门，真是色胆包天。

色字头上一把刀嘛。

哎，会不会是她男人那方面不行，女人荒得受不了，才找人解决？

有人压低声音问。

这个不好说，不过真要是不行，三个娃哪儿来的，不是都已经养了三个娃了吗？

这还不好解释吗，说不定是借来的种，现在这社会，这种事儿不算稀罕！

一根拖把忽然滑倒，砸到了我脚面上。

我慢慢地蹲下去，拄着拖把往起来站。

其实要我说啊，这人够男人，杀了那不要脸的是对的，杀了丈母娘丈人也是对的，他算是个有血性的男儿，可他咋能杀小舅子的娃哩，才三岁，父母没在家，也算是留守儿童嘛，碎碎的瓜娃嘛，能知道个啥，和这件事没啥关系，杀了这娃，他就没人性了。

李姐的大手捋着一头鬈发波浪下结论。

真是个没人性的疯子，我女儿也在老家寄养哩，这一看我真是担心哩，你说现在的农村咋这么乱哩？

小刘一脸担忧，摇着头说。

唉，也不都是农村啊，咱固城上月那凶杀案忘了吗，就发生在百货大楼里，这你咋说？

现在的人啊，吃得饱穿得暖，日子和过去比，天上地下，但现在的人就是怪，吃饱了难消化还是咋地，动不动杀人，一杀就是一窝，有些人确实该死，但有些人死得太可怜，你说这三岁的女娃娃嘛，能有啥罪，唉唉，真是枪毙两回都应该！

我刚把一根拖把立起来，可是它没站稳，向着一大堆拖把撞去，顿时打倒了三五把，拖把们哗啦啦笑着一齐栽倒下来，全压我腿上了。

李姐她们的议论中断了，扭头瞅着我笑，笑声哗啦啦的，李姐说张如叶你个死婊子是想男人了还是咋地，一个拖把就能把你砸倒？我看你昨晚是不是又把秦向东要家里了？

我慢慢爬起来，离开了她们，这一刻我忽然觉得自己很孤单。笑声像水波，在身后荡漾，在一群更年期口无遮拦的女人们中间回旋。

那一刻我就知道那个杀人犯正是哥哥。

白天我没有勇气看那个帖子，现在夜色四合，借着夜幕遮掩我得看看。

帖子不长，配了三张照片，两张事故现场，一张是哥哥的照片，不知道是从哪里找出来的，我看得出是很早的一张证件照，照片上的哥哥还显得有些青涩，眉目端正，眼神温顺，眼底深处含着一抹水色，在静静地望着前方。

文字部分和母亲叙述的差不多，唯一不同的地方是，母亲说哥哥出发的那个下午她和父亲不知道儿子去杀人，帖子中说，据警方推测，凶犯一贯是个性子温和老实的人，之所以做出杀人的冲动，除了婚姻不幸家庭纠纷，估计还有父母在背后教唆的原因，甚至女方的一个叔叔告诉记者，他们怀疑张某行凶，背后肯定有父母撑腰，不然这个老实人不会做出这样的惊天举动。

我觉得自己咽下了几个生硬的果子，嗓子涩得难受。

这些信息混在一起，像石头一样难以消化。我在脑海里回想着几个人，我的父母、哥哥、嫂子、嫂子的父母，还有那个孩子，那个我从来都没有见过的小女孩。

帖子说遇害女孩的父母已经得到消息，正在从打工的地方往家里赶，不知道这对年轻的父母将如何接受这样残酷的现实。

我瞄一眼厨房，门还是关闭着，我把被子蒙在头上，然后把照片放大了看。

四个死者，已经被摆好了，一排溜儿，全身苫着一块新床单。看不到他们的面貌，只能看到是按照辈分和年纪从大到小排序，最左边的应该是那个我们叫姨夫的老汉，接下来是他的女人，一个矬个头口舌麻利的女人，嫂子是大个子，床单在这里撑起来一个高峭的包，像山岭一样一路蜿蜒，最右边自然是那个小女孩，我不知道她叫什么名字，只能记起来她出生的时候嫂子去看过月婆子，嫂子回来撇着嘴说她父母等着抱个孙子呢，偏偏是个女子。

现在这个女孩已经不在世上了。

另外一张照片是凶杀案现场，一片血光，我扫了一眼就闭上了眼。

这几年手机微信的流行，这样的凶杀帖子很常见，我也曾细细地看过各种死人的场景。从前时候总觉得那都是离自己很遥远的事情，我像看着非洲饥饿儿童的照片一样，像看着中东战乱一样，只是在看着的那一瞬间内心涌动着怜悯和同情，看完了丢开了，就忘了，像风吹过一样。可是这个场景是我的亲人制造出来的，我的哥哥，这个和我一起玩大的孩子，他杀人了，这些血都是因为他才从鲜活的身体里喷涌出来的。四条人命也是因为他才消失的。

帖子下方跟帖的有一大串，说各种话的都有，我匆匆扫过，诅咒的多过同情的，大家一致骂张某不是人，是疯子，是人渣，是牲口，是恶魔，该马上枪毙，该千刀万剐，甚至有人说应该凌迟处死。

凌迟的场面我没有见过，但是我知道，那是古代的一种刑罚，我们初中的语文老师讲到过，说把人绑起来活活地割，一小刀一小刀，直到割死为止。

我逼着自己入睡，心里轻轻喊着哥哥，哥哥啊哥哥，四条人命啊，你手里的刀子咋下得去呢。

八

深秋的风一场接一场扫荡，街面上的树木，除了一些松柏还挂着四季不变的绿叶，槐树杨树柳树丁香全部脱光了身子，赤裸裸在寒风里瑟缩。进入十一月，暖气终于来了，屋子里暖和，外面冷，里外温差大，早晚接送阿旦的时候我给他外面加一件带斗篷的棉衣，等孩子上车，我把斗篷取下来拿着，下午接的时候再给他披上。

月头我们发上月的工资，我捏着钱去了趟肉店，好久没割肉了，肉价又涨了，从二十七涨到了二十九，我跟肉店老板说我是熟客，你要给我便宜点。老板举着刀子说要哪块，给你割好点，不带一点肥肉。刀子明晃晃的，我望着那刀刃忽然心头一阵恍惚，腿有些软，我说随便，你随便啊。

我提着肉站在路口等校车。心里谋算着今晚该好好做顿饭，这些日子我们的饭菜很清淡，我早中饭都在外面吃，只有晚饭回家做。我不知道哥哥怎么吃，我有意不问他，我还是装作不知道他的事情，每天晚上相遇在五十六平米的廉租房里，我说哥哥今儿等到包工头没有，哥哥说没有，现在的包工头比猴子还奸猾，不花上一两个月不要妄想逮住人。

然后我做晚饭，天天是清水下白面，里面只有洋芋块儿和菠菜。菠菜涨到了四块钱一斤。我想能吃上菠菜也算是奢侈呢。这么一想我心里就平衡了。我是故意这样做的，我也不知道自己为何这么做，我虽然离婚了，一个人带孩子，但我的收入还没让我穷到顿顿清水白面的地步，偶尔沾点荤腥也是能做到的，但我就是坚持天天清汤寡水。哥哥来之前，为了给阿旦补充营养，我冰箱里有鱼有蛋，牛肉也隔三差五切一点。

我是有意不给哥哥吃好的。我也不知道自己在隐隐地渴望着什么，总觉得在内心深处盼着一个结果。我每天都有一种走在冰层上的感觉，总是担心冰层太薄，一脚下去我会掉进万丈深的冰窟窿。我不知道那样的冰窟窿深处有什么在等待我，这样的日子我希望早点结束，我需要回到从前，不是表面表演给外人看那样，而是真正的从前。可是我每天打开门，冰冷的气氛里，有个人静静坐在一片纸箱子上发呆，我就知道这样的日子还远没有结束，还在持续，我还要继续提心吊胆地表演，周旋在一个我看不见的巨大的气场里，我不知道观众是谁，但我知道肯定有观众，在盯着我看表演，所以我不敢松懈，我尽职尽责地表演着。

今天姐妹们又说起了那个案子。凶犯至今外逃，他一日不归案，就一日不算破案。据说被害人的尸体已经下葬埋掉了。李姐瞅着我说叶儿，你近来咋啦，咋光知道闷头干活儿呢，是不是心情不好？秦向东又欺负你啦？我摇摇头，低下头继续擦地。我不想和她们多说半句，我怕自己一不小心就泄露了秘密。我心里的秘密只能在自己心里膨胀，就算是李姐这样的闺蜜也不能透露半句。我觉得有一把刀子在我心里，这刀子不是别人从外面给我插进来的，而是我心里自己长出来的，它在日夜生长，它浸润在我的血肉里，吸吮着我的精血，在不停地长，长，已经顶着我的心壁了，顶得我心里疼，这疼痛是持续的，隐藏的，我不敢外露，只能一个人忍着。

李姐又骂了一阵该千刀万剐的张某，骂完了她忽然站起来，说这个张某傻啊，能逃到哪里去呢，与其提心吊胆地在外头躲着，过着人不人鬼不鬼的日子，还不如自己回来投案呢，好歹都是死，他一个人换四条命，很值了。我装作专心擦地，但是那把刀子又在戳着我了，戳得我心疼，我知道自己的心已经千疮百孔，血肉模糊。我反复咀嚼着那句话，人不人鬼不鬼，我的哥哥，他现在的日子，可不就是人不像人，鬼不像鬼，在人和鬼之间徘徊。

想吃啥就美美地吃上几顿，有钱的话再进一次洗浴店，好好叫那些漂亮女子给捏捏脚，泡泡澡，按摩按摩，再挑一个嫩面的睡她一回，再回来挨枪子儿，这辈子活着也就没啥遗憾了。迟早都得偿命，难道还能躲一辈子？

李姐又感叹一句。

这句话提醒我了。我捏着刚发的工资，想从现在起，给哥哥吃吧，每一顿都放点肉，他吃不了多久的。他肯定躲不了一辈子。

校车来了，我抖开小棉衣等着儿子下来，冷风扑面，等他一下来我就把他裹进来，这样才不会受冷。说到底，阿旦这孩子还是胎里弱，生下来就瘦弱，总是显得要比同龄的小朋友瘦弱一些。

下来一个孩子就有一个家长马上带走，我没有看到阿旦下车。车门晃动着就要关闭。我赶紧丢下手里的菜扑上去，哎哎，我家孩子呢？

车里探出一张年轻女孩的脸，这是张老师，我们每天接送孩子要见两次面。

张老师说秦龙龙妈妈呀，你家孩子不是早接了吗，是他爸爸接的。

我说胡说，我孩子是单亲，哪来的爸爸，孩子是判给我的，没有和我见面，谁都没权接走孩子。

车突突叫着，排气管里排出的废气白森森的，在寒冷的空气里飞旋。

张老师翻着白眼，说明明是秦龙龙的爸爸接走了，他亲自到校门口接的，手里还拿着接送卡呢，我们的制度是认卡不认人。

我已经急出一身汗，问她究竟几点接走的，是个什么样的人接的？

张老师的眼白翻得更多了，说这个这个这个大概是四点吧，我们下午饭还没吃就接走了，至于长什么样，我不知道，是杨老师送秦龙龙出去的。

我抖着手掏手机，风大，手有些僵硬，手机像鱼一样滑落，后盖子摔开了，我干脆把小棉衣和手包都放在地上，拿起手机再次开机，然后在通讯录里翻寻一个号码。一时间我竟然记不起我要找谁。

阿拉伯数字一串串在手机屏幕上滚动，我已经忘了秦向东的号码。我含着泪从头开始，在搜索栏里输入秦向东，秦向东跳了出来。

我拨通了这串号码。

是你把阿旦接走了？

我劈头就问。

我的嘴唇颤抖得厉害。

秦向东他什么意思，判决书上说得明白。孩子归我抚养，秦向东每月付抚养费，费用数额根据本地居民生活水平浮动。秦向东有不定期看望孩子的权利。离后这两年里，秦向东除了给阿旦买过一台遥控小汽车，他没有出一分抚养费。不过他也算绅士，每次想孩子了会提前给我电话，征得我同意后再来家里见上一面。他没有去过幼儿园，这是我要求的，我不想叫儿子的同学们知道秦龙龙是单亲孩子。

秦向东说你胡说啥啊，我在外出差呢，忙得要死，哪有时间接孩子？

我把一声冷笑送到寒凉的空气里，我说秦向东你终于露出小人面孔了是不是，你放弃了孩子的抚养权，现在后悔了，又来跟我争了是不是，要争你光明正大来啊，偷偷接走孩子啥意思？

一边等待的张老师不耐烦了，说你有事联系杨老师吧，我还得送别的孩子呢。

校车逃一般开走了。

我也不知道自己哪里来的那么多委屈，我对着手机大骂，我不理睬身旁有人在好奇地张望，我的心里好像埋着一包炸药，埋了好久好久，都已经发潮了，这一瞬间有人点燃了引线，火药爆炸了，把我的五脏六腑炸得粉碎，疼痛像洪水一样在心里翻涌。我大骂秦向东娘，骂得很难听，小时候在乡村学来的脏话，本来在心里沉睡着，这些年不用都要彻底遗忘了，就是闹离婚那会儿我也没有拿出来用在秦向东身上，现在我也不知道自己是怎么了，这些脏话像大片绿色植物，它们攀援着我的声道往出喷薄，句句化作利箭，在嗖嗖地射向此刻不知道身在何处的秦向东。

同时我跌跌撞撞跑着，二斤肉和一包菜还有儿子的棉衣还有我的小包，在我左手里惊恐地跳荡着，我往前跑着，我不知道这是要去哪里。

骂得太猛，迎面一口冷风灌进嘴里，霎时间闭住我的气门，我艰难地抽着气，骂声被迫中断了。

这时秦向东像从水里冒出来一样，湿淋淋的，说你疯了啊你，孩子不会是被坏人接走了吧，现在人贩子可是无孔不入，你快报警啊你个疯女人你骂我有啥用我在外地出差呢。

坏人？人贩子？报警？

这几个词像刀子，在乱纷纷扎着我的脑子，我想伸手抱着头，但是两手有千斤重根本举不起来。更多的画面，像暴力电影一样在我脑子里环绕，我看过太多孩子被拐卖后的结果，不是贩卖到深山里，就是被打出各种残疾，变成乞讨的工具，还有摘取器官变卖的，还有挖了眼睛变成瞎子的……

一块石头蹦跳着挡住了我，我一个跟跄扑面倒地，手里的蔬菜救了我，袋子首先落地，我迎面撞在一袋子菠菜上。

秦向东不像开玩笑，也不像撒谎，秦向东这个人我太了解了，只要是他干的他会承认的，可是他现在要我报警。阿旦不是他接走的，还有谁能接走呢？还有谁能拿着接送卡接走我的儿子呢？

阿旦，阿旦可是我的命根子，是我的全部。

会不会是他呢？

这念头像闪电，横空劈过，这一瞬间，我觉得自己肯定被一股看不见的强电流横贯了身体。

正是放学高峰期，孩子们成群结队从我身边擦过而去，我望着那些牵着孩子的父母，我忽然觉得从前牵着阿旦走路的那些日子好幸福。

是他，怎么会呢，我们可是亲人啊。

两口子又能咋地，不要说这是对出轨了的老婆动刀子，有些人连自己的亲父母都害，连亲儿女都下得了手，现在的人，心都是生铁铸的，什么坏事做不来？

是李姐，这个大嗓门的女人，每当看到微信圈传播的社会新闻里有人伦悲剧社会惨案发生，她都要慨叹好一阵儿。

拐卖个女娃娃养大了还能卖给山里人做媳妇，儿子娃不值钱，所以人贩子应该不会盯上男娃娃吧。

我这样问过李姐。

因为李姐慨叹世风日下人心不古的时候，我这样问过一句，我当时想到了儿子阿旦，我忽然担心万一哪天我家阿旦也被坏人拐走咋办。

你傻啊你？李姐以一种恶狠狠的姿态盯着我，她的口气甚至有些鄙夷，她是在恨我为什么总是那么单纯，为什么总是把人心都想得那么善良，所以我才在公司不断受到保洁部经理的特别欺负。

谁说男娃娃不值钱？可以挖出心脏卖啊，还有肾脏呢，卖个二三十万不成问题，还有还有呢，拐卖到南方去，给那些养不出儿子的富豪做孩子，一出手就是一疙瘩钱呢。你个傻叶儿呀，这一点上真是叫姐替你担心，真担心有一天你自己也被人贩子拐走了还帮人家数钱哩！

阿旦是男娃，阿旦才五岁，阿旦长得很可爱，这样的孩子，拐出去应该还是有人愿意花大钱买走的吧。卖了他，然后带着钱离开固城，远走高飞，去更远的地方躲避，只要有了钱，哪怕是海角天涯也能去。

冷汗连连，我能感觉到脊背湿透了，线衣粘在肉上湿答答的。

我咬着牙拨通了一串号码。

我有些仓皇地凌乱地描述着孩子丢失的时间、地点、过程、衣着、个头、模样、姓名这些基本特征。脑子里却反复播放着另外的画面，这个画面里我的阿旦被一个大手牵着，阿旦开心地笑着，浅浅的笑声洒了一路，这是他自我们离婚后最幸福的日子。他很久没有得到来自成年男性的疼爱了。他没有丝毫防范，他以为这个人会像爸爸一样带他去游乐园。

电话里的人显然对这样的案子一点都不惊诧，他冷淡地听着我的描述，我似乎能看到一双手在值班记录上漫不经心地记着此刻一个陌生女人焦灼的语无伦次的讲述。

不，他没有记录，他打断我的喷泉一样的诉说，说走失没超过二十四小时不能报失踪，我们也不能接案子，你们还是再找找吧，说不定孩子贪玩……我蛮横地打断了他，我急切地说杀人犯，那个灭门案的通缉犯，我知道他藏在哪里。

九

我已经能确定带走阿旦的人就是哥哥，阿旦的接送卡只有两个，一个秦向东带走了，另一个就挂在我家床头。幼儿园是民营的，不怎么正规，刚开学天天需要接送卡才交接孩子，到了中途就松懈了，老师懒得要，我也懒得天天拿上它。

卡片上的阿旦在笑，笑得很开心，露出一口嫩嫩的白牙齿。

哥哥，你怎么能这样？

我在心里悲哀地喊了一声，慢慢打开了门。

门一开，我呆了，阿旦扑闪着翅膀一样的小胳膊冲我跑过来，妈妈，妈妈，舅舅教我练武功了，站梅花桩，舅舅说只要好好练武功，以后我就能像小哪吒一样厉害，能保护自己和妈妈，妈妈你来看看我站桩的样子像不像一个小英雄？

哥哥的脸出现在厨房门口。

他脸上正在流汗。秦向东那件夹克外衣被脱掉了，露出里面的灰色绒衫。我看到这绒衫大得出奇，显得空荡荡的，装在里面的身躯好像严重缩水一样单薄。

我们的水泥地面上多出来五个圆柱形的木头桩，它们均匀地散开，用胶带固定在地面上，围出一个梅花形状。阿旦带着显摆的笑，噔噔噔跑过来，叉开软软的双腿踩上去，两个脚底下各踩一个，木桩不稳，他摇摇摆摆，伸出胳膊来平衡身体，等站稳了，双手握拳夹在腰间，然后慢慢地往下蹲，扎出一个马步，笑嘻嘻说妈妈像不像，我的梅花桩扎得像不像？

我慢慢挨过去坐在床边，我看见阿旦的接送卡已经挂在了床头，照片里的阿旦在咧着嘴巴笑。

我感觉屋子里的变化不仅仅是多出来一个梅花桩。好像整洁了许多，也亮堂了好多。究竟哪里有了变化，好像很多，都是细碎的变化。

哥哥也挨着我坐了过来。

一阵哆嗦忽然从心里泛起，我身不由己地打了个寒噤。

这是他第一次和我并排坐床沿，他从推开这扇门以来，不是坐沙发，就是坐在厨房地上的纸箱子上。

我看到他绒衫的袖口烂了，线穗子像毛毛虫一样爬了一圈。

我说哥，这梅花桩，你还记着啊？

问完我赶紧低下头，我怕控制不住，那一声悲怆的呜咽会从嗓子深处翻出来。

哥哥笑了，左手拍着右手，我看到他两个手腕上都围着一圈毛毛虫。

嗨，都是碎的时节淘气啊，大和娘没少操心，现在想起来真是不懂事啊，练武踏断了娘好几根灰耙子，害得娘天天抱着灰耙子骂，可她哪里追得上我呢。

我也笑了，是啊，哥你是草上飞嘛，闯了祸一个蹦子蹿上树去，娘身子笨，只有绕着圈儿在树下干胀气的份儿。

我乘着大笑，抬手抹了一把泪。

都是站梅花桩练出来的嘛——哥哥也在笑，笑声中他的头向着地面低了下去。

阿旦抬起圆鼓鼓乌溜溜的眼珠子，舅舅舅舅我能下来了吗，时间站够了吗？

我望着阿旦清瘦的小脸儿，心头一阵恍惚，这不正是小时候的哥哥吗，那时哥哥淘气，痴迷练武，真不知道他是从哪本小人书上看来的梅花桩，在后院的土地里挖出五个坑，栽下五根木头桩子，天天蹲在上面练站桩。练累了躲在麦草垛里看小人书。小人书是偷母亲的绣花针和五彩扣线从伙伴手里换来的。哥哥念给我听，他指着一个光头大辫子的男人告诉我，这是他最崇拜的人，叫霍元甲，是个顶天立地的大英雄。我抬头望望高远的天，再看看满山洼正在成熟的麦子，我觉得自己也敬佩起这个霍元甲来了，天地这么高远，他能头顶天脚踏地，那得付出多少汗水才能练出那么壮实的身躯呢。

梅花桩不好站，哥哥带着我站，他说我是女子娃，最好练点武术防身，所以跟着他练练梅花桩不是坏事。我就跟着哥哥站桩。五个圆圆的木桩，像花瓣一样盛开在地上，我笑嘻嘻站上去，觉得十分好玩。可是我站一会儿就受不了了，双腿开始酸困，屁股往下坠，脚脖子发抖。我说哥哥哥哥时间到了吗，我受不住了。

哥哥说坚持，还差得远呢。

我喊娘快救命啊，我哥欺负我。

我说哥梅花桩不好玩儿，我不站了，再站我就瘫痪了。

最后我自己从梅花桩上栽下来，腿麻了，脚腕子直了，我抱着腿大哭。

母亲手里捞着烧火棍赶出来，撵着哥哥打，哥哥抱着头大喊冤枉。

我在边上笑着拍手。

哥哥把阿旦抱在怀里接下来，捏住阿旦胳膊，说老舅教你个绝招。

分腿，下蹲，稳稳扎一个马步，一手托掌高抬，一手下压。

一大一小，两个身影在地上一本正经地比画。

哎，就是这样儿，来，跟老舅喊，我是燕人张翼德，手中丈八蛇矛，谁人能敌！

阿旦摇动着肥肥的大舌头，吐字不清，但是很认真地跟着哥哥学舌，阿旦说捏是烂银将翼德，手中脏八蛇矛，谁银能敌？

满山洼麦子黄灿灿的时候，夜晚我们坐在月光下纳凉，哥哥手里抡着丈八长矛，追着我们在麦场里跑。他俨然就是个英雄，而我们是小毛贼，我们做鸟兽状，四下里乱纷纷逃窜，哥哥在身后追得风响。

母亲在边上喊，我的擀杖，你敢拿着我的擀杖胡闹，弄脏了明儿咋擀面？

哥哥卸下我床头的蚊帐杆子，阿旦欢叫着抢过去，老舅这就是脏八蛇矛是不是？老舅，练好了梅花桩就能保护好妈妈是不是？

哥哥摸了摸阿旦的头，扭过头来看我，说叶儿，遇上好男人再成个家吧，娃娃还碎，尽量给他一个完整的家。

我没力气抬头看哥哥的脸，目光从他肩下斜斜插过去，我看到在他身后的窗台上，一只金黄的小鸭子和一个圆嘟嘟的不倒翁，它们正靠在一起，像一对玩累了依靠着彼此的身体休息的患难亲人。

我早就预感到他会这么劝我的，但我没想到他会说得这么直接。

我说哥。

我想说什么。

我什么都说不出来。

这时候刺耳的警笛声已经在楼下响成一片。

发表于《朔方》2017 年 3 期

一顿浆水面

一

苏梅离开前留下一把钥匙、几张卡，都交到婆婆手里，周一下午，她利用接孩子的机会带着田寡妇学习识记、使用这些东西。苏梅在前头走，田寡妇跟在后面看。婆媳两个从小区门口出去，穿过一条马路，再向左转一个大弯，就是幼儿园了。第一幼儿园，是我们市最大最好的幼儿园。苏梅说。

田寡妇给儿媳妇点头，这个她知道。这几天总听到儿子和媳妇谈论这事，为了把娃报进这个幼儿园，他们想尽了办法，求人、送礼、请吃饭、走后门，听上去很复杂，田寡妇根本不懂这里头的道道儿，好在娃娃放进去了，大家的心也就踏实了。

过马路时苏梅拉住了婆婆胳膊，指着路面说你先看左面，左面没车你就过，走到路当中的那条线上，你再站下看右边，右边没有车正开过来，你再往前走。

路上的车真多，一辆跟着一辆，像忙着搬家的蚍蜉蚂蚁，黑压压乱纷纷的，田寡妇有些迷糊，脚跟下轻飘飘的，有种一不小心就会一头栽倒的眩晕。

苏梅拉着她从车和车的缝隙间穿过车流走到另一边，她把婆婆一直拽到路牙子上，说这里是人行道，专门给人走的，你以后要记着，一定要贴着这里走，这里没车，相对安全得多。但是，你也不能完全宽心，因为有自行车、电动车，这些非机动车很讨厌，专门在人行道上跟人抢路，你看看——

田寡妇回头看，果然有电动车和自行车灵活地滑过来，不减速，一个劲儿往前蹿，她刚转身，就差点被一辆从后面冲上来的电动车给撞倒。田寡妇跌跌撞撞地躲着，想，我一定得抓牢孙子的手，这么乱的路，万一出点事呢。

这么一想，田寡妇发现接送娃娃这件事并不是轻松活儿，真得把心操好，同时她感觉自己亲自来为儿子接娃娃，是正确的选择，娃是她的亲孙子，她能全心全意地疼爱和护送，这要是像儿媳妇说的那样雇一个人来，人家会像亲奶奶一样尽心吗，那就难说了。

马路边有个大广场，最显眼的是一把巨大的黄铜色水壶，高高固定在石头坐盘上，这是这座城市的象征，据说是按照本地出土的千年文物的造型仿造的。铜壶下面，有人在石凳上下棋，三三五五围成圈子，还有人在花草树木的空隙间摆摊子卖东西。田寡妇好奇，这里也有卖东西的？又不是集市啊！城里真是和乡下不一样。

苏梅指一下前方，说这里活动的都是老年人，吃饱了没事干，就在这里消磨时间，这会儿还算安静，早晨不睡觉聚到一起跳广场舞，吵得很——她压低了声音，手在广场上泛泛地画个圈子，说都是些不安分的骚情货，听说广场舞跳着跳着，就跳出事情来了，拉拉扯扯偷偷摸摸的都有，老了老了，还尽闹笑话！

田寡妇有些傻眼，目光缓慢地把广场扫了一圈，没看到跳舞的，但是她已经听到过跳舞的音乐，早晨起来时节响，儿子家离这儿近，她这几天每个早晨都听到了响动。田寡妇淡淡地一笑，这些事和她没关系，她一个回民老婆子，从来没想过跳舞，也没那兴趣。但是，苏梅碰了她胳膊肘一下，说妈我说了你不要多心，这里乱得很，你心慌了来边上走走，看看，没有啥，但最好不要掺和进去，你不知道，这里头水深着呢。

田寡妇看一眼儿媳妇，没明白她的意思，说娃娃，我又不跳舞。

苏梅想了想，笑了，说有些小贩子爱把菜蔬拉这里赶早市，就在那拐角子上，倒是便宜，菜蔬也新鲜，但是那些卖五花八门货物的，就不要买了，次货，专门哄老年人的。

说话间幼儿园到了。苏梅说妈你记下了，小三班四点五十整出来，你站在门口这边，看着，老师出来了，就是那个高个子扎辫子的，很好认，她领着娃娃呢，她到门口，你把接送卡给她，就能把欣欣换出来。

田寡妇耳朵听苏梅吩咐，眼睛早就盯着大门看了。

幼儿园的大门和小区的门一样，不是木门也不是铁门，是一种黑中泛着白光的伸缩门，能自己动，有车来了，它蛇一样把身子一点点缩短，然后，它又一点点吐出身子，显得比活人还听话。

孩子们出来一个班，家长们哗啦啦扑上去，抢一样乱，很快一堆娃娃就被抢得一个不留。

高个子老师果然好认，远远就比别人高出一头，她带着班出来了。田寡妇赶紧在人群里找欣欣。

娃娃们远看走得规矩整齐，像被一个看不见的方框给框起来了，他们跟着框子移动，队形一直保持到门口，到门口，田寡妇还没反应过来，哗啦，队形就散了，她还没从孩子堆里找到欣欣，人群早就乱了，孩子们像一群饿了一天的羊羔见到了母羊，一个个跑着跳着叫着，一张张脸在田寡妇眼前晃，她看着这个像欣欣，看那个也像。走近了细看，都不是。

妈你记着吗，欣欣今儿早上穿了啥衣裳？

苏梅在身后提醒。

田寡妇被提醒了。早上送欣欣出门前，苏梅说过让她记住今儿给娃穿的衣裳。

今儿是牛仔裤，黄色夹克。

她赶紧在黑压压的人群里找黄衣裳。很快就分拣出三个。目光追随着三个小黄人筛选，总算是顺利找到了欣欣。

她一把拉住欣欣，从兜里找出欣欣的接送卡，老师看了卡，放欣欣出门。

回家路上，田寡妇一直紧紧捏着孙子的手。欣欣不愿意让奶奶拉，他要自己跑，要追别的小朋友，又要苏梅牵着自己。苏梅不牵，说马成龙你给我记住了，从今儿起，每天都是奶奶接送你，除了奶奶，谁接你都不能跟上走，不然会被坏人捉走。

欣欣嘟着嘴看一眼奶奶，说要是爸爸妈妈来接呢？爸爸妈妈也是坏人吗？

苏梅不理他，说妈，小家伙要是不听你的，敢跟你顶嘴，你就打屁股，不要手软。

田寡妇笑了，说好好好，欣欣要不听话我就打。

就连欣欣都听出来了，奶奶是不会打自己的，她舍不得。

苏梅又给儿子说马成龙你要是敢欺负奶奶，爸爸妈妈回来揍你。

苏梅只要和欣欣说话，就换了舌头，不说土话了，说的是普通话。

引逗得欣欣也卷着肉乎乎的嫩舌头说普通话。

田寡妇不爱这个调调，但不好说啥，默默抓着孙子的手走路。照着前面来过的路往回折，转过弯，横穿马路，回到了锦华苑门口。

妈，你都记下了么？

苏梅看着婆婆强调。

儿媳妇的不放心写在脸上，田寡妇认真地点头，说你放心去吧娃娃，我当事着哩，我活了六十多岁了，要是还连个娃娃都接送不好，我还能有啥用处？

儿媳妇似乎没注意婆婆口气中极力克制的不悦，她显得很不放心，指着小区外面的一排门面房，说那个超市里东西贵，但质量好，欣欣需要啥你去买，记着带上会员卡，有它家会员卡打九折。

田寡妇有些迟钝地点头，她还真不知道打九折是啥意思。

苏梅定定地望着田寡妇看。

田寡妇一愣，明白过来了，赶紧撑开衣兜翻找，找出一张卡，苏梅摇头。又换一张，苏梅说对了，正是这张会员卡。

儿媳妇叽叽叽说个不停，分别给她指点哪家的早点好，可以去那里买包子和稀饭，哪家的馍馍好，是纯手工，哪家的鲜生面便宜。等进了小区，在院子里她又指着一个高高的玻璃柜子，说要是停水了你就提着咱家的纯净水桶下来，在这里刷卡接水。

田寡妇又从兜里翻出一张淡蓝色的卡，苏梅说对了，这就是买水的卡。

进单元门的时候，苏梅站到后面，说妈你来。

田寡妇赶紧又从兜里找。

苏梅眉头挽成疙瘩，说妈你不要这么敞着衣兜翻，在人多处这样翻，万一被贼摸了就完了。

田寡妇一着急手就抖，她不想让儿媳妇看出自己的无能，翻出一张红色卡就往门铃部位刷。之前她见过儿子是这样刷的。

这回蒙对了，吱一声响，门开了。

进门后，苏梅在电梯口又站住不动看着田寡妇。

田寡妇早就找出一张淡绿色卡捏着，她又顺顺利利刷开了电梯门。

儿子家在八楼，手左，田寡妇掏出钥匙开门。

昨天看儿子开门时手灵巧地转了几圈门就开了，她插了两次，钥匙插不进眼前的十字孔里。

苏梅并不帮忙，目光炯炯地看着。这些都是需要婆婆独自完成的，不然苏梅如何放心地把家和儿子交给婆婆呢。

田寡妇脊背上不由得冒汗了，手心里也汗津津的，她这些年见过的锁子不在少数，老家各个门上的锁子、箱子柜子的锁子，她都见识过，她也曾在衣兜里揣着一大疙瘩专门开锁的钥匙。哪能想到有一天被一把锁子给难住。儿子家的锁子藏在门板里，抓不住，看不见，只能把钥匙往一个十字形的花芯里塞。她把手心的汗往裤缝上抹一把，静下心重新开。心里说世上的锁子，无非一个道理，就是起到个把门的作用，难道能叫一把锁把人难住？田寡妇深呼吸，慢慢往里试探，总算是找到感觉了，钥匙无声地滑进锁孔，转了两圈半，开了。

门是开了，苏梅的脸色却一直藏着一层忧虑，她翻出一个人造革小包送给婆婆使唤，叫她把所有的卡和钥匙都装在里面，出门的时候挂在肚子上，走路揽在怀里抱着，这样方便又安全。

田寡妇按儿媳的指点把小包挂在肚子上试了试，也说不清楚为何，心里有了点微微的不高兴。苏梅下了面条，田寡妇没吃，说心口窝有点疼，可能冷了，睡下缓缓就好了。她这心口窝疼是多年的病了，儿子媳妇早都知道的，现在婆婆又犯老毛病，苏梅也不奇怪，带着儿子早早睡了。

田寡妇睡不着，趴在枕头上胡思乱想，就有些想小孙子努海。努海是小儿子的娃，小儿子念书没念出名堂，结婚比他哥早，现在留在老家窝窝梁种地。努海是她一手抓到四岁的，很恋奶奶，四天前她坐车进城，小家伙当时撵在车屁股后面追，追着追着绊倒了，她从后视镜里看到他揉着眼睛哭呢。

娃娃要是哭着找奶奶，老二两口子心里肯定不舒服，儿媳妇会不会到处跟人诉苦，说自己这当婆婆的偏心眼，扔下乡里的孙子不管，进城给有工作的人看孙子去了，是巴结有钱汉呢。爱说就叫说去吧，毕竟这是事实。她也实在是没办法，难道能眼睁睁地看着欣欣不念书。

她坐起来，想给老二打个电话，摸出手机看了看，又没心思打了，因为她不知道打通了该说啥，要是儿子心里有气，自己打过去不是自己找着揽气吗，算了，等几天再打不迟。

二

儿子和媳妇每周日下午离开，路远，晚上不回来，工作和吃住都在单位，到周五下午两口子双双从乡下赶回到城里来。

为了教婆婆熟悉接送孩子的事情，苏梅这周去得迟，周一带婆婆接送一次，周二早晨又陪着婆婆把欣欣送到幼儿园，她才放心地离开了。

儿子一家三口都不在，田寡妇这才有工夫好好地打量儿子的家。儿子的家和老家完全不一样。老家是土院子，砖头房子，院子里有树，树顶上成天跳跃着麻雀，后院里一群鸡一饿就闹，羊圈里的几只羊更不是省事的，一会儿不添草就扯着脖子咩咩地催。

这个家里首先新，到处都新，地面上是白瓷板，墙上是白灰，门窗是白的，厨房里灶台是白的，洗脸瓷盆是白的，就连衣柜、鞋柜都是白的，这种白一尘不染，洁净得让人想伸手摸摸。儿媳妇说了，你不用打扫太勤快，每天扫扫地，三四天想拖了拖一遍就成。

她伸手摸了摸地板。凉森森的。这种地板贵，据说铺完所有的地
花了一万多呢。细细想，可不就是把一万块钱一张张摊开，铺在了地面
上。还有四面的墙壁，听儿子说刷的是啥乳胶漆，她顺墙根儿摸，往
上摸和往下摸是一样的，都滑溜溜的，这哪里是白灰墙呢，比人的脸还
光滑。

沙发是布做的，灰灰的一层老粗布，听说要八千多元呢，田寡妇把
垫子一个一个揭起来看，又拉开靠垫的拉链看里面，里面胀乎乎的一大
包全是丝绵。她摸索着沙发笑了，做得这样将凑，还这么贵，真是没道
理啊。儿媳妇害怕弄脏，又买了一层护垫在上面铺着，这护垫倒是好，
软得像水，摸过去让人从心眼里喜爱。

儿媳妇养了好多花，大盆小盆都有，门口、电视跟前、窗台上，到
处摆着，有两盆开花的田寡妇倒是看着好看，剩下的都是草。这些草有
的田寡妇没见过，看着还稀罕，有几样草她瞅着还不如乡下田间地头乱
长的野草精神。儿媳妇说除了那几盆绿萝三两天浇点水，别的都不要随
便浇，留着她回来浇。田寡妇端起一盆紫色的花掂了掂，很重。她用指
头捻了捻花瓣，像厚塑料剪出的假花。抬头看远处，对面的几家窗口上
也能看到一片片绿意从花盆里撑起来。八楼不算高，也不算低，能看
到斜对面的好多户窗口，也能看到左右邻居的阳台，家家户户都养着
花草。

田寡妇知道了，养花是城里人的爱好。窝窝梁到处都是绿色，除了
庄稼、树木，就是野草。草木在广阔的世界里自由地长，哪像眼前这些
花草金贵，居然给装在盆里瓶里，还给浇水。是不是城里人吃饱了没事
干才弄这些。她一个人撇了撇嘴。

下午接欣欣的路上，田寡妇看到广场上摆了些花草。离小三班出来
还有十分钟时间，她先凑过去看花草。围观的人不少，都是老年人，看

样子也是准备接娃娃的，顺腿就先到这里溜达来了。田寡妇看到一盆草长得特别，满盆就孤零零一个巴掌大的叶子，直溜溜插在土里。她心里说这是个啥，乡里倒没见过。伸手摸了下，吓了一跳，原来有刺，一片叶子上密密麻麻都是刺。她的手心里已经到处是刺。

你碰它干啥？卖花的小伙子瞪着她，但是不恼，笑嘻嘻的。田寡妇没明白他为什么要笑，还愣着，一阵火辣辣的疼痛包裹了整个右手。她赶紧用左手刨，左手也跟着疼起来。小伙子哈哈地笑，说姨，那是仙人掌的刺，你得一根根拔下来。一时间好几个人抬头看田寡妇，似乎田寡妇是个怪物。

田寡妇又疼又羞，把手藏进兜里，快步离开了。接上欣欣，她不敢用手拉娃的小手，捏着他袖子，一路回家。偏偏在单元楼门口碰上个老婆子，穿一身宽松的布衣裳，袖口领口裤口都绣着花，头发白森森的，在脑后扎了个短马尾。不戴帽子不搭头巾的女人，一般都是汉民。田寡妇看到她怀里抱着一个塑料袋子，袋子里装了几个小小的黑色软塑料盆，里面长着紫色的花。就是她刚才在广场上看到的那种。她忍不住问，你这花多少钱买的？

欣欣拉一把奶奶衣角，说爸爸妈妈说了，不许和陌生人说话，奶奶你忘了？

孩子的话把两个人都惹笑了，老婆子本来紧绷着的脸松弛出一丝笑意，看着田寡妇，说这是蝴蝶兰啊，花店里贵着呢，要二十块一头，今儿碰上了便宜的，十五块一头。

田寡妇没明白这一头是啥意思，又不好意思问得详细，手心火辣辣的，赶紧拽着欣欣钻进了电梯。

田寡妇对着窗口一根一根挑刺。挑了一小撮。有些折在肉里，手心手指都红了，火辣辣疼。她放在龙头上用冷水洗，又狠狠地搓了些香皂，才算把疼痛止住了。她就给欣欣骂，城里人真是怪，吃饱了没事干养一窝刺，害我吃了这一亏。

欣欣在学校吃过饭了，田寡妇给自己下了碗面条，面条是外头买的，装在塑料袋里提回来，放在冰箱里藏着，用的时候拿出来下就是，太方便了。田寡妇把儿媳上次剩下的面条下完了，抖净塑料袋，看着小小的塑料袋干干净净的，有些爱，折叠了，装进地下的收纳箱里。

田寡妇问欣欣再吃饭不。欣欣踮着脚尖闻一下，摇头。说幼儿园也是这种饭，没新意。田寡妇拿筷子点孩子的额头，笑着骂，屁大的人，事情不少，一碗饭，还要啥新意。

儿子家的米面都放在厨房柜子里。田寡妇打开，闻到一股潮味。她赶紧拎出来看，一小袋米，半袋子面，还有些荞麦面，一些小黄米，还有芝麻、红豆、黄豆，乱七八糟塞了一柜子。看来苏梅每次取了米面都不好好合上口袋，柜板上撒了一层，手一摸，潮乎乎的。

田寡妇喊了一声真主。现在的年轻人呀，真是造孽。

她先把米面用卫生纸一点点擦，擦出来全部抖进一个盘子里，尽量不让一粒米一个面星子落在地上。糟蹋五谷可是要遭罪哩，老古时人说过，谁要是这一世糟蹋一粒米，到了那一世，米面就变成蛆虫让你吃。这么看来，儿媳妇不知道糟蹋了多少。她叹了口气。

把米面全部晾开，面有了潮气，米里起了虫，她倒在盆子里拨着拣，一边拣拾，一边给欣欣说，你妈就是个坏尿，吃屎的货，这样的女人，要是放在我们当媳妇子那时节，早叫人家一顿棍子吆着追了。

欣欣不看电视了，过来两个小手在米里划拉，划得米哗啦啦响。说为啥我妈是坏尿，为啥要用棍子吆着追了？

欣欣的眼睛亮晶晶的。

田寡妇看一眼电视里正在上演的动画片，说你妈就是红太狼。

欣欣笑了，拍着手喊，我知道啦，妈妈好吃懒做，天天逼着男人抓羊吃，还爱打扮，动不动拿平底锅教训别人。

三

田寡妇到外面买面条，面店里一个小媳妇头上的白帽子戴得方方正正，田寡妇瞅着她愣愣看，她想到了苏梅，苏梅回窝窝梁老家时戴着一顶圆绒帽，回到城里她就抹掉了，黑溜溜的头发露在外头。田寡妇早就听说城里的媳妇子不戴帽子，跟汉人一样。那时节她在乡里，花儿妈等人也跟她开过玩笑，说你儿媳妇要是不戴帽子，你咋办？她当时说我儿子要是敢把精精头的媳妇子给我领进窝窝梁，我拿吆牛的棒打哩。惹得一帮女人笑得土冒。

说嘴的总会被打嘴，现在苏梅不戴帽子，她心里不暖和，但是儿子好像压根儿不在意，还有她说的啥呢。田寡妇就装在心里没吭声。她发现离开了窝窝梁，自己心里的气就不由自主地短了。有些事看着不顺眼，也只能在心里悄悄闷着。

小媳妇见田寡妇瞅着自己看，白净的脸上浮出笑，说姨你看啥呢。

田寡妇说你这娃娃长得嫩面，嘴也甜，谁家有福气娶了个你这么好的媳妇？

小媳妇受了夸奖，抿着嘴笑。

田寡妇拎着面条往回走，到楼下又碰上那天买蝴蝶兰的胖老婆子，老婆子扫一眼田寡妇手里的袋子，说，买的面条？田寡妇说方便得很，城里人真是会享受，只要有钱啥都是现成的，想吃馍馍，馒头饼子烤锅子麻花馓子油果子面包，真是要啥有啥啊，面条也是，长面短面面片饺子面拉面扯面，现在的年轻人太享福了，不像我们那时节，做完了地里的活计，回家还得烧火做饭，家口大点的，黑天半夜地做吃喝，一辈子守着灶火门烟熏火燎的。

田寡妇也没想到自己为啥就这么多感慨了，一口气说完，她有点不好意思了，和对方不熟，好像糊里糊涂就掏心窝子了。意外的是，胖老婆子似乎被这番感慨给打动了，她干脆把手里的小马扎往地上一摆，一屁股坐下去，说大妹子你说得太对了，这话说到我心窝里去了。我给你说，现在的年轻人，不知道好歹，身在福中不知福哇——

田寡妇深感意外，这看着白白净净不像乡里下苦出来的老婆子，还以为人家是一辈子在城里，根本不懂她这点感慨。

田寡妇看石板台阶很干净，撩一把裤脚准备坐，胖老婆子递过来一张纸叫她垫着坐，田寡妇坐下，心里热了一下。两个人迎着西边吹过来的小凉风聊天。基本上都是老婆子在问，田寡妇回答。多大岁数了，老家在哪里，家里几口人，老汉呢，还种地吗，几个孙子，儿子和媳妇在啥单位上班。

她问一个，田寡妇答一个。都问完了，田寡妇感觉应该反过去问问人家，有来有往，这才是人和人之间交往的长情。田寡妇就问了。胖老婆子却好像忽然没了闲聊的兴趣，弯腰合起马扎，说我还有事得走了，有机会慢慢聊。说完不看田寡妇，扭着肥鼓鼓的胖腿子，像娃娃一样叉着腿走了。

田寡妇愣在原地，好半天她才反应过来，回到家赶紧锁上门，不放心，到猫眼里瞅，外面是空荡荡的楼道，没有人尾随她。她端起一杯凉开水咕咚咚一气喝干，摸着心口想，我闯祸了，儿子媳妇扎咐又扎咐，说不要随便跟生人说话，也不要把家里情况告诉任何人，我咋就麻袋倒核桃，哗啦哗啦全倒给一个老婆子了？

她又跑到窗口看外面，窗前是一片绿地，里面种着大片的草，不知道是秋天了，还是缺肥，草长得黄叽叽的。城里人真叫人想不通，好好的地为啥不种菜蔬吃呢，认认真真种了草，还隔几天在那里修理，好像草有多金贵。草地上没人，没有人在外面往这里张望、窥探。她稍微踏实了一点。歪在沙发上细细回想那个老婆子，穿戴都要比自己好，那衣裳一看就是值钱的，虽然一脸褶子，但还是看得出人家一辈子过得舒服，不是她这种泥里水里苦过来的。

自己都跟她说了些啥呀？儿子在乡政府当秘书，儿媳妇在乡中学当老师，自己的老汉口唤了，乡里还有一个儿子是农民，自己是来接送孙子的，孙子在市第一幼儿园念小班。家在八楼，左边那户。

想到这里，田寡妇出汗了，心有点跳。她又到猫眼里望外面，楼道里始终很安静，大家都从电梯里走，除非对门的人家从电梯里出来回家，不然这楼道里很少能看到人影子。

那老婆子什么都没有告诉自己，连住几楼都没说。还是城里人鬼啊。看来以后再也不敢随便相信一个城里人了。

四点整，田寡妇坐不住了，锁了门早早往幼儿园走。她心里不踏实，总惦记着今天的事，她感觉自己可能上当了，被人套走了真实信息，儿子媳妇反复交代过，城里不像乡下，复杂得很，这小区的住户三教九流啥人都有，还有进进出出串门走亲戚的搞装修做维修做推销发广告的，门卫管理不严，啥人都会放进来，你一个老婆子带个娃娃，更得小心。

妈还是个文盲啊——儿媳妇补充。

田寡妇知道苏梅的意思，文盲不就是挣眼瞎子吗，城里人好像干啥都讲究个认字，自己大睁眼不认一个字，可不就是个瞎子。瞎子领一个孩子，两个人从周一到周五整整五个日夜，想想难怪儿子两口子那么不放心。

广场上卖花草的不见了，又有人挑着菜蔬水果来卖，还有人在两棵树之间拉一条绳子，绳子上挂上花红柳绿的衣裳，摆开一排鞋，用一个喇叭低低地喊着，降价处理降价处理。田寡妇没心劲过去看，她守在园门口，直到把欣欣接上，捏着孩子的小手，她心里踏实了，也才恍然明白自己今儿担忧的是，怕有人冒充她领走欣欣。会是谁呢，是那个胖老婆子，要不就是和老婆子一起的人。

到家田寡妇就赶紧反锁门，欣欣说奶奶你好怪，昨儿你还说城里人奇怪，大白天把门锁得严严实实，难道大白天有贼来抢？现在奶奶也开始锁门了。

田寡妇心里一动，孩子没有虚说，昨天她确实这样感叹过，刚来她看不惯儿子和媳妇一进门就哗啦锁门，好像门外有狼要撺进来。现在她似乎明白了一些。田寡妇拉着欣欣的手，告诉他，不管是谁到幼儿园来接他，都不能走，只有奶奶一个人来了再走。欣欣的眼睛总是亮晶晶的，说奶奶，要是有个人说你病了，在医院里，是你叫他接我的，那我走不走？

田寡妇的心狂跳，好像真有人编造了这样的借口在哄孩子，她瞪着欣欣，欣欣，你记着，就算奶奶完了，奶奶也不会让别人帮着接你的。

田寡妇想到了胖老婆子，她现在觉得那老婆子不是个好人，至少不是实诚人，以后跟人打交道，真得小心再小心，城里不像窝窝梁啊。

第二周的一天，田寡妇提着刚买的馍馍和面条往回走，在单元门口碰上了胖老婆子。田寡妇头一勾，准备漠然走过。对方喊住了，指着她手里的馍馍问，哪里买的？田寡妇低头看一眼手里的馍馍，不好意思不理睬，但是也板着脸，说门口，小区门口的馒头店。

这就是了——对方舒一口气，似乎刚才让她很紧张。她手里没有马扎，捏着一张彩色硬纸，说我告诉你，孙家大馒头不要吃，我一看就是咧着嘴笑的这种，这馒头你我吃多了没事，反正我们都是要死的人了，但是给孙子吃，你就埋下大祸根了，娃娃才多大，正长身体哩，给娃娃吃等于害娃娃哩。

田寡妇本来不想理这个人，可她这句话让人没法不好奇，田寡妇抬头看，不由得反问你啥意思，为啥吃馍馍是害人？

老婆子说这个馒头是不是很酥，掰开里头像棉花一样，还有好多丝丝连着，吃着又松又软，吃了一个还想吃一个？

田寡妇点头，是啊，确实是这样，一开始儿媳妇就告诉她，孙家大馒头好吃，还不贵。细想，掰开确实又白又软，暄腾腾的。

我给你说，里头加了卫生纸。

老婆子说完就走，绝不多解释半句。

田寡妇目送那肥嘟嘟的身子，心里说这啥意思，说半句，夹半句，挤牙膏也没这难肠。

不过，胖老婆子那半截子话像一块子石头丢进了田寡妇的心，她回家对着窗户的亮处掰馒头，炫白的馒头，一掰两半，猛掰开，无数根细丝丝齐刷刷断裂了，她接着慢慢地掰，有些丝线就拉得比较长，缓缓地一点点地拉长，断裂。越看越像卫生纸里的纤维。她不甘心，拿点卫生纸沾了水，一点点往开拉。初看觉得和馒头掰开的情景一模一样，细看，又觉得不像。她也迷糊了。究竟是真是假呢？馒头里添加一些不好的东西，甚至拿硫黄熏，甜馍馍用甜蜜素，这些她早都知道，窝窝梁的人早都在议论呢，说街上买的馍馍好看是好看，但是没有乡里人做的干净。她以为城里不会有这种问题，城里肯定要比乡里检查得严嘛，你看看城里的车，那么多，过来过去的，都能管那么好，难道连一个做馒头的都查不出来？

第二天田寡妇送完欣欣进了孙家馒头店。几个人正热气腾腾地蒸馒头，忙碌中有人抽空问你要啥。田寡妇说有锅盔吗，边问边观察。蒸笼在门口蒸，店里摆得满满当当，一般买馒头的只走进门口一步深的距离就可以，递钱，拿馒头走人。田寡妇已经进到当屋子，她眼睛四面看，希望找到卫生纸的痕迹。但是只看到起面、调面的机子、盆子和缸。还有就是靠墙垒着一些面袋子。

你究竟做啥？一个小伙子迎头问。田寡妇注意到他的声音不客气，目光也很不耐烦。她赶紧往出退，嘴里说没有锅盔吗，我想买几个。

都说了我们是馒头店好不好，你跑馒头店里买锅盔，你……

身后，小伙子的声音响亮地抱怨。

田寡妇几乎是小跑着逃开了。她怕再纠缠会被人家揪住打一顿。田寡妇越看馒头越疑心，决定再不买了，自己动手做。做馍馍对于她来说不是难事，从十多岁开始学习茶饭，从此就几乎天天做，做了几十年。她在一个塑料盆子里起了面，到外面买了苦豆子粉和小苏打。

第三天，面起来了，扑哗哗满了一盆子。只是锅灶小，做起放不开手脚，处处受限制。她把煤气灶开到很小，用文火慢慢地烙饼子，饼子里裹了清油、苦豆子，烙得油汪汪的，还没出锅，一股香味就从推拉门里跑到客厅去了，欣欣闻到香味跑过来。奶奶你做啥好吃的？撕一片给他，孩子顾不得烧，三两口就吃了，舔着嘴说香，真香，还要吃。田寡妇一个饼子出锅，不等第二个熟，欣欣竟然把一个饼子扯着吃完了。惊得田寡妇喊起来，说你不是幼儿园吃了吗，不是天天回家不吃饭吗，今儿咋啦？孩子一脸欢喜，说奶奶的饼子好吃，好吃就要多吃。

田寡妇问那奶奶做的饼子，和外面买的哪个好吃？欣欣说奶奶的好吃，比馒头花卷千层饼面包都好吃。田寡妇说跟你最爱吃的蛋黄派哪个好吃。欣欣毫不犹豫说，比蛋黄派好吃一万倍。

田寡妇摸着孩子的脸，说没那么多吧，好吃一点点奶奶都很高兴，奶奶这个饼子叫油旋饼，只要欣欣爱吃，以后奶奶天天做给你吃。

田寡妇自从小儿媳妇娶进门，就把锅灶上的大权交给媳妇了，她帮助带娃，做个零活儿，地里太忙的时节也云地里帮忙，锅灶上挖油挖面的事好几年不沾手了，在窝窝梁的人看来，一个女人活到了远离锅灶的程度，就是享清福的时节了，是好事，是身份地位提高的象征。人老了，手指蜷曲僵硬，再每日挖油挖面，弄得满手都是面，实在是一件麻烦事。谁能想到她田寡妇跑到城里头又重新干起了挖油挖面的活儿，真是没办法啊。

田寡妇叹了一口气，心里有点怨恨苏梅，现在的年轻人懒惰，啥都知道去外头买，方便是有了，咋就不为娃娃想想呢。

周末儿子一家人团聚了，饭桌上儿子吃着田寡妇烙的油旋饼连说好吃，让他想起了小时候的味道。田寡妇乘机说到了馒头里掺卫生纸的疑惑。儿子说这事不敢乱说，你尤其不该到馒头店寻卫生纸，你想想，人家就算放了，也肯定是背过人做手脚，哪能白晃晃摆着让你看到，再说有食品监督的人查呢，估计是谣言，这么大的地方，多少人买着吃呢，他们敢胡来。

儿媳妇一直没吭声，这时候忽然插嘴，说这事不好说，早几年城里就出了这样的例子，有个馒头店火爆得很，大家排队买，后来被人举报馒头里掺泡化的卫生纸，所以他家馒头就是比别家酥软好吃。后来被查封倒闭了。只是，孙家馒头，还真不好说。

田寡妇说这么大的城，难道真没人管管？查一查不就清楚了？

儿子说自然有管理的部门，只是这事不实确，只是你们几个老婆子私底下胡猜谋呢，工商质监不一定知道，需要人去举报，只是这举报也不能随便干，证据不够，就是凭空捏造，到时候传出去，馒头店的人能饶你？

苏梅撇着嘴说现在的事儿哪真哪假谁知道呢，没法分辨，糊里糊涂活吧，眼里没见，啥都没法计较，不是手机上成天嚷嚷说大豆玉米好多是转基因的，吃了会得绝症，没有生育能力，危害大得很，但是究竟转基因有没有危害，有多大，哪些是转基因食品，我们老百姓还不是一头糊子，糊里糊涂吃呢。

田寡妇眼巴巴瞅着儿媳妇，她听不懂啥转基因，她心里说你一个女人家，懒得烧着吃呢，既然你知道外头买的不好，你为啥不给娃做着吃呢？还好意思坐在这里说嘴？

问题是家里她可以做着吃，到了幼儿园，欣欣不还是吃外面的馍馍？欣欣的食谱每周贴在园门口让家长们看。田寡妇看不懂，让别人帮助念过，几乎每天都有一次吃馒头、花卷的机会。那些面食是园里自己做的，还是外面订的？她问过别人，有人说做的，更多人说订的，那么多孩子，园里的厨房哪能做得出来？

田寡妇心里不舒畅，跟一个帮她念食谱的老汉念叨了。没想到老汉一拍膝盖头，说啊你说得太对了，现在的人，心肠都坏了，谁知道给馍馍里加啥害物哩！不光是馍馍，面条也加，大米也不安全，菜蔬就更不用说了，种在地里打农药用化肥，收的时候更是喷洒各种有毒的东西，他姨你是不知道哇，那些个敌敌畏、膨大剂啥的都是对人身体有毒的，吃多了得癌症、慢性病，我们这些老棺材瓢子反正一辈子活够了，马上进黄土的人了，死了没啥，娃娃们还小么，娃娃芽芽，正嫩嫩地长呢，就这么吃上一身毒，可不就是造孽么？

田寡妇的眼睛瞪圆了，说面条，你是说买来的鲜生面，也不好吗？那还有啥是能吃的？

老汉笑笑的，接了孙子，临走说面条里至少要加防腐剂，不然哪能三五天地放着不坏呢。

不管老汉的话是不是真的，鲜生面店田寡妇再不进去了，每次路过，悄悄望着玻璃里忙碌的小媳妇看一阵儿，本来她想着不就是调成面吗，白面放点碱，用清水调就是，哪知道还有那么多弯弯道道，难道真会放了防腐剂？反正她不会去买了。

吃着自己调的面，再回想买回的面条，不知道是心理作用还是为啥，她觉得区别还是明显的，感觉买的面条带着一股生石灰的味道。

四

这天广场上有人卖瓷器，细的贵，田寡妇没看，粗瓷器里有个瓦罐，不大不小挺可爱，田寡妇十块钱买了抱在怀里接孙子。身后有人问买个这做啥。回头看，是那天告诉自己面条加防腐剂的老汉，就给他一笑，拍拍瓦罐，说不做啥，看着稀罕就买了。

老汉伸手来摸瓦罐，脸上显出一种说不清楚的惆怅，说我们在乡里那会儿有个瓦罐很稀罕，到了城里不值钱了，也没地方用了。

田寡妇褪下包裹瓦罐的塑料袋，让老汉的手摸到瓦罐身体。瓦罐的肚子圆圆的，像一个腰身丰满的妇女。老汉的手慢慢地摸索了一圈，那黄亮干瘦的手指上分明有一种软软的情绪在流淌。田寡妇偷偷打量，她来城里有些日子，也算是一点点学会了辨认别人身份的常识，从老汉的相貌和举止看，应该也是乡里上来的，虽然穿戴新了、洁净了，那神态那感觉，却是城里的水土无论如何短时间内都难以改变的。

田寡妇低头看自己的打扮，进城两个月，她也是大变样了，从乡里穿来的那些衣裳，早就换掉了，苏梅专门带着她逛了商城，从里到外换了新，线衣线裤都是两套，连鞋袜也换了。换下的旧衣裳，苏梅说扔垃圾桶算了。田寡妇没吭声，反复看，觉得舍不得。不过再穿出来肯定是不行的，她发现这衣服虽然在乡里赶集也是好的，但到了城里穿上，站在接送娃娃的人群里，一比较，自己也觉得不如人，太土了。反复想了想，她把它们洗净了收起来，等回到老家照样能穿，扔了多糟蹋。

现在的田寡妇，如果不看一张饱经风霜的脸和一对弯曲粗大的手，只从衣着上看，跟城里的老婆子差不多了。

老汉也就六十多岁吧，瘦瘦的高个，头发白了，下巴上半圈胡子淡淡的，一张脸总是笑眯眯的，这一笑，让人心里不由得一暖和，好像拉近了彼此的距离。

老汉指头蜷起来，在瓦罐上弹了一指头，铮一声，声响不大，却幽长，老汉说好瓦罐，用这卧点浆水多好，酸酸的凉凉的，做碗浆水面吃才好呢。说完却长叹一口气，说现在的年轻人，哪懂这个！

田寡妇禁不住抬头看他，说年轻人不懂，可以叫老嫂子卧啊，有时节还真是想吃浆水面。

说完田寡妇忽然不敢抬头，她不知道自己在躲避什么。

但还是慢慢扬起头，等着这老汉的回答。

早殁了——老汉还是在笑，要吃她卧的浆水，我只能等下辈子喽——

田寡妇接上孙子过了马路，在路边买了甘蓝、萝卜、老葱，卖菜的要把萝卜叶拧掉，她挡了，连叶子装进塑料袋提回家。

一回家就忙起来，洗了瓦罐和各样蔬菜，萝卜的叶子也洗了，控净水，甘蓝和萝卜叶切碎，白萝卜擦了一把丝，老葱剁成几截子，所有的菜投进瓦罐，饭熟后把清面汤掺了凉温的开水，一起倒进瓦罐，然后盖起来放到窗台上。

第三天揭开尝一口，有些菜腥，再投一碗热面汤，第五天尝一口，酸味透出来了，闻着就香。浆水面欣欣却不爱吃，尝一口喊酸，吐出来，说不好吃。田寡妇一个人吃了几顿浆水面，瓦罐里的浆水浅了，又投，浆水就这特性，得常吃、常投，才能保持新鲜，不然就白花了，臭了。

这天田寡妇下了决心，早早到幼儿园门口等着，老汉来了，田寡妇不躲他，走过去，看着老汉的眼睛，说几天没见，你忙啥去了。老汉也看着她的眼睛，说病了，睡了几天，嗓子干得很，想喝一口浆水，儿子把满城跑到了，没买上。

田寡妇感觉老汉的嗓子确实有点沙哑。她看看身边没有别人，下了决心，说我卧好了，你要实在想吃，我给你提点。

老汉定定地看着田寡妇。看得田寡妇心有点虚。她说我也嗓子疼，就卧了点，浆水降火好。老汉说我就是提回去，儿媳妇不一定能做出正宗的浆水面，弄不好白白糟蹋了你的心。

说完他似乎意识到了什么，又补充一句，说白白糟蹋了好东西。

田寡妇瞅着远处大量拥过来接孩子的人群，心头有点恍惚，想，我的心，在我心里，你又咋能随便就糟蹋了呢。这老汉说话有意思。

她不胀气，忽然就说了一句话，说要不我做给你吃，我再没本事，一碗浆水面倒还做得出来。

老汉笑了，说，好，明儿星期三。

欣欣的老师出来了，田寡妇慌慌地接了孩子就走，她已经后悔了，始终没敢抬头看，脸和脖子都烫烫的。幸好欣欣不懂事，没看出来。夜里田寡妇想了想，自己好像跟老汉说过自己的情况，儿子媳妇在乡里上班，周末才回来，那么星期三就是最好的日子，家里只有她一个人。一个人，可以从从容容做一顿浆水面吃。

一夜过去，天亮后就是星期三，田寡妇一分后悔了，送完孙子没往广场上去，快步回家，坐在家里看电视，她其实不看电视，电视里的人叽里呱啦说的普通话，她听着费劲，也不爱听。关了电视，给欣欣洗衣裳，把所有脏衣裳洗完，又换洗了各床的床单，想洗被套，怕私自动了媳妇回来不高兴，就不洗了。拖完地，心里还是慌，想去外面把楼道拖洗一下，想想又算了，这楼道似乎有人打扫，她来这些日子见过三回，一个戴着口罩包裹严实的女人在扫，她当时没敢开门，隔着猫眼看到的。

要做浆水面给他吃，只能到家里来了，难道真把一个生人带到家里来？

田寡妇发现心在怦怦跳，有种喘不过气的感觉。

万一是坏人呢？进门来把自己压在地上宰了，把家里抢了……她摇摇头，否决自己，太不像坏人，天天按点接送孙子的一个老人，应该不是坏人吧，难道他伪装成坏人，只为了骗自己？自己一个农村来的老婆子有啥可骗的？家里也没有太值钱的，最值钱的就是冰箱、洗衣机、电视，都那么大，他能抱走？

她把自己的旧衣裳又翻出来重新看，拣出不能穿的几件，开始拆，一片片剪开、压平，整理出一沓子破布。然后开始打糨子。打糨子最好用油渣，城里自然不会有油渣，她用白面打了点，放凉后，蹲在茶几前打褙子。她这辈子打过的褙子估计有上百张，年年打，年年做鞋，因为一家人的脚是活的，一年三百多天，哪一天离得了鞋呢。

打完已经是十二点了。她猛然站起来，快快卷包了破布和褙子，下楼往外面赶。出了小区，一个身影果然站在小区门口，手里提着一小袋子水果。老汉好像早知道她会出来，他能等到她。所以一眼就看到她了，笑眯眯走上来，说我就记着是锦华苑，你没给我说哪单元哪楼。

他的样子有点委屈。

田寡妇心头本来微微地有点气，不知道气恼什么，反正在气恼，老汉这口气像一缕清凉的风，不动声色，就把火气吹灭了。田寡妇在菜摊上买一把香菜、几颗葱头，然后回家。

老汉一副很从容的样子，一点都没有第一次到别人家的好奇和矜持，他像个主人一样大步跟着田寡妇。田寡妇自己也镇静下来了。不就是吃个浆水面吗，她为自己辩解，吃一碗，就能咋地。在窝窝梁，大家随时到别人家串门子，碰上谁家女人的饭熟了，吃一碗是常有的事。

她从容地开了单元门，开了电梯，开了进户门。

她伸手礼让，老汉也不客气，进门把水果放在鞋柜上，说有多余的拖鞋吗。田寡妇有些慌乱地拉出自己的，老汉啥话没说就换了。他的脚板大，田寡妇的脚娇小。老汉勉强把脚穿进去，并不像客人一样去沙发上坐，接过田寡妇手里的塑料袋，钻进了厨房。田寡妇说你是客，你去坐着，不要你动手。

老汉已经洗了手，笑哈哈坐在田寡妇平时坐着择菜的板凳上，一棵一棵择香菜，说明明是个芫荽嘛，为啥城里人叫香菜，这洋名字我到今天也不能接受。

田寡妇眼睛一亮，说原来你也叫芫荽，我叫芫荽，我儿媳妇还笑话过呢，说我土。

老汉麻利地剥开一个葱头，露出里面白生生的嫩肉，说切葱头有个巧着儿你记住了，第一刀闭上眼，破开了叫放一放，辣气顺着地面走了，散了，再切就好了。

嘴里说，大手像刀背一样比画着。

他自如，田寡妇也就不紧张了。麻利地切了葱头和香菜。从瓦罐里舀出一大碗浆水。忽然回头看老汉。老汉似乎能猜到她的心思，说再多点，我爱吃。田寡妇又倒了一碗。

浆水得炝，只有炝了，味道才能真正散出来。清油烧热了，冒青烟，田寡妇麻利地炒进葱头丝儿，紧接着倒进浆水。一股淡白的油烟裹着香气扑面而起。香味立时满屋子都是。老汉合上厨房的推拉门，却不再凑上来帮忙，只是安静地坐着和田寡妇说话。

他说的是自己家里的情况。浆水很快滚好了，田寡妇放了盐，倒进一个玻璃大碗里。碗透明，能看到清凌凌一碗，白萝卜丝，淡黄色甘蓝叶，绿色萝卜叶，各样蔬菜在一碗清汤里相处得很融洽。

田寡妇当当当擀面，一面得不时给他嗯一声，表示自己在听他说家常。老汉的情况和田寡妇差不多，也是进城帮儿子带孙子来了。女人死后埋在了老家。他也是一辈子种地的农民。只是有一点不同，老汉年轻时节在队里当过队长。

田寡妇信服他的话，怪不得他身上有种和一般农村老汉不太一样的感觉，原来是多年大队干部养出来的官气。就算现在早不干了，那种见过世面，经过大小事情的气概，还是保留着，融合进他的精神面貌里，这是一般人轻易不会有的，有了也不会很快消失的。

饭熟了，田寡妇刚舀到碗里，老汉已经端起桌上的盘子等着端，四碗面，两双筷子，一个盐碟，一个辣子碟，还有一碟切得很碎的咸韭菜。

老汉端着满满一盘子，到餐桌前犹豫了一下，说我们在茶几上吃行吗，桌子高，坐高我吃不下。

田寡妇在心里一声哎呀。

她也是这样，刚来死活不爱坐到餐桌前吃饭，但饭熟了，苏梅早早就摆到餐桌上，儿子也坐到椅子上，给她留一个上首等着坐，她不坐，他们就眼睁睁等着，似乎要在这件事上体现他们对老人的尊重。配餐桌的木椅子高，桌子也高，把人整个高高地撑起来，她觉得坐那么高吃饭，本来很香的饭也不香了，每次她都总想出溜下去蹲在地上好好地往嘴里刨一碗饭。

把碗碟在茶几上摆开，老汉带头坐到了上面，田寡妇和他面对面坐下。面是快刀切的小碎面叶，汤里除了浆水里带的菜，就是炒进去的葱头，出锅后撒了切碎的芫荽叶，有白有绿，浮一层清油花，闻着香味扑鼻。

老汉端起碗美美喝了一大口。他像贪嘴的孩子一样咕噜咕噜吞咽，一口气喝光了大半碗汤，这才抬起头，额头上见了汗，说好香啊，太爽快了，多少年没有这享受了。

田寡妇看着他吃，他也不客气，一口气吃了三碗，推开碗，把剩下的一碗推到田寡妇面前，温和地笑着，快吃，浆水面太凉不好吃，吃了肚子凉，趁热吃。

说着他拉开了外套的拉链。那拉链好像很滑，哧溜溜一直滑落下去，露出了里头的衣裳，是一件格子衬衣。田寡妇注意到那衬衣没扣纽扣，露出贴身的背心，和一大截脖子。脖子往下的部位密密麻麻布满了褶皱。田寡妇有点愣，一个人身上怎么能长这么多褶子呢。她还真没有这么面对面细看过一个老年男人的胸脯。男人完得早，没来得及变老就走了。她想到了刚刚打好的褶子，这些褶子，真像褐色黑色的破布一层层叠在一起。田寡妇手心里出了一把汗，她悄悄在裤腿上蹭着汗，一个念头鬼火一样冒了上来，她想伸手摸摸那些褶子，像摸褶子一样，抚得平平展展。汗从褶子的缝隙里渗出来，细密的一层，闪着光。他伸手进去抹了一把。田寡妇闻到了一股浓郁的汗腥味。这种味道，自从男人完了以后，她已经很久没有这么近距离闻到过。

田寡妇忽然心里很乱。乱到有些慌，她低头快快地吃饭，一碗饭几乎顺着衣领灌进去那么快。吃完，抬起头，她的态度忽然就变了，变得生硬了，黑着脸拒绝了老汉殷勤提出一起拾掇碗筷的帮忙要求，她有些潦草地拾掇起所有碗筷，一盘子端进去扔在锅台上。

老汉似乎也嗅到了空气里的不愉快，他却不慌，站起身含着笑说该回去了，谢谢你的浆水面。

田寡妇站着没动，没说挽留的话，也没有动身相送。

老汉换了鞋，自己开门走了。

门轻轻弹回来，无声地关上了。田寡妇呆呆站着看，她感觉就像一个刀口，洞开，又弥合，什么都没有发生过，就连那个人，是不是真的来过她都不确定了。

我做的啥事啊——她坐在他坐过的地方，痴痴地想，我连他叫啥名字都不知道，就敢把人往家里领，还一个桌子吃了饭，我是不是脑子有问题。

瓦罐里还剩下一点浆水，她端起来倒进了下水，然后冲洗了瓦罐，擦净了，将它倒扣进柜子最下面看不见的一个拐角。

五

谣言是什么时候传进儿子和媳妇耳朵的，田寡妇不知道。也许第一年，也许第二年，也许欣欣大班的最后这一学期。田寡妇每天都尽心尽力，早晨七点半准时把欣欣送到校门口，下午五点准时接回来。一周做两次馍馍，怕欣欣吃腻了，换着花样做，上一次烙油旋饼，下次就是蒸馒头、花卷，要么起点面炸几页油香，有次她甚至还一个人炸出了一大盆子麻花。面条也再没有买过，自己调面，揪面片，擀面条，轧长面，包饺子，变换着给娃吃。欣欣吃出便宜来了，每天早晨要吃奶奶做的，晚上也要吃奶奶做的，田寡妇高兴为孙子效劳，每天早早爬起来为娃准备早饭，晚上也等着他回来祖孙俩一起吃。这样用了心，效果还是有的，欣欣瘦弱的小身子一天天圆润起来，脱光了白溜溜圆嘟嘟的，看着孙子这样，田寡妇从眼里感到幸福，做奶奶的。世上还有比看着孙子健康成长更幸福的事吗，肯定没有了。

有个周末，田寡妇乘儿子全家都在，出门跟胖老婆子去一个新开的药店排队领鸡蛋，说还给免费测血压、血糖呢。去了才知道排队的人很多，都是老婆子老汉，田寡妇做完检查捏着一小袋鸡蛋回来已经是下午了，儿子和媳妇要返回单位去。奇怪的是，他们临出门没有像以前一样，跟她打招呼。平时都是扎咐一番才离开的。重复那些陈旧的安全注意事项。今天他们谁都没说话，儿媳妇先出门，砰一声，门合上了。田寡妇没在意，防盗门就是爱响，手劲稍微大点就这样。儿子临出门回头看了一眼，似乎有话要说，又不说，看完出门，把门把手从外头抬了一下，这才走了。

田寡妇看出来小两口的情绪不愉快，但是她没在意，知道小两口一直不赞同自己跟那些老人接触，广场舞不要她云参与，她也就不去，反正她对那个没兴趣。不过这药店免费体检，她觉得还是有必要去的，尤其这半年来，她起坐的时候都觉得眼前一阵发黑。她怀疑得了高血压。她心里说我不就出去做了个检查么，你们不高兴，我再不去就是了。

上学路上，欣欣说奶奶，我爸妈吵架了。田寡妇没在意，说男人和女人吵架，正常事，欣欣不要管，他们自己会和好的。欣欣歪着头，说奶奶，你不知道，吵得可厉害了，差点打起来了。田寡妇摸着孩子的头，笑着说打起来也没啥，爷爷奶奶年轻的时节也常打架呢，牙子和舌头好得很，有时节牙子还是会把舌头咬烂了。欣欣说奶奶，这回真的不好了。他们要离婚了。田寡妇说离就离吧，离了欣欣不怕没人管，奶奶管你，所以欣欣不要怕。三年时间在城里生活，田寡妇说话也变得文雅了，她也会用所以这样的关联词儿了。

欣欣说正是因为奶奶，他们才吵架呢，他们不要我跟着奶奶了。

田寡妇低头看，孙子板着小脸，没有扯谎的迹象。

田寡妇心里一动，说欣欣扯谎，没有的事，奶奶是爸爸妈妈专门从乡里叫上来帮助管欣欣的，要从幼儿园一直接送到小学、初中，直到你自己能骑车子上学才放心呢。现在不要奶奶，谁接送我的欣欣？

欣欣毫不犹豫地说，我妈说了，我外奶奶来接送我，你回老家去。爸爸不答应，他们就骂起来了，骂着骂着，打起来了。

田寡妇说欣欣你胡说啥呢，这咋可能，三年前我就说过，叫你妈请你外奶奶来看你，你妈不答应，死活要叫我，现在咋会半路上又换人？

欣欣用圆溜溜的大眼睛瞪着奶奶，大声说奶奶比光头强还笨，笨死了，他们真要赶你走了，妈妈骂爸爸，你妈老不正经，啥人都往家里招惹，害她一个人不要紧，到时候人贩子把我儿子卖了咋办！

田寡妇呆了，抓着孙子的手。孩子无声地挣扎，挣不脱，苦着脸喊了起来，奶奶你干啥啊，我的手要折了——

田寡妇抱住欣欣，说欣欣，你把你爸妈的话再说一遍，说详细点。

欣欣不说了，眼泪在眼眶里闪，说奶奶，你得快想办法，他们真的不要你了，我是诚实的孩子，我没有撒谎。

田寡妇想给儿子打电话，探探口气，捏着手机又没勇气打，她有一种不好的预感，欣欣没有撒谎，那天儿子和媳妇临走的表情，很有可能就是刚刚经历了一场大吵，只是自己当时粗心没注意到。

田寡妇失眠了，很想找个人说说话儿。找谁呢，别看城里到处都是人，她这时候才发现其实自己能说心里话的连一个都没有。那个胖老婆子她摸清楚了，住二楼，见了面还是会笑着打招呼，偶尔告诉她哪家药店新来了治腰腿疼的保健品、哪个超市免费送鸡蛋一类的信息，却始终没能更进一步地交往，肯定不是能说心里烦恼的人。除了胖老婆子，她发现自己连一个人都不熟，甚至楼道里进进出出常见的几个年轻人，连点头笑一笑都没有过。她想到了他，那个老汉。

自从那次吃过浆水面，以后还是会见，刚开始见了，他显得有些熟络，凑上来要说话，她淡淡地点个头，暗暗挪步拉开了距离，有时候心里想和他说话，嘴上却懒得动，有时候嘴上很想说点啥，心里却又沉沉的，总是难有心口统一的时候。大概持续了半学期左右，老汉见了她也开始躲。他们好像共同经历了一个什么大秘密，现在有意疏远，是为了心照不宣地保守这个秘密。这种心照不宣，让他们变得比从来没见过的生人还疏远。

后来连面都很少见了。幼儿园门口，田寡妇往门左躲，他往右边挪，接孩子的人熙熙攘攘，他们每次都被淹没在人群里。

田寡妇苦笑着摇摇头，他怎么能是可以说心里话的人呢？现在连陌生人都不如了。她想到了男人，男人要还活着，倒是可以和他商量。花儿妈也是个可以说说烦恼的人，只是她在窝窝梁，人都见不着，这心里的磨更没法扯了。

田寡妇心里烦闷，奇怪的是儿子和媳妇回到家脸色正常，看不出一点点颜色。她就庆幸自己没有贸然问他们，看来是欣欣信口胡扯呢，现在的小孩子，真是不敢小看，啥谎话都编造得出来。田寡妇一颗心踏实下来了。她发现已经喜欢上城里的生活了，每天吃饱了坐着，饿了再做来吃，煤气和电，都很方便，又干净又利索，不像柴火烟熏火燎的。用水更方便，洗衣裳洗澡都不用为水发愁，窝窝梁时候吃井水，吃夯吃夯打一桶水累死人呢。电热水器就挂在卫生间里，她啥时候打开都是热水。出门更方便，一摆手就能坐上出租，虽然她这些年没有一个人坐过，但是只要她有需要，还是可以做到的。她现在已经学会了独自过马路，先左后右，在车流缝隙里自如地穿梭。城里的水绵软，几年时间，她的手和脸细腻多了，自己摸着都软绵绵的。

田寡妇心里暗暗盼着苏梅再生一个，欣欣大了，不用接送了，还有老二需要照顾呢。

暑假是六月里放的，学校一放，欣欣从幼儿园毕业了，苏梅也从学校回来了。夜里儿子一家人围着茶几看电视，田寡妇做完礼拜从小卧室里出来，儿子说妈，你给自己寻了个老汉？

这话问得太突然，田寡妇扶住沙发拐角，微笑着看儿子。

苏梅似乎一直在等这句话，既然有人开了头，她的话就迫不及待地追上来，说你寻老汉是你的自由我们干涉不了，可你不该把人往家里领，好人坏人你知道根底吗，现在的人有多复杂你难道不知道？

苏梅说得太快，呛着自己了，剧烈咳嗽起来。

儿子说我们把娃娃把家交给你老人家照顾，你倒好，背着我们寻人，你就不怕引狼入室吗？我可是你的亲儿子，欣欣是你亲孙子，你咋忍心呢？

儿子显得很激动，脸红到了脖子里，声音里含着泪光。

田寡妇慢慢地坐下，有些艰难地想，这是咋回事？哪来这样的话？

田寡妇深深吸一口气，说把坏人引进家门，我会这么糊涂？没有的事。

苏梅哼了一声。

儿子说你还要咋样，买个瓦罐专门给他卧浆水，做浆水面，你对他那么好！这辈子你对我爸这么好过吗？

田寡妇感觉头顶的楼塌下来了，直接压在了自己的身上，她正在往一个看不到底的深洞里掉去。

六

田寡妇发现自己的包袱竟然和三年前买的时候一样，没有大，也没有小。那些拆掉做了布鞋的旧衣裳，又被新买的填充上了，这包袱还是不大不小，提起来挎在胳膊上就能走。

欣欣一直穿奶奶做的布底鞋，引得多少人羡慕，布底鞋夏天尤其好，透气，清凉，接地气，对娃娃身子骨好。幸好她还做了好多双，足够欣欣再穿三四年。只要娃的脚不受罪，奶奶心里就是高兴的。

回窝窝梁的班车有两趟，十二点一趟，下午两点一趟。田寡妇决定坐十二点的。早晨到中午十二点，还早得很，她把包袱捆好，儿子媳妇还在睡懒觉，她出门下楼，一直出了小区门，穿过马路，往广场上走去。

晨练的人群正在热闹，田寡妇第一次没有回避，一直往人多处走。城里人真是奇怪，吃饱了又怕胖、怕病、怕死，起个大早跑出来折腾自己的身子，跑的，跳的，拍打的，倒退的。尤其上了年岁的老婆子和老汉，一个个像刚开始学步的娃娃一样，叉着空旷的步子，笨笨地晃悠着，动画片里的动物一样做着奇形怪状的姿态。

田寡妇看他们跳广场舞。大喇叭里乱纷纷响着，这声音田寡妇已经熟悉了，三年来天天早晨路过这里，虽然听不懂里头唱的啥，调子却已经熟悉了，记在心里了，甚至能跟上哼一半句了。她一直走到大队伍跟前，很认真地站近看。要是把这些城里人斜立马跨的锻炼姿势学给花儿妈等窝窝梁的女人看，肯定把她们的肠子都笑疼了。

田寡妇目光随着一个个扭动的身影看，看着看着，她看到了一个高大单瘦的身影，他也在人群里，正在忘我地跳动，长长的胳膊和腿子，在一群肥肥胖胖高矮不一的老人当中，他像个凌风起舞的年轻女子，那胳膊和腿显出几分柔软，轻飘飘晃荡着。田寡妇不懂广场舞，却还是从他娴熟的舞姿看出来了，他是这一堆老年人的领头儿，是人群当中最活跃的一分子。田寡妇看了一会儿就转身离开了，本来想在临走前找到他当面问清楚一件事，现在不想问了。

发表于《湖南文学》2017 年 9 期

小 渡

一

河是无名河，因为太小，从没人有兴趣去查探它最初的源头在哪儿。上百年来，大伙只知道它从北而来，一路穿山越岭地来了，又向着西南方向淌去。可能是长途跋涉累了，顺便绕过沿途的一个个村庄，想靠住村庄的沟壑稍作休息，却不料就此滋养了村庄里的人畜。有人说清末战乱的时候，死人的尸身一度漂满了河面，连河道也拥堵了，一时河水泛滥，沿着河道上涌，淹没了沿途的庄稼，具体是哪一年的事情呢，显然很遥远了，讲述这一惨景的马家大爷也早就辞世。多少年来，河水倒是没有断流过，干旱的年景里，两岸土地干裂，青苗枯萎，河也就变得很瘦很瘦，只剩河心里一股浊流，细细的，浑浑的，疲倦地淌着。每年的夏秋之际，上游的山里容易起暴雨，轰隆隆的雷声伴着闪电，眨眼间雨点子哗啦啦砸下来，顷刻之后，轰隆隆的呼叫从上游传来，那是山洪冲下来了，这时候小河就变了模样，河流臃肿，性情粗暴，河面上漂满了各种各样的浮物、浪渣，还有小动物的死尸，偶尔也有过牛羊，是被暴雨卷进河里淹死的。然而，毕竟是干旱的西北边陲之地，起大暴雨的年份有限，在腰巴庄人的记忆里，小河从没淹死过人。很多时候它甚至是平静温顺的，阳光照着，河面静静的，水流像一匹锦缎，展开了铺在河道里，款款地轻柔地铺展、延伸，一路徐徐流向远方。起风了，水面被揉皱，泛起亮闪闪的波纹，在轻轻地跳跃着，跳跃着，欢快地去了远方。

二

秦老师来的时候，孝女在河边上洗衣裳。孝女的家就在不远处的山嘴嘴下，装双扇大门的那家，门楼上的砖雕可漂亮了，是父亲专门请了附近有名的砖雕师傅做的。孝女这天穿得很随意，因为换洗衣裳，就穿得宽松简单，上身是一件旧衬衣，腿上的深蓝色运动裤是弟弟换下的校服，他嫌弃说膝盖上有个破洞，再说学校又订了新的，旧的就不愿意穿了，孝女看着宽松就穿上了。衬衣有些窄，她一弯下身后腰里的肉就露出来，被阳光晒着，后腰那一坨就暖烘烘的。当她弯下腰用盆子舀水，后腰那里凉飕飕的，担心被人看到，抬头看看，四周附近没人，人都在村庄里。河对岸的大路上倒是不时出现一两个人，有开蹦蹦车的，有骑摩托车自行车的，也有步行的，那是大路，从北向南，把北山深处的一些村落和南边十多里外的集市以及外面的世界给连起来了。走在大路上的人如果不停下脚步，到河边刻意细看，就不会看见河这边洗衣服的人，至于穿什么衣服，后背是否露出肉来，更不会发现。孝女想，捂了一个炎夏，终于盼来凉爽的秋了，该痛痛快快叫小风儿吹吹啦。她背了满满一背兜脏衣物呢，有好几条床单被套、枕套子枕巾，父母的汗衫子裤子、弟弟的上衣裤子、孝女自己的几件衣裳、妹子莲花的线衣线裤袜子围巾，都得好好地洗一洗呢。眼看开学的日子到了，这学期妹子莲花也要入学念书了，孝女可不愿意让妹子破破烂烂地去学校，母亲太忙，顾不上管这些，当姐姐的就得为妹子操这份心。还有一家人糊满泥巴的鞋子也给背来了，好好儿洗刷一番，把过去一整年沾上的陈旧泥巴和绿草汁液牲口粪渍都给清洗干净，反正不怕浪费水。秋季是涨水的季节，小河比平日里肥了好些，清冽的水舀起一盆子又一盆子，是舀不完的。孝女满含感情地看了看河，水在无声地流逝，打孝女有记忆起，小河就是这个样子，十几年中它的面貌似乎变化不大，她光着脚在河心里摸过鱼，是狗鱼，五寸来长筷子那么细，机灵极了，有时候就在你脚底板下游窜，可怎么也抓不住。她还喜欢踩着列石在河上乱跑，河心里行人过河落脚的列石歪歪扭扭的一长排，像一群淘气的学生娃娃排出的队伍，不是左扭就是右斜，那是流水不断冲刷的结果，也是村庄里的男男女女过河时踩踏的结果。小时候，她和伙伴们放羊，将羊群赶在河滩上舔土碱，他们光着脚丫子在列石上追逐，呼啦啦跑过河，呼啦啦又跑到另一边，惊得羊群抬头望。有人失足掉进水里，湿了裤脚，那也不要紧，头顶上有暖暖的日头晒着呢，一会儿工夫就自己干了。现在长大了，成了大姑娘了，母亲就不断跟在身后教育，什么女子娃不能光着脚啦，不能去河里抓鱼啦，不能见了生人咧嘴就笑啦，不能随便和生人搭话啦，啰里啰嗦一大堆，按孝女小时候的野性子，哪里受得了这么多约束，奇怪的是，随着一天天长大，性子竟渐渐软下来了，慢慢接受了母亲的教诲。像个站有站相坐有坐相的真正的闺中女儿了。现在，面对着一河的水，她恍然发现时间就像这眼前的流水，无声无息地流淌着，她的辫子更长了，身条儿拉长了，心思安静多了，却添了一丝儿莫名的忧伤和古怪的烦恼，对世界有了一种模糊的渴望，具体是什么呢，说不清楚，像一缕一缕的丝线，又像薄薄的雾，有时候在眼前缠绕着，可是你要看清楚时，它又荡开了，飘忽到很远的地方去了。有时候她看着河对岸的大路，想明儿要是找婆家，会找在哪里呢，什么样的人家儿呢，那个人会长什么样儿呢，对自己好不好疼不疼呢？就痴痴地想出了神。母亲在旁边喊，孝女孝女过来帮个忙！一个激灵，她醒过来，扑通一下脸就红了，一颗心怦怦跳，好比一只兔子突然撞进了怀。她开始留意在村里村外还有集市上遇到的小伙子，暗暗地想着自己会嫁给他们中间的谁呢，想得面红心跳，悄悄地自己把自己唾上一口，说真没羞，一个女子娃娃整天想这些，真个没皮没脸了。可是女儿家长大了，白天不去想，夜里的睡梦中还是常常梦到自己有婆家了，正红红火火地办喜事呢，她最焦急的是还没有看清女婿娃长什么模样，奇怪的是总是看不到，急得汗都下来了，就是看不到。腰巴庄的风气自古朴素，加上回民喜欢早婚，女孩家十八九岁嫁人是常事，孝女今年十七了，心里的事情就纷繁而复杂了。她洗衣裳时心思一时集中一时分散，竟没留意有人从河对岸走来，已经踩着列石走到了河心里。

来的正是秦老师。当然这时候孝女还不知道他就是村里教学点新分来的老师。她正埋头搓洗妹子的线裤呢，听见河水微微响动，有人哎呀一声，一抬头，看见有个年轻人正过河呢。看样子他是头一次踩着列石过河，脚步一点也不稳当，向东倒一下又向西歪一下，走着走着打起了摆子，右手里的大包裹要比左手里的箱子重，为了保持平衡，身子就一个劲儿往左边偏。那些列石都是石头排成的，石头一点也不平整，又被浪头冲刷着，十分光滑，年轻人两个胳膊伸开吃力地晃荡着，又怕湿了脚上的鞋子，就走得更别扭了。身子摇摇晃晃，样子像一只笨鸟儿在张开翅膀贴着河面笨拙地飞翔呢。

孝女噗嗤一声笑了，还没见过这样子过河的呢，不像个大男人，分明就是个娇滴滴的大姑娘嘛。孝女断定他不是附近人，也不是打工返乡的，这山沟出去的，就算在外面过上三五年，怎么过河还是不会忘记的，只要在这条河边长大的人，对河都是很熟悉的。大伙儿过河时，男人们高高挽起裤管，女人们怕露了肉，一般只把裤脚稍稍提起，瞅准列石，想好每一步的落脚点，然后提着一口气，跨开大步，噔噔噔八九步就过去了。麻利人甚至连鞋底都不会沾湿。踩列石过河最忌讳这样犹犹豫豫慢慢腾腾了。忽然，年轻人身子一歪，左脚踏进了水里，眼看箱子要湿，他慌忙丢开包裹，双手抱起箱子，也不顾鞋子了，大步蹚着水过了河。孝女看呆了，但见那包裹很快吸上了水，向着河心下沉。年轻人将箱子放在干燥处，这才回身去撵包裹。孝女看出来那包裹里一定是被褥一类的铺盖，早就吸足了水，变得很重，年轻人弯腰拖着，打了个趔趄，差点摔倒，他这会儿彻底慌了，完全顾不得鞋子，连裤脚也湿了。他一个人拉扯一阵儿，看来不行，回过头向河边看，看样子想求援，可能看到河边只有个女的，就没开口，解开包袱，准备将被褥一件件往岸上弄。

孝女急了，忙丢下盆子赶过去，喊哎哎哎，可不要拆开，会叫水冲走的。年轻人捋一把头发，孝女看清他戴一副眼镜，暗红的边框，镜片厚厚的，眼镜这会儿滑下来，挂在鼻梁上，鼻子上满是汗。孝女噗嗤一声笑了，她一眼就看出年轻人是个念书人，只有念书人才会这副模样，把自己弄得文文弱弱的，一点也不强壮。村庄里的小伙子们虽然也都念过书，有的还上过初中，可最后都归到农民的行业里来了，跑出门去的也只算个农民工。和农民挂钩的人大多有一副强壮的身板儿，最糟糕也不会像眼前这人如此单薄。这会是谁呢？孝女在脑子里转了个弯儿，外出打工的年轻人只有年前节下外面放了长假或者寒冬工地停工，才回来一趟，有背包袱卷儿的，但大多已经简化了，只提个拉杆箱子或者一个背包，不会弄这么大包袱外带个大皮箱子，这么沉甸甸的，怎么走东闯西满城市找活儿干呢？她瞅了一眼，这不是本村人，从来没见过的。

两个人一齐用力，慢慢将大包袱挪到了岸上干燥处，年轻人打开了包，果然是一床铺盖，被套床单都是天蓝色的，连枕巾也是天蓝的，都很干净，虽然已经被水浸湿，但看得出原本是很干净的。

怎么办呢？年轻人望着湿淋淋的东西，用求助的目光看着孝女。

他一开口孝女就听出不是本地人，说话的口音像电视上的人，是普通话。

孝女很快镇静下来，指挥着他两个人将被子拉开来拧，拧得水哗哗往下淌。原本是条太空被，几个回合下来，顿时轻多了。太空被里面装的是丝绵，容易吸水也容易挤出来，现在村里的女人家给娃娃缝棉衣棉裤就爱用丝绵，图的也是好洗好晒干。孝女过去将自己盆子里的水和衣裳倒出，将拧过的被子放在上面，接着拧了褥子、毯子、床单。两个人忙活好一阵儿，才将所有衣物的水分拧掉，孝女抖开一张床单，将所有东西包进去，打了个结，重新成为一个大包袱。年轻人擦一把额上的汗，不放心箱子，打开来查看，孝女在一边瞅着，看见这口拉杆箱子里除了一件衣裳一双球鞋外，大半是书，《中国古代文学史》《现代汉语》，还有《红楼梦》，另外有几本诗集，她在一本的书脊上看到了海子的名字。她心里忽然亮了，就断定来人不是打工归来者也不是走亲戚的，是小学校的老师，新老师来了。

村里的教学点来了新老师，而且是个年轻人，这消息很快就传遍了村子。有学生娃的人家自然高兴，那些没有孩子念书的人家也跟着高兴，这年轻人听说还是正规师范学校出来的大学生呢，师范就是专门培养老师的地方。自打上一学期村里唯一的教师老罗圈儿办了退休，教学点就没老师了，大伙儿给大队里反映，也去乡上的中心校问过，答复是你们的腰巴庄太偏远了，交通不便，连电话信号都不通，就是给你们分了老师也是留不住，为此上面正在考虑撤了这一教学点，统一归到乡上的完小算了。

　　这是什么政策？腰巴庄离乡上足足十一里路，娃娃都还小，来来去去的不跑断了腿才怪呢。早在刚放暑假时，有学生的人家就愁上了，愁来愁去没个主意，就骂老罗圈儿的儿子，在外头挣了几个钱，买了房子，就忘了老家腰巴庄人的苦楚，本来老罗圈儿答应退休后再坚持教书，直到来了新老师，但他儿子死活不答应。实际上老罗圈儿自己是舍不得离开的，他说教了半辈子书，猛地丢开粉笔墨水和娃娃，他不习惯。他儿子眼睛瞪得牛眼一样，说看看你的头发都白成了面碗，还图个啥？都啥时代了还当自己是活雷锋啊，你傻啊你，非得把一把老骨头熬干在那个烂讲台上吗？

　　老罗圈儿拧不过儿子，只得乖乖跟上走，据说到城里住的是楼房，可享福了。他走的时候，好几个娃娃悄悄地抹眼泪蛋子呢。别看这老师文化程度不高，是从民办教师转正过去的，罗圈儿着腿子老得屁也夹不住了，可他把大家从一年级一直教到三年级，送进乡上完小的大门，这时候小娃娃长大了，能自己骑着自行车去乡上念书了。几十年来教学点一直由他一个人支撑着，他教过的娃娃一茬又一茬，可以说腰巴庄这几十年里念过书的人都是他的学生。

　　老罗圈儿一走，教学点眼看着就要关门，没想到这个大学生悄没声儿地就来了。

　　孝女指着通往村子的路叫秦老师沿着直走就是。看着秦老师走远了，她不洗衣服了，丢下盆子和一堆衣物，甩着手上的水从小路跑进了村子。一路上只要遇到人就告诉对方新老师来了，娃娃们能念书了。

　　秦老师沿着一条稍宽的土路往村子里走。刚走到村子中间，一个老汉笑哈哈迎面跑过来，说是新来的老师吧，我是老马，专门给庄里大伙儿跑腿儿的，你跟我来吧。说着接过秦老师手里的铺盖卷儿在前头引路。

　　大概到了村子的中心位置，一个土墙围成的四方院子挡住了去路，一对铁大门，门口挂个牌子，秦老师一看就知道学校到了。老马打开校门，将一间小砖房的门打开，说这就是老师宿舍。等秦老师把东西搬进小宿舍，老马从腰上卸下一串钥匙递过来，简单交代了村里和学校的情况，然后上下打量着秦老师，想了想说，你一个男人家，家不在这里，吃饭咋弄哩？秦老师说这个我考虑过，我想自己学着做。说着从箱子里掏出一个小型电热锅，一块很小的面板，还有擀面杖铁铲碗和筷子，做饭的用具居然都有。老马一一看过，捋着长胡子乐了，说你这娃没看出来，麻雀子小五脏全着哩，啥也带齐了嘛。

　　秦老师搓着手笑着说叔我叫秦三里，你就直接喊我名字吧。老马说，秦三里？那不行，你是有知识的人，我是老粗，我还是叫你秦老师吧，叫着心里踏实。

　　说完了哈哈笑，望着秦老师左看右看，越来越显得高兴。秦老师觉得奇怪，不明白这个老汉为啥要这样，又不好问。

　　老马说你得安个炉子，遇上下雨啦停电啦就可以用炉子取暖做饭。说着去教室里搬出一盘炉子，掏尽炉腔里去年残存的煤灰，将四五截铁皮筒子装上去，又找几个砖头垫在炉子的四个脚底下，捣鼓了半个多小时，才将炉子安装妥当，弄了两手的灰。秦老师想找水给他洗洗，他却拍着手说不洗了，隔壁就是寺，我去那里洗，正好马上要做礼拜了。走了几步，回头吩咐说用水的话就在隔壁寺里，叫学生娃抬。说着去了寺里。

　　秦老师这才有时间仔细打量这个宿舍，一间不大的房子，砖木结构，以前住过人，靠墙摆着一张木板，用四个板凳支起来，看来这就是床了。窗户下有一张课桌，桌面子又脏又旧，上面密密麻麻地布满着裂痕，看样子是学生娃用刀子划出的。他盯着桌子不禁有些走神儿，想需要经过好几年的时间才能留下这么多痕迹吧。老马说老罗圈儿在这里待了四十一年，从年轻人变成了老头儿，他秦三里是不会待这么久的，他的时间是两年，两年后由学校保送上研究生。换句话说，他来这里就是为了上公费研究生，因为保研有一个条件是在偏远地区支过教。

他正胡思乱想呢，门咣当一声开了，老马伸进头来说嗨嗨，秦老师，我想到了，你吃饭的问题先这样解决，学校隔壁不是寺嘛，寺里开着灶，有个小满拉也是外地来的，他自己开火做饭呢，你先在那里吃，等冬天上面分了炭，你再自己做饭，你看咋样？不等秦老师点头，他又记起来了，捋一把胡子说我看你尕娃年纪小，身子骨又是这么单薄，一个人睡这学校里怕是有些孤，要不先去寺里和小满拉睡，阿訇不在的时候他也是一个人，还跟我说一个人害怕呢，我看你俩正好搭个伴儿。

秦老师抖开湿漉漉的被褥，老马一看急了，幸好这会儿天气晴好，他到家去找来根铁丝，将一头拴在屋檐下，另一头挽一棵树上，叫秦老师赶紧晒铺盖。一会儿工夫铁丝上就挂了一排衣物。看看收拾妥当了，老马带秦老师去寺里找小满拉。

迈进寺门时，老马高声说了句色俩目。秦老师顿时清醒，记起来进寺门时是要说色俩目的，忙也说了一声。他是头一回进清真寺，觉得又好奇新鲜，又莫名地紧张。他是在城里长大的，父亲是回族，母亲是满族，他自己的简介里填的是回族，但是他对回族宗教信仰习俗的了解实在不多。在大学里接触了一些回族同学，大家和他一样，和汉族同学一样，都穿着牛仔裤，上网打游戏听流行歌曲，唯一不同的是吃饭上清真餐厅，从不吃汉餐。这回来了腰巴庄，他是平生头一回走进清真寺，心里真的又紧张又兴奋。

寺院里有些陈旧，看得出有些年头了，迎面一座宫殿式大房子，前檐留着个宽阔的走廊，左右两根柱子顶着，屋脊上一个绿色圆柱形上高高擎起一弯月牙，可能是不锈钢的，在向晚的阳光下闪着亮亮的光。他知道这是伊斯兰的象征。左右两间砖头砌的矮房子，其中一间的门一响，一个头戴白圆帽的青年走了出来。

秦老师迎着他看，只见这个同龄人轻轻地笑着，显得有些羞涩。老马说尕娃子啊，这是咱教学点刚来的秦老师，正经八百的大学生，大学校里出来的。来咱这穷山沟教书来了，咱可不能叫人家受罪哇，学校这些日子撤古了，我想叫他先在你这里睡，你们互相做个伴儿。饭嘛，你先给他做上，反正你也是要吃饭的嘛，嗨嗨。说完了，见两个小青年还在互相瞅着看，就哈哈地笑了，说来来来，你们先认识认识。秦老师大方地伸出右手去，小满拉伸出一只手，却是左手，一看不对，忙缩回去换右手出来，慌乱地握了一下，就忙忙抽回去了。一张圆脸早涨得通红，连耳朵根子也红了。秦老师生性腼腆，但毕竟是上过大学见过世面的，想不到这小满拉比他还害羞，他望着对方心里忽然暖烘烘的，觉得这个人很亲切。他不喜欢喋喋不休大话抛天的人，尤其男人，像话痨一样，他觉得受不了。

晚饭是小满拉做的洋芋面。秦老师给他帮忙，剥了根葱，洗了个洋芋，小满拉已经和好了面，接着切菜，和小满拉比，秦老师显得笨手笨脚的，只好在边上站着看。

小满拉很麻利，动作熟练而协调，秦老师看着，恍然觉得是个女孩子在做饭。小满拉话很少，基本上不会没话找话，只有切刀落在菜板上发出嗒嗒的声响。

在这单调的嗒嗒声里秦老师抬头去望门外西边的天空。腰巴庄三面环山，只有西边没山，是一条河。这会儿夕阳向着那河滩坠落，河小，水少，不然站在河边上便能够看到长河落日圆的景象吧。

秦老师忽然禁不住伤感起来，现在父母在干什么呢？在城里的他们能想象儿子此时身处的环境吗？

小满拉住的环境很简朴，和小学校不相上下。屋里有股潮湿味，摆设很简单，进门一面土炕，左边是个水泥锅台，中间墙上开了扇小门，进去是个小套间，套间的地用水泥打了，里面是个长方形水池子，池子上方安装着一排木架子，架子上挨个儿摆着一几把水壶，小窗户下有个水泥砌成的隔间，门上挂了个小白布门帘，秦老师探头进去看，里面一个铁钩子吊着一个葱绿色塑料圆形罐子。他觉得好奇，忙问这是什么，干什么用的？

小满拉愣了，歪着头想了想，问，你是回民？秦老师说回民，我爸是回民，所以我也是回族。

小满拉把头歪向另一个方向，向窗外看了看，也看见了夕阳，还有村庄各处升起的淡蓝色的炊烟。他像是心里有个难解的题，需要他费劲地思索，过了会儿，说你既然是回民，怎么会不知道它的用处呢？

秦老师看他神色淡淡的，摸不透他心里在想什么，忙解释说我妈是满族人，所以在我们家对这个不太在意，我从小在城里长大，从没机会见这个啊。

小满拉皱着眉头，盯着秦老师看，慢慢地舒开了眉头，说你是回民的话早就该知道这个的，那个小房子叫水房子，里面那个叫吊罐子，我们回民洗阿布黛斯用的。阿布黛斯你知道吗？

秦老师忙说这个我知道，听我爸说过，就是洗澡吧。

小满拉的眉头又皱起来，说不能叫洗澡，咱们叫洗大净，还有小净，小净又叫做阿布黛斯。

秦老师看着小满拉一脸的认真，心里想笑，但没敢笑。问洗阿布黛斯的详细经过，说着伸手去拿壶，想要他给自己演示一下。

小满拉急了，哎，脏手可不敢乱动！

秦老师吓了一跳，说我刚刚洗过的呀，干净着呢。

小满拉涨红了脸，口气却是不容置疑，说刚洗过也不算干净，你连大小净咋洗都不知道，说明你身上根本没洗大净。没洗大净的人咋能动这水壶呢。

见秦老师有些发呆，小满拉口气缓和下来，指着桌子上一本厚厚的经说尤其那个《古兰经》，不带大小净的人万万不敢碰。

秦老师看他一张脸绷得紧紧的，满脸严肃，浑圆的下巴上探出一圈胡子楂儿来，他分明是个还没长大的孩子，一脸的稚气，秦老师瞅着那一圈淡青色的胡须心里有一种说不出的突兀。小满拉的脸还绷着，没有退让的意思。秦老师心里一凛，被他的认真所感触，忽然觉得他稚嫩的外貌下怀着一颗已经成熟的心。

忙问那你敢动吗。

当然能，我随时带着大净和小净呢。

随时带？那你累不累？

小满拉正切面呢，噗嗤一声笑了，说咋会累呢，又不是背个重东西。说着哎呀一声，丢开切刀把手指噙在嘴里簌簌吸凉气。拿出来看，没伤到皮肉，只是剁出个白印子。小满拉还是疼，眼泪花儿在眼眶深处转，转了几圈，可能觉得丢人，就咬着牙开始下面。吃饭时他给秦老师说人在开口吃东西之前，要记得念一句清真言。秦老师带着好奇跟着他念了一遍，两个人在一张简陋的木桌前头对头吃起来。洋芋在开水里滚得烂烂的，面条下进去，撒了点儿葱花，没有下饭菜，秦老师吃一口觉得淡淡的，见小满拉吃得很香，就也埋下头跟着吃。

秦老师和小满拉就这样交上了朋友。晚上，秦老师的铺盖还没有干透，只能和小满拉钻一个被窝。他觉得很不习惯，轻轻脱了外衣，穿着秋衣秋裤睡了。半夜里醒来拉灯一看，小满拉连外衣都没脱，被子都被自己扯过来了，小满拉身子蜷缩成一团沉沉睡着。他干脆坐起来，望着小满拉的脸仔细看。白天他总是显得害羞，躲闪着别人的目光，这会儿安静地睡着，五官平静乖顺。秦老师发现他其实是个很俊秀的男孩，圆墩墩的脸上一对眉毛分外粗，眼睫毛也很长，下巴圆圆的，脸颊上有两片淡淡的红印。

　　秦老师发现这里的人几乎脸上都有这种红印。河边洗衣裳的女子、老马，大家的脸颊都是红红的，他知道这是高原红，西部很常见，是太阳的紫外线照射造成的。乡村的秋夜有些寒凉，小满拉可能感到了冷，将身子又往紧蜷了蜷。秦老师发现这个同龄男孩的手和自己的完全不一样，自己的手白净而纤细，像女孩子的手。而小满拉的手完全就是男人的手，指头粗而短，有些蜷曲，手背上的皮肤呈褐黄色，有些松弛，像中年人才有的手。它们和主人一样安静、沉默，在无声无息中让人想到它和它的主人已经经历了一个乡村少年必须经历的艰辛成长史。这双手做出的洋芋面，那味道对于秦老师来说是陌生的，平生头一回尝到。念大学时学校食堂里有洋芋面，但那完全是城市化的味道，小满拉的洋芋面可能是山区人家家常面的味儿吧。秦老师觉得嘴里有些干，下去倒了点水喝，白开水竟然清甜清甜的。

　　九月一日腰巴庄教学点准时开学了。孩子们兴冲冲来报名，一个个拖着鼻涕吊着眼屎，围在小宿舍门口看新来的老师，比看刚娶进门的新媳妇还热闹。家长们借着给娃报名的由头，也乘机打量这个新老师。尤其那些女人们，看一阵子，开始品头论足，有的说这新老师真年轻，比四年级的娃大不了多少嘛，看着嫩面得很。有的说人家是大地方来的，瞧那肉皮儿多嫩多白，哪像咱们一个个粗皮糙肉的。还有人说大学生肯定比老罗圈儿强得多，旁边的人打断了她，说废话，强一百倍哩，没看见墙外黑板上那一行字吗，老罗圈儿就是把吃奶的劲儿都给鼓上只怕也写不出来。女人们哗啦啦笑了，笑声像一股子水从高处跌落而下，哗啦啦，跌出了满地清亮亮的水珠子。

秦老师埋头给娃娃们报名、发书。女人们的嗓门一个赛一个高，没遮没拦，他听到了，有些能听懂，有少部分方言太重，就不大明白了。他抿着嘴角悄悄笑。发现腰巴庄的人实在，单纯，热情。再看娃娃们，一个个脸蛋红突突的，望着老师的双眼里有害羞喜悦还有期盼。被这些单纯的眼神望着，秦老师忽然觉得有一股看不见的力量在鼓舞着自己，心里有了一笼火，说不出的温暖。

三

秦老师日记摘录：

8月30日

今天我来到了一个完全陌生的环境，这里的封闭和偏远是我这辈子第一次亲身经历，但是截至目前我还没有开始后悔。记得在这个小县城教育局的办公室里，那个戴眼镜的瘦子主任让我选择想去的学校，他提醒我说中学都在乡镇上，乡级公路全部通了。我没领他的情，问你们这里最偏远的小学在哪儿，我想去。瘦主任愣了，抬头打量我，随即意味深长地笑了，他给我填了腰巴庄教学点。当我下了班车，到当地中心校报到后，才知道还距离腰巴庄十多里路程，不通公路，是一条土路，没有乡村班车。中心校的大校长是一个姓余的矮胖子，笑眯眯的，给我说小秦呐，本来可以把你留在中心校，但是上头说是你主动要求去腰巴庄的，我也就没辙了。看着他油光水滑的脸，我有些不解，我说是啊，是我自己要求去偏远一点的地方。我看见站在旁边的两个老师偷偷地笑，笑什么呢，我一看他们就不笑了，嘴角紧紧绷起来。余胖子说你是外地人，有些情况必须给你交代清楚，这个腰巴庄不通车，你扛着个铺盖卷儿可怎么去呢。沉吟了一下冲外面喊苏炳义你过来，跑过来一个中年人，余胖子说你顺路，就把小秦捎带过去。苏炳义四十多岁，黑红脸膛，听了余的话没点头也没摇头，蹲在花园边抽了一根烟，这时一个别人喊老严的老教师说苏黑脸，你拨啥小算盘呢，人家小秦可是中央支教团的，来咱这深山沟做贡献，你可得当事点儿。苏老师抽完了，将烟屁股扔地上用鞋子狠狠碾了碾，冲我说咱们走。我赶紧提上行李走。我们来到校门口一辆摩托车跟前，这摩托很有些年头了，车身上蓝色的漆已经剥落得所剩无几，车把手上左右各挂一个长长的花线穗子，一个丝绒坐垫一看就是农村女人用手缝的，已经很脏了，上面金黄的牡丹花被糊得灰乎乎的。他拿出一段绳子，将我的铺盖捆在后面，箱子我提着，我紧贴在他身后，我们出发了。走了将近一个小时，来到一条河边，苏老师停下来，卸下我行李，告诉我河那边就是腰巴庄。我看见一条比我们刚刚经过的路窄小许多的土路，拐着弯儿通往了河边。苏老师说不好意思啊，本来应该把你送过河去的，我家里还有急事，就不送了。我们就分了手。告别后，我背着铺盖卷儿一步一步走进了腰巴庄。别看这一份行李不多，拖着它走路，我很快就气力不支了。包袱变得死沉死沉的，一个劲儿要往河水里揪。我开始怀疑自己，我这样做对不对，有什么意义呢？我是怀着一腔热情来基层锻炼的，可是现实当头就给了我一棒子，我觉得扛着铺盖卷儿的自己真狼狈，又饿又乏，终于支撑不住丢了包，连我自己都想倒下，躺在河水里好好歇一歇。幸好一个洗衣的乡间女子过来帮了忙。她可真是热情，衣服也不洗了，帮我一件一件地拧被褥上的水，拧完还帮我重新打了包，给我指点了进村的路。她叫什么名字，长什么模样，我竟然没留意也忘了问，依稀记得脸颊红红的，一双眼乌黑，她似乎不好意思抬头看我，一直低着头，难怪我没看清模样。

9月1日

我认识了小满拉。他说满拉就是学习经文的学生，比阿訇小。他的理想是掌握更多的阿拉伯经文，有一天成为一个学识渊博的大阿訇。这是我在腰巴庄的第一个朋友。他是个腼腆的小伙子，才十九岁，长着一张娃娃脸，身子瘦，第一次见面我认为他才十四五岁。他话不多，但是心肠热，对人不冷淡。夜里我们睡在一面炕上。我跟他说了我的经历，他也说了他的经历。他告诉我腰巴庄庄风朴素，人心朴实，是个小自然村，没有村干部，有事情一般由老马出面解决，老马任着清真寺里的学董，别看有时候嘴巴厉害点，其实性子直，心肠不错，有困难尽可以找他。还说老马给他嘱咐了，要他照顾我，村里好不容易来个大学生，不能叫城里娃娃受罪。我听了心里暖烘烘的，有点感动。小满拉还说老马看见我带着灶具，很高兴，说这说明秦老师是实心来咱这里教书的，不像以前那些老师，一来就一门心思想着走。

我记起在宿舍里老马满脸的笑，才明白原来是这么回事儿。

9月8日

今天我离开清真寺，搬到小宿舍住了，小满拉不要我走，可是我觉得还是住宿舍方便些。此刻我关上了门，一盏白炽灯下就我一个人，笔记本电脑里下载的音乐在流淌，舒缓，忧伤，像我此刻的心情。木板床是小满拉帮我支起来的，用砖头垒起来，一坐上去就不停地晃动，咯吱咯吱响，像有一个病重的人躲在下面低声呻吟。火炉也装上了，还差什么呢，似乎不差了，锅碗瓢盆已经摆好了，一张旧课桌就是案板，我的为期两年的支教生活就这样开始了。遗憾的是这里手机没信号（小满拉告诉我爬到北山头上去，那里有信号，联通的好些，移动的不稳定，天晴的话能凑合打电话，遇上天阴刮风就不能打了），自然也没法联网，这是个大麻烦，一下子手机电脑全不能用，我觉得自己完全和外界隔绝了。另外，乡间土路凹凸不平，苏老师的摩托破，颠着我屁股了，这几天一直疼，今天才好转了一点。

四

莲花报名是姐姐孝女领去的。来了新老师，莲花很高兴，孝女也很高兴。两个人兴兴头头打扮上才出了门。莲花的黑健美裤是姐姐给买的，鞋是姐姐做的，红丝绒面料，带着细致的扣袢儿。姐姐还给她洗了头发扎了高高的小马尾巴。母亲看见不耐烦，说打扮成个妖精啦，哪像个学生娃？姐姐却还不满意，扯着妹子衣衫说咋就没买件汗衫呢，这件多旧哇。书包是她用碎花布缝缀起来的，剪成小三角形的花布一片一片拼凑起来，就拼出一个花形，一朵一朵的小花朵连成了一个小书包。莲花背上美得不行，扭着头一路蹦蹦跳跳进了校门。

姐姐本人今儿也是用心打扮了的，牛仔裤，新布鞋，头发梳成个大辫子，斜放在右边的胸前，显得油光乌亮，脸庞则亮闪闪的，好像要去上学的不是妹子莲花，而是她孝女。

到校门口，孝女不进去，叫莲花自己去报名。莲花自然不敢，姐妹俩磨蹭了一阵儿才进去，这一进去很快就融入到女人们中间了。小学校里来了十几个报名的女人。她们把头探进半开的门里，争相去看新来的大学生老师。看一看，回过头来和身边的人评论这新老师。孝女躲在台阶下没敢抬头，莲花自己进去报了名，然后姐妹俩大手拉着小手回了家。

莲花发现姐姐最近忽然对自己好起来，以前呢，姐姐做饭，莲花进去守在锅台边央求姐姐在开水锅里给自己煮个鸡蛋，要么捞一筷子面条用清油拌了吃，姐姐总是百般刁难不愿通融，还说女子娃不能这么由着性子吃，从小惯出了瞎毛病，长大到了婆家咋办？气得莲花抹泪珠儿，骂姐姐心狠。她发现自打自己上了学，姐姐就对她好起来，只要她放学走进家门，姐姐把头从厨房窗户上伸出来，招着手叫她进去，笑眯眯说你不是最爱吃清油拌面吗，姐姐给你悄悄捞一筷子，可不敢叫你碎哥哥看到。莲花大口大口享受着美味时，姐姐就问她今儿老师教了个啥，唱歌子了吗？你们老师唱得好听吗？啥，嗓子尖尖的像个大姑娘？呵呵，姐就知道他一定会唱歌子，城里来的嘛。还教你们画画了呀？快给姐看看！

有一天莲花兔子一样蹦跳着进了门，说老师夸她了，带着大伙儿做游戏时，老师问马莲花的鞋是谁做的，这么好看，还绣着花呢。他还过来蹲下细细看了一阵呢。孝女听着呆了。一颗心惊喜地狂跳起来，她一把抓住妹子，问你咋说的，你给老师咋说的？我说是我姐做的呀，书包也是我姐做的！秦老师夸我的书包好看，和我名字一样，上面全是莲花。孝女一愣,一把抓过书包细细地看,哎呀呀,做的时候她都没有想过这是个什么花儿,现在仔细地看,可不是一朵朵的莲花在绽放吗?她心里颤抖着,慌乱地想这个秦老师还真细心呀,看到了别人根本没发现的地方。

从这以后孝女变着法地打扮妹子,恨不能打扮成一朵真正的小莲花。遗憾的是老师再没有特意夸过莲花什么。

慢慢地农闲了,孝女开始给一家人做鞋。现在大家虽然买皮鞋穿,可那终究不结实,不透气,穿着脚受委屈,又不能下地干活,只在走亲戚赶集的时候穿着图个光鲜。真正实惠的还是布鞋。孝女给父母每人粘三双,自己两双,弟妹们淘气,脚片子上像长了牙齿,分外费鞋,得每人准备四双。等一家人的鞋全部粘够了,她望着一炕大小不一的鞋帮子鞋底子,觉得还少了一双。是谁的呢?说不出来是谁,反正少了一双,似乎是最重要的一双。她觉得用袼褙子粘出白不好,将两条面袋子拆洗压展了,粘了一对炫白的鞋底。纳鞋底子最费事,麻绳子抽得吱吱响,一双手磨出的茧子一层摞着一层,白天纳弟弟妹妹的,夜里坐在灯下,用白线合了绳子,纳那一双白色鞋底。还在脚掌心和后跟上纳了菱形的花样。一针一针纳着,头顶的檩子上电灯泡一直看着她,莲花妹子早睡着了。孝女瞅着妹子忽然很羡慕她,幻想自己变小了,和妹子一样的年纪,和妹子一起去学校念书,秦老师给大家讲课,唱歌,念报纸,抢皮球,跳皮筋,一整天都能看到他的身影,看到他青春洋溢的脸庞、明亮羞涩的眼神,还有那好听的声音。灯泡寂寞地亮着,孝女歪着头沉思一会儿,抿着嘴角轻轻笑。父亲出来尿,看到屋子里灯还亮着,就在门口大声咳嗽起来,孝女赶紧拉灭灯睡觉。枕边放着那双鞋,睡梦里她看见鞋做成了,穿在了一个人的脚上,不大不小不肥不瘦刚合适。一双手一下子捏住了孝女的手,一个声音深情地说你怎么知道我脚的尺寸呢,就跟拿尺子量过一样的标准。孝女幸福地笑了。

五

秦老师想去乡上赶个集，买些米面和青菜，还有日用品，尤其卫生纸，他上厕所用惯了洁白细软的手纸，一时也没法凑合。男教师没厕所，他只能去男生厕所，里面扔的全是作业本上撕下的纸页，粗糙不说，上面写满了铅笔和钢笔字，还有老师批阅的红墨迹，使用后墨迹被水泡开，蓝的红的，一团一团的，看着人心里一阵难过，城里的孩子哪会用这个呀。他看见有些娃娃鼻涕流下来也用作业本纸揩，或者直接用袖口随意抹掉。他想多批发些卫生纸，自己用，也给孩子们每人发一点，先把鼻涕擦干净再说。可是一想到那十里土路就犯愁了，没有交通工具，这集市就没办法去。

正郁闷呢，门外传来突突声，出去一看，原来是一辆三轮农用车，老马坐在前面开着，车厢里载着十几个鼓鼓的尼龙袋子，袋子上面趴着七八个妇女。还有两人正撅着屁股往上爬。大家说笑着，声音很大，浓重的方言和发动机的突突声在一起碰撞着，一时清晰一时难辨，秦老师看着简直呆了，不明白怎么回事。老马看到他便刹住车，女人们看到正在打量她们的秦老师，顿时缄口不说笑了。老马扯着嗓子问：我们去集上磨面，顺便赶集，你去吗？有啥要捎带的吗？

秦老师这才明白过来，原来是去赶集呢。怪不得女人们都比平时穿得新了些，几个年轻的显得从头到脚都精心打扮过了，手里提着小包。

就这样挤在车厢里，趴在尼龙袋子上去赶集？他觉得困惑。从腰巴庄到乡上的集市，一路的路况和颠簸程度，他来时在苏老师的摩托上就领教了。他看着农用车心里发悚，想这个家伙会不会和摩托一样颠簸呢？但是想到有些紧缺的东西必须买，今天恰好是周末，就进屋提上包，匆匆擦一下皮鞋往外跑，心里想要我和妇女们一样撅着屁股趴尼龙袋子吗？那么高爬不上去怎么办？

老马老远冲他招手，指着副驾驶座喊坐这儿来。他过去发现刚才坐在这里的一个眼泡明亮的老汉不见了，看后面，已经爬到车厢里去了，这会儿正咧着嘴冲他笑呢。女人们也都笑呵呵看着他。秦老师心里一热，忙坐上去。虽然这座位是露天的，一块红色丝绒布下蒙着什么，感觉不像海绵垫子，坐上硬硬的，不过要比后面的车厢好多了。三轮车突突叫着启程了。

走出一截土路，要过河了，路面突然向下面倾斜，车身直直向下栽去，车上的人都没了声，一个个紧闭嘴巴，手紧紧抓着车帮。秦老师觉得一颗心缩成了小核桃，左手抓着包，右手死死攥着扶手。偷眼看左边的老马，只能看到右侧的脸颊，神色严峻，嘴角费劲地紧咬着，在暗自加油。他便也跟着咬紧牙关为他加油。车轮滑下河堤，在河水里嚯嚯地响着前进，水花哗哗作响，然后艰难地上岸。像一个累极了的老牛，突突的叫声也变了样，成了干巴巴的棒棒声。这个铁家伙真是力大无穷，终于挣扎着上了岸，又是一段狭窄的土路之后，这才踏上了大路。一车人纷纷嘘一口气，放松下来，女人们最先叽叽喳喳说笑起来。秦老师心里的惊吓和诧异还残留着，迎面的风吹过来，车喷出的黑烟全部迎面扑来，一股柴油燃烧不充分的味道直往鼻子里窜。大伙全被罩在这浓烟下面。他拧头向脚底下望，黄土路面上有一层厚厚的浮土，车辆快速行进，呼呼带起一股尘烟，和油烟汇合在一起，追着车身扑来，一车人都在尘烟里颠簸着。

老马神色缓和下来，高声问：年轻人，是头一回坐这种蹦蹦车吧，觉得咋样？不等他回答，后面的女人们七嘴八舌地追问：咋样，大地方来的大学生，觉得咋样？不等他回答，一个高嗓门女人说：苦死咧，肯定把这娃颠着了，咱们在这里摔打了半辈子，还受不了呢，他那身子多单薄，一定受罪死咧。

秦老师向着老马笑笑，觉得嘴里黏黏的，悄悄吐一口痰在手心里，展开一看，是一团黄乎乎的泥。吓了一跳，顿时觉得满口都是土腥味，说不出的苦涩。不留意，屁股下咣地颠起来，感觉将整个人都抛起来了，紧跟着又摔落下来，屁股狠狠撞击着，这才感觉座位上这个小垫子太薄了，就是铁板上铺了片丝绒布嘛，哪里经得起这么摔打呢，他直觉得好像没有穿裤子，屁股上的肉直接挨在铁板上。他不敢坐实，干脆起来站着，这时候风势大了，加上车速快，迎面的风劈在脸上，生疼生疼的，连眼仁都在发疼，就闭上眼，听着耳边轰隆隆的车响和呼呼的风声。听着，强撑着，心里一热，双眼发紧，眼泪喷出来，热辣辣的，不等形成泪珠，就被风吹干了。一丝悔意浮上心头，心里纠结开了。是的，他后悔了，后悔来到这里，要是叫父母看到儿子在这地方受这种罪，他们敢相信自己的眼睛吗？一定不信，来之前只是听说山区条件差，但也只是口头说说罢了，谁又来实地体验了呢？现在，投身现场，他才发现了自己过去的幼稚，一冲动就来这里了，凭着想象把所谓的艰苦美化了，他有种欲哭无泪的感觉，现在算是对自己冲动的惩罚吧。

后面女人们却在叽叽呱呱说笑不停，他觉得奇怪，她们这是乐什么呢？都这样了，还不觉得苦吗？是她们心思单纯，还是习惯了这样的苦？

又过了半个小时吧，耳畔声响复杂起来，听着一片嘈杂。秦老师有些疲倦地睁开眼，到集市上了。

老马把蹦蹦车停在东边一家磨坊门口，早就有三辆蹦蹦车停在前头了。一间低矮的房子里传出沉沉的机器吼叫声，里头正在磨面。

秦老师爬下座位，活动活动麻木僵直的腿脚，回头看却呆了，女人们正在往下爬，身子轻巧的一个蹦子跳了下来，有点年岁身子胖些的不敢跳，只能撅起屁股慢慢往下溜。他望着一张一张脸孔，看到每一张脸上都落满了土，灰扑扑的。大家解下头巾扑打着，身上更不成样子，新衣服早被黄土弄得陈旧不堪。看着这些变形的脸孔，秦老师感觉这一路上她们遭受的苦远胜过了自己，尤其大眼泡老汉，弯了腰一个劲儿咳嗽，一张脸憋得通红，似乎气都换不上来了。

秦老师猛然心里一阵疼，觉得和这些人的距离拉近了。

女人们拍打了身上头上的土，急匆匆去赶集，秦老师看着她们汇入人流不见了，这才大步往中心校赶去。

六

腰巴庄教学点有一二三共三个年级，各一个班，有两间教室，但孩子们全挤在一间房里，旁边那间锁着。秦老师打开看，里面装着些破损的旧桌椅，还有些乱七八糟的杂物。问了老马才知道是老罗圈儿嫌用两间太麻烦，冬天不好取暖，就把娃娃们合到一个房子里了。一间教室里三排桌椅，一排是一年级，二三排依次是二三年级。秦老师教了两周，觉得不妥，复式班也不是这个办法，给这个年级上课，就得把另外两个年级赶出去在院子里的土地上画生字、背课文。三年级娃娃大些，能听话；一年级很糟糕，老师只要不在眼前，就打架闹事，乱成一团。这天他看天气好，就带孩子们将另一间房子腾出来，清扫一番，将三年级搬了过去。又用墨汁将前后的黑板刷了一遍，顺带将外墙上的一块宣传板也给刷了。等干好了，黑乌乌的，他组织学生在外面办板报。叫三年级的十个人都参与。大家很兴奋，抬了桌子踩上去，可是怎么办呢，大家说从来没办过。秦老师叫他们弄来一截毛线，用粉笔在线上摩擦，然后绷直了往黑板上打线。孩子们不笨，很快就学会了。另几个人学会了画花边，几个人画粉笔画，两个人负责写字。一二年级的娃娃不愿意玩了，围着看办板报。一双双眼睛里布满了惊喜和欢快。一个小女孩嫩嫩的尖嗓子高喊：马存女你画的这啥花呀？还不如我姐画的好呢！叫马存女的三年级女生不服了，说你懂个啥，有本事把你姐叫来画一个我们看看。这是办黑板报呢，又不是绣花！一句话顿时惹起一片笑声。

小女孩急了，瞪圆了眼，小辫子一甩噔噔跑走了。

秦老师发现小女孩是一年级的马莲花，她显得很调皮，那神态、表情，总是透着股倔强，但是真的很可爱。

黑板报办成了，彩粉笔打的花边，中间画了幅插图，孩子们画的并不形象，字也不漂亮，但他们觉得新鲜，看了又看，放学回家时还回头打量不停。第二天进来几个家长闲转悠，围着黑板报看了看，下午老马来了，也瞅了几眼板报，呵呵笑着说秦老师哇，你这尕娃能得很啊，不光识文断字能教书，还能画画哩！

秦老师又惊又喜，惊的是这小学校里从来没有办过一期板报吗，这并没有多大难度呀。喜的是自己的心意得到了大家的认可和喜爱，便不由得高兴起来，决定将这坚持下去，争取一周办一期。

秦老师仔细盘点了教学点的教育资源，几十张课桌，孩子少，足够使用。粉笔板擦及卫生工具，上学年余下的还有，先用上了。他记起上大学时在网上看到的消息，最偏远的地区每个学校都配备了现代化电子教学设备，怎么这里连一台电脑也不见。

他想到宿舍旁边有一间房子锁着，锁眼生了锈，看样子很长时间没有开过，就拿着钥匙试，没有一把能打开，便找了块砖头给砸开了。里面积满了尘土，拂去尘埃，看见了一个巨大的卫星接收锅，上面写着农村远程教育的红字，三角支架，一个 DVD，一纸箱子光盘，是小学课程教学光盘。没有电视和电脑。他试了试卫星锅，很重，几乎搬不动。

他念叨说奇怪了，没有电视和电脑，远程教育的信号接收来用什么显示，DVD 光盘用什么播放？

问孩子们见过电脑吗，大多孩子捂着嘴已偷偷笑，不说话，三年级的马正虎胆子大，说见过。他问哪里见的，马正虎扭着头大声说电视上。

他噎住了，说我的意思是在现实生活中见过吗。

李三义慢吞吞说我在我大姨娘家见过，她家在集市上，我大表哥只许我站在边上看，不叫我用手摸。

秦老师说那你给大伙说说电脑是什么样子。

李三义瓮声瓮气说这么大，能说话、唱歌，还能演电视，里头好玩东西多着呢，还能照相，当着你的面儿就能把你装进去。

孩子们回头看着李三义，目光里满是羡慕。

秦老师拖来自己的笔记本，接上电源，打开来，几十双眼睛瞪大了静静看着。他放了段音乐，又放了几个短视频，又打开摄像头，给孩子们照相。大家惊诧极了，呆呆看着老师右手抓着一个半圆的东西移来移去，嚓嚓响着，他们一个个就变成了相片，站在电脑里向着大伙儿笑。一张张小脸蛋本来红扑扑的，一高兴显得更红了。

就这样，就是这样的！李三义小脸兴奋成了一朵花，又得意又高兴，秦老师的电脑证实了他的话，他觉得很光荣。

秦老师要大伙儿说说眼前这个电脑和他们在电视里看到的一样吗。

三年级马存梅摇着头说不一样，在电视里只能看到个样子，老师这个是真的，看得见摸得着。

秦老师心里一动，当下叫孩子们排好队，一个一个上前来，他抓住一个个小手，教他们认识电脑，这是屏幕，这是鼠标，正说着，一个眼皮薄薄的男孩噗嗤一声笑了，说鼠标，还真像老鼠呀！

是啊，大伙兴奋不已，纷纷说这东西还真像个小老鼠，圆身子，灵活又轻巧，可不是一只灰色的小老鼠。

秦老师也被逗笑了，赞许地看一眼这个叫王小五的男孩，这孩子性子急，动作多，但也反应快，一看就是个小机灵鬼。

好吧，他笑着移动鼠标，我们就叫它小老鼠好了，别看小老鼠小，作用可大了，你们看，它通过这条线指挥着这个大机子呢。说着教他们开机、关机等简单的使用方法。幸好他机子里下载的东西多，就打开让他们看。从这以后，秦老师在课程表里添加了计算机这门课，他的愿望是每一个孩子都能掌握计算机的简单使用。至少以后见了不至于觉得神奇而让人看了觉得心里挺不是滋味。

等再见到老马，忍不住说看样子当初上面肯定配备了电视电脑的，怎么一样都没有。

老马的脸顿时变了，说都是驴日的余胖子捣的鬼，前年老罗圈儿给我念叨过这个事，说余胖子把上面给的东西贪污了，啥电视电脑的，只给公路沿线的学校发放了，我们这山沟沟子里上面一般不来检查，值钱东西哪会落实下来呢，我听老罗圈儿说啊，那些东西都叫余胖子领了人情，分给他的亲戚朋友了。这事我也问过余胖子，你知道那个人油滑得很，我一问他反倒拿要撤教学点的事儿要挟我，他说上面早就考虑把这个教学点撤了去，都是他在说好话，才留下了。这么说倒是我们欠着他的情了。嗨，这事我就不敢再说啥了。

秦老师想到最新的政策是整合教育资源，合并乡村学校，在这种情况下余胖子说撤腰巴庄教学点还真不是夸口。

秦老师想起余胖子满脖子的淤肉，忽然心里说不出的烦闷。

七

"十一"国庆假最后一天的下午，秦老师的身影出现在无名河上。他将拉杆箱子提在半空，一步一步踩在列石上往前迈。比起初来时渡河，现在轻松多了，箱子也不重，就几件冬天的衣裳。

如果按照母亲的安排，那他所带来的东西估计老马的蹦蹦车一车未必能装下。她听儿子讲了山里的条件，脸都变了，拉住手说不去了，咱死活不去了，不是活受罪吗。

秦老师心里暗暗发笑，庆幸自己只是说了点皮毛，要是全照实说出来，还不把老妈揪心死。妈妈真是舍不得叫儿子去吃苦，她一见面就抱住儿子，对着脸使劲儿看，说黑了，糙了，瘦了，受了不少罪吧。他只是笑，没敢说这里的情况，知道说出来老妈肯定会更担心。

当初来的时候老妈就不愿意，甚至哭哭啼啼的，但是考虑到儿子的前途，不好阻拦，秦老师大学毕业申请公费上研，条件是需要在偏远地区支教两年。

母亲没法留住儿子，就给准备了好几箱子吃的，秦老师看了哭笑不得，哪里带得上呢，就耐着性子告诉母亲乡下挺好的，饿不着，你儿子过得挺开心。

苦口婆心解释的结果是终于得以轻装上路。

他看见一个女子在河边洗衣裳，应该就是那天帮过忙的女子吧，他想过去打个招呼，但是人家一直低着头，没有朝这边看，他犹豫了一下，没有过去，踩着碎石子快步走，把河扔在身后。

孝女在河边洗衣服。

最后一轮秋忙终于过去了，地里该收的终于收完，洋芋挖了，地犁了，秋高粱也赶在大霜冻来临前割完了。忙了整整大半年，盼的就是晚秋、初冬到深冬这一段日子的清闲。大哥出门打工去了，父母身子都不好，二十几亩地忙起来可是够呛，父亲打电话叫儿子回来，大哥说种一茬庄稼的收入不如他一个人打工挣得多，他从南方赶回来一趟的路费就得好几百呢，还耽误上工。寄几个钱回来你们雇人算了，父亲收到钱哪里舍得雇人，就带着一家人拼命收割。这一场苦下来，可把孝女苦坏了。多亏她是从小在农活儿堆里滚大的，多苦多重的活儿都能默默地扛起来。等终于闲下来，她发现自己瘦了、黑了，一双手粗得像老麻布。

小妹子说他们学校的黑板报一周办一次，那些五彩的画面可好看了。还有秦老师用笔记本电脑教大家唱歌、跳舞、画画、听故事。她听了心里热热的，说不出的激动。多想去看看啊，可一想到自己不是学生，跑到学校去干啥？多不好意思呢。

有天中午，迟迟不见妹子莲花回来吃饭，她洗了锅灶将饭装在个小瓦罐里，用心洗了脸，换上新衣裳给妹子去送饭。出了家门，忽然觉得不好，穿这么新不合适吧，会引人注意的，便折回去重新换上旧衣裳。在路上走着忽然心里颤起来，就一再放慢脚步，在心里给自己鼓劲儿，以前从教学点门口经过，从不多看它一眼，她也在这里念过书，到三年级就拉倒了。记忆中那里面灰头土脸的，老师也是熟悉的老罗圈儿，念书生活并没有什么特别的乐趣。

但是从这个秋天开始，她常会情不自禁地去想教学点里的情景。想一伙学生娃围着的那个高大挺拔的身影，那一张俊朗青春的脸庞。她变成了妹子莲花，快乐地围在老师身边，离老师那么近，能闻到他身上的气息，呵呵，这气息和村庄里的男性多么不同，没有成年男人劳作的汗腥味、抽过烟的草酸味，也没有那些爱上寺的老者身上散发的卫生香的清香。是混合着青春、书本、粉笔末还有现代城市里带来的难以形容的那一种儒雅气息。她小小的心瓣颤抖着，同学们呵呵大笑，她抿着嘴角悄悄笑，同学们用写字的碳棒弄黑了手和脸，她才不呢，用一点纸小心包住碳棒，她的小手小脸一整天都保持着洁净。她想表现得与众不同，想让那双温柔的眼多留意自己一会儿。可是多么遗憾呐，他在夸赞了她的绣花鞋后，就再也没夸赞别的，他难道没发现吗？她的小辫子每天都扎得高高的，刘海儿被几个塑料花卡别住，衣裳洗得干干净净，穿得比谁都要整洁。她在努力学习，想成为他最好的学生……姐姐你去哪儿？喊声打断了遐想，孝女一抬头，看见妹子迎面跑过来，花书包在屁股上跳荡着。思绪哗地断了，孝女发现自己还走在去学校的路上，离教学点很近了，可是莲花没等她把饭送进去就回来了，说秦老师组织一年级学生进行听写字母比赛，看这些日子谁学得最好。我是我们组第一名，看，老师还发了奖品，一根铅笔一个笔记本！妹子乐呵呵的，笑容很单纯。孝女在心里叹了一声，她不可能变成妹子，不可能走进那个快乐的小群体，因为时间不会倒着流淌，永远都没有机会了。她忽然心里闷闷的，转过身往回走，心里有些怨恨莲花了，这鬼女子，迟回来一阵儿她就能走进教学点去，亲眼看看那黑板上的报了。

八

冬天来了，腰巴庄热闹了不少，外出打工的人大部分回来了。年轻人在家里坐不住，喜欢三三五五凑一块儿，晒太阳、打牌、谈论外头所见的世事。老人们做完了乃麻子也喜欢靠着墙根晒一晒太阳。冬天的太阳不毒，只要天气晴，一整天都会暖洋洋的。

大伙儿常集聚的地点是教学点门口的小操场。在这里能听到寺里小满拉念的邦克声，也能听到教室里孩子们念书的童音。

年轻人爱和年轻人交往，一到放学后，就有人进学校来向秦老师讨了篮球在操场上咣咣地拍打。秦老师吃过饭没事儿干，也跟上他们玩儿，大家很快就混熟了。

夜里，年轻人在家待不住，跑到马拐子的小卖部玩儿。

小卖部就在教学点对面，就有人前来在秦老师这里闲逛一阵儿，之后去小卖部打牌。

有一回有人拉着秦老师也去打牌，秦老师拗不过他们，又想深入了解一下腰巴庄人的生活，就去了。

小卖部没挂牌子，不像卖东西的地方，只在大门旁的墙上开了个窗口，里头一个木架子上挨挨挤挤堆了些辣条方便面水果糖一类的小零食，还有些铅笔像皮作业本等学习用品。另一边的桌子上摆了些香烟和红牛健力宝一类的饮料。

秦老师看出来了，这小卖部是针对教学点的学生和打工回来的年轻人而存在的。

马拐子高个子，说话结巴，人很热情，一张脸总是笑眯眯的。

靠窗的大通炕上挤满了人，设了两个摊子在打牌。

秦老师弄清他们的要法叫折牛拐子，带着输赢和赌资，他看了会儿没看出门道。他所掌握的游戏是上网打球听音乐，扑克牌稍微会点，可不是这样的打法。

秦老师枯坐了一会儿，没有惊动任何人，悄悄地出来了。慢慢地往教学点走去，身后小伙子们吆三喝四的声音渐走渐远，模糊了，他觉得有些恍惚，感觉那热闹的场景离自己很遥远。抬头看天，冬天的天空晴朗清冷，星星明灿灿的，一颗一颗，挨着挤着，似乎它们也是怕冷的，仔细看，像学生娃的眼睛，明亮单纯洁净。

他有些迷醉的感觉，想不到这深山沟里会有这么迷人的夜色，这么美好的星空，几乎每一颗星星都很清晰。城市里的天空似乎一直是混沌的，星星和月亮是有，但没有这里清亮。腰巴庄三面的山把天空托住了，天的幕布软软垂下，将村庄严严合抱在怀里，夜风清爽而寒凉。

他忽然觉得这深山里的日子，如果富足一点，其实挺美好的，吃的是井水，清甜无比，空气比城里新鲜，吃的粮食蔬菜都是自家地里种的，全都是天然绿色无公害的。然而他很快就否决了这一想法，一个人除非与外界隔绝关系，不打手机不上网，不了解世界的风云变幻，也不为将来打算，对世界没什么欲求，把活着的目标降到最低限度，才有可能在这里活得下去。不考虑现代社会的一切，上学、工作、挣钱、养家、买房子、结婚、养子女、送孩子出国深造、再为孩子买房子……可是谁能做到呢？睁眼看看，听听，想想，大城市人有大的想法，小城市乃至县城乡镇的人，稍有些能力的，也都往城里奔，只有在腰巴庄这样的深山沟，人们似乎还活在懵懂状态，还能安于现状，坚守着清贫的日子，可是这样的日子还能持续多久呢？事实上年轻人已经坐不住了，成群外出打工就在说明着这一点。

秦老师掏出手机吹了吹，村里没有信号，小山沟太深了，远处山头上的移动塔起不了作用。他想起了大学时候养尊处优的日子，那时候做梦也想不到，地球上会有个小小的村庄叫腰巴庄，他会来这里支教。这里人对孩子上学远不及城里人重视，很少有家长接送孩子，也没谁来老师处询问娃娃的学习情况，有些娃娃连铅笔橡皮等基本的学习用具也缺乏。

有个叫张小蛋的男孩，长得虎头虎脑，很调皮，隔三差五逃课，还有学生告状说张小蛋偷他们的铅笔橡皮。一开始他没留心深究，责令张小蛋还给人家。没几天又有人告状了。他还是叫张小蛋还给对方。就在昨天又有三个娃娃联合告状，说张小蛋是小偷，三只手，偷了他们的铅笔和卷笔刀。他叫来张小蛋批评一顿，张小蛋斜着身子站着，竟然嬉皮笑脸地偷偷瞄他。他气不打一处来，断定这娃真是个油皮货，就拾起竹棍子做的教鞭，叫张小蛋把手伸出来。

教鞭是老罗圈儿留下的，三年级学生说这是罗老师的法宝，哪个娃娃匪气不听话，就抽他的手，竹棍子打上去疼，能疼到骨头里。

秦老师扬起竹棍子说张小蛋你再这样我就不客气了。张小蛋一对眼睛骨碌碌转动，显得机敏而狡诈。秦老师说你站端正了。张小蛋双手下垂，外撇的脚往里收了收，低头看着地下。

秦老师盯着细细看了会儿，他有些惊讶，都这么冷的天了，这娃穿一双单薄布鞋，鞋头破了个洞，大拇指头伸出来，光溜溜的。他弯腰一把掀起孩子的裤管，脚光着，没穿袜子。他又抓起他的手，呆了。张小蛋一双手不像手，像猫爪子。黑乎乎的，手背上全是鼻涕污垢，五个指头的指甲长得厉害，指甲缝里塞满了黑泥。

秦老师吸了口凉气，再看张小蛋的脸，小脸冻得青乌乌的，这娃总是很调皮，给人一种先入为主的印象：他身子强壮。现在才发现他其实相当瘦弱，甚至显得有点营养不良。

秦老师手里的竹棍子举起来，愣在半空，张小蛋牙一咬，伸出右手来，一犹豫，又换成左手。

秦老师看着这手，两眼一热，不管这娃怎么顽劣，看了这双手谁还能下得了手呢。另一方面他还没有体罚学生的习惯。愣了一阵儿，在盆子里兑了些热水，拉张小蛋坐下，捋起袖子给他洗手。

张小蛋吓了一跳，扭着身子不配合。但是怕老师，只得别别扭扭地伸出手来。秦老师给打了香皂洗，又用洗洁精，半盆水全脏了，成了灰糊糊。又换了半盆水，才算给洗净了。他拿出指甲剪给张小蛋剪指甲。指甲缝里的垢痂很结实，把指甲都胀得变形了，根本剪不下，又用水泡湿了才剜出来。秦老师耐着心剪了右手，又换左手。忙活好一阵儿，张小蛋的一双手终于干净了。

张小蛋不那么紧张了，小脸上泛起红红的笑。秦老师拧了个湿毛巾给他把脸给擦洗了，拿出自己的润肤油抹了些。这才打发张小蛋回教室去。

张小蛋走到门口，忽然回过头说秦老师你要是我妈多好！说完嘻嘻嘻跑远了。

秦老师被逗笑了，他发现这张小蛋没那么惹人讨厌，倒是有几分可爱。

三年级班长马天兰来抱作业本，他问你知道一年级张小蛋家的情况吗？

马天兰说当然知道，我家离他家不远。他妈出门打工去就跟上别人跑了。他爸一个人在外头乱逛，一年回不了几趟家，也不给家里寄钱。他爷爷奶奶拉扯张小蛋和他姐。他家日子不好过，困难得很。

秦老师一听，想怪不得张小蛋会冬天里连袜子也没有，原来是没父母管。正愣着，马天兰眨巴着眼说秦老师你不知道，张小蛋的爷爷不想叫张小蛋念书了，说家里羊没人放。张小蛋自己要来，他爷挡不住，就不给他买文具，说乱花钱呢。张小蛋就偷别人的。秦老师其实张小蛋不是三只手，他妈在的时候他是个很乖的娃，我奶奶我妈都夸过他呢。

马天兰走了，他回味着她的话，眼前不断显出张小蛋一双脏手和笑嘻嘻的脸蛋，心头不由得沉重起来，信手拿起一支铅笔在一张纸上胡乱地画着，画了一会儿，心情平静下来，埋头看，竟是肖像图，纸上的张小蛋在冲着秦老师乐，一双眼眯成了缝儿。

九

天气一天一天转冷，在宿舍里穿着羊毛衫都很冷，秦老师想到该把老马安的炉子用起来了，他学着生火，找来些细木棍，缠了些塑料布点起来，塞进炉膛里，火却死了，一个劲儿冒黑烟，只熏得他泪流满面。捣鼓一阵儿，始终不得窍门，心里怪郁闷的，想不就一个火么，这么难弄？用火叉子捣了一遍又一遍，奇怪的是他越心烦，浓烟越小，死气沉沉的。后来就干脆没了气息。他不禁怀念起城里的暖气来，那真是又方便又干净啊。

门一响，老马进来了，吸溜着鼻子，穿一件黑大衣，进门手就往炉子铁筒上焐，这里人都这样，进屋就习惯性地到炉筒子上暖手。老马抱住炉筒子，不热，一把揭开炉盖子，这会儿连死烟也不冒了。老汉看了看炉膛里，呵呵笑了，也不客气，拿起火钳子伸进炉膛掏东西，干柴棍、炭块子、烂纸、塑料袋，都没有烧化，掏出老大一堆，一股塑料燃烧的臭味冲出来，直呛鼻子。

两个人一齐咳嗽起来。有洋火吗？老马问。

秦老师一愣，忙递上打火机。

只见老马将几个塑料袋缠在木棍上，倒提着用火烧，烧旺了才慢慢顺着炉膛放进去，又添上几个木棍，把盖子盖上。片刻，炉膛里发出呵呵呵哄哄哄的声响，像有一个人在里面一个劲儿傻笑呢。老马不急，看看火势稍微弱了，又添了些柴，在木棍上面加了一把小炭块儿。又烧一会儿，再添几块中等的炭块儿。秦老师刚放过的那些大炭块儿一个也没用。

秦老师发现这方法和自己的不一样，过一阵儿，老马揭开盖子叫秦老师看，木棍不见了，炭块子红红的，火已经旺旺的了，火苗子直往上蹿跳着。

老马指着火笑着说娃娃你记下了，"人要实心，火要虚心"，我们做人讲究个老实厚道，火可不敢这样，压得严实就死了，得虚虚地撑起来才能越烧越旺。

回过头看看窗户和门，说你夜里睡前千万要当心，别叫煤烟子给打了。

说完也不坐坐，急匆匆忙去了。

秦老师看着火，回味着老马的话，发现还真是这道理，又想起煤烟子的事，查看小宿舍的窗户玻璃，都严严的，在哪儿弄个通风口呢。上次打电话父母还特别嘱咐过，说用炉子要千万小心一氧化碳，别中毒了。

谁知老马又返回来了，盯着秦老师问：娃娃你会封火吗？

秦老师搓着手笑，说实话他不会，长这么大就没机会碰火，哪里会这些呢。

老汉找了个封火盖子，用火钳子夹着演示了一遍，又吩咐秦老师夜里睡觉警觉些，一般刮西北风没事儿，但刮西南风就不好弄了，会扯倒烟，就得打开窗户通风了。

生了火，宿舍里暖烘烘的，天气却是一天天寒冷起来，到了十一月中旬，按照中心校的通知，他给教室里装上了炉子。

进入二九，滴水成冰的时候了。

秦老师穿上了保暖内衣，外面加了羽绒服，不怎么冷了，但孩子们显然有些冷，教室大，左右四个大窗子，四面的砖墙很薄，屋顶是铁梁，一个小铁皮炉子就算一直烧，也还是冷，坐在炉子周围的同学脸蛋红红的，远点的娃娃冻得一个劲儿缩手、缩脖子，小手连笔也捏不住。他在黑板上写字，感觉指头僵硬。

秦老师看着不是个办法，就自作主张向私人家借了两个旧炉子抬来，两间教室各增加一个，放在教室后面，也给烧起来了。两盘炉子就是比一个管事，工夫不大，教室里就暖和起来了。孩子们高兴，有个大娃娃说秦老师比罗老师好，罗老师只生一个炉子还舍不得叫我们多加炭，省下的炭他背回去给自家用。

秦老师听着好笑，心里说这位做了一辈子山村教师的罗老师原来也有弱点，看来是爱贪图个小便宜。

秦老师在心里计算了一下，加上自己宿舍的，现在五个炉子在烧炭，按目前的用度，那些炭显然用不到寒假来临。煤炭是国庆节后中心校统一配送的，腰巴庄教学点小，只分来一农用车，车厢没装满，当时他没在意，只记得和几个小学校长一块走出中心校大门时，有人悄悄地骂：主任的心真是越来越黑了，连这点烤火费也严重克扣！还叫人活不活啊？

现在秦老师才发现这真是个问题。按照分配的分量，得撤掉两个炉子，就算撤掉之后也不敢大量烧炭。可是，难道要眼睁睁看着孩子们挨冻？

这天有个小伙子骑摩托车去集上，秦老师坐了个顺路车，他决定去找中心校校长。他不像别的老师，见到余胖子比老鼠见了猫还拘谨，他至多在这里支教两年，不会久留，所以是无所畏惧的，见到他大大方方上前握了个手，说明来的意图。要求再给腰巴庄配点炭，孩子们受罪他不忍心。

余胖子肉乎乎的脸上本来笑眯眯的，听了他的话笑意就冻在了脸上，他不舒服似的扭了扭淤满肥肉的大脖子，瞪大眼仔细看面前的秦老师，似乎不能相信这个单瘦的小青年敢跟他提出这样的要求。

哈，你说啥？余胖子的脸色明显变了，炭早就配给你们咧，那是一冬的用量，你竟然两个月就要烧光，哪有这么过日子的呢？

啥？你又添了两个炉子？谁叫你添的？娃娃胆子不小嘛！你给我打报告咧吗？哪一级的哪一位领导给你批准咧？说到这里伸出右手，胖乎乎的指头直戳到秦老师脸上来，我告诉你，年轻人不要以为肚子里装咧二两墨水就目中无人咧，你这样是在犯错误！很大的错误！

一双肿泡眼狠狠盯着秦老师的脸，眼里射出的冷光咄咄逼人。

秦老师后退一步。又退一步。再退就要出门了。他立住身子不再退，听着他骂。眼睛悄然转动四下里打量，中心校校长的办公室里迎门摆一张老板桌子，配一把自动旋转式大皮椅子，桌子前方一个大烤箱，屋内温暖如春，一把很大的铁皮水壶在烤箱运上搁着，壶里发出刺刺的水叫声。

秦老师的脸烧乎乎的，像被开水烫了一样。他想张口顶撞，然而看到那一张冷淡的脸，眼前闪过很多画面，忽然想到两年支教结束时自己还要来这里，要求人家在那张支教表上盖一个章子，签一个意见，然后他才能拿着支教表去学校办理上研的事宜。

得罪了眼前这一位，是否意味着这两年的支教不合格，一切前功尽弃？

他硬生生压住心头之火，从校长办公室退出来。

往回走的路上，小伙子将摩托骑得飞快。车轮不时碾过一个个小土坑，车轮碾过坑洼的刹那间迸溅出一股股带火的力量，车身急剧颤抖着，泥土啪啪飞溅。坐在后面的秦老师仰起面叫风狠狠地打着脸，眼里干巴巴疼，眼泪溅出来，就被风卷走了。

挨了余胖子一顿骂，出来他还是不甘心，去卖炭的摊点打问，一百斤炭四十五元，非常贵，而他一个月的支教工资是八百。他的计划是将钱攒下来买一辆摩托车，这样自己来去就方便了。

秦老师进学校门时，觉得双腿说不出的沉重，心情糟透了，还没到放学时间就给娃娃放了学，看着孩子们排队走出校门，他进教室把炉膛里的火全封上，回到宿舍没心思做饭，闷闷坐着，一直坐到天黑透了。

外面的风一直吹，出去解手，感觉这风就是一把把小刀子，在脸上胡乱地划着，模糊地感觉到风里夹杂着细碎的雪末子。

他插上电热毯，将炉火封了。心里说怎么能叫孩子们挨冻呢，看来得从我来节省了。心里烦，忽然分外想家，打开电脑听音乐，以往爱听流行歌，现在听了两首觉得不疼不痒的像白开水，便听阿炳的《二泉映月》。也许心情不好，加上这曲子本身凄凉，他便设了反复播放，听着听着睡着了。

十

早上七点半，腰巴庄的孩子们三三五五来到校门口。到了八点多，孩子们来全了，连河对岸较远的几个娃娃也来了。昨夜里下了雪，又刮着大风，雪被风吹成了堆，地面上一堆一堆的雪，有些地方却露出干巴巴的地皮来。天气阴着，铅灰色的云朵在天空一层层翻卷着，看样子还想下雪。空气干冷干冷的，孩子们跺着脚在铁门口绕来绕去，绕来绕去，就是看不见秦老师来开门，有人把头伸进铁门的框子里往右拧，看到秦老师的小宿舍门关着，窗帘也没有搭起来。娃娃们就在门口跺雪，你推我搡，不久雪地上印满了密密的脚印，大的小的肥的瘦的，重重叠叠。

老马清晨在寺里做了晨礼没回家，坐在阿訇房里听阿訇讲教门上的事儿，两人拉呱到小满拉把早饭做熟了，老马不吃，说回去吃，儿媳妇也肯定做好等着呢。他路过教学点，奇怪，娃娃们咋都守在门外，看看表，九点多了，要是天晴太阳早上来了，过去一看，校门锁着，娃娃们七嘴八舌说秦老师今儿不知咋啦，迟迟不见起来。老马说他没去集上吧，娃娃们说昨儿放学时还在的。老马沉吟一下说这就怪了。狠劲地敲击铁门框子，敲出叮叮当当声，路边马拐子都听到了，赶来看究竟，小宿舍门窗依然紧闭。老马说不管咋说得先让学生娃进了校门，就叫马拐子弄来个铁板子把锁子撬开，进去一看，小宿舍的门外没有挂锁，是从里面顶上了。他试着推了几下，忽然一拍大腿说不好，不会是炭烟打了吧？

一句话大家全醒了，马拐子跳着脚将门上一片玻璃敲碎往里看，果然见秦老师睡在床上，只是咋喊都没反应。老马慌了，把一个大个子娃娃抱起来让从窗口爬进去，开了门，大伙跌跌撞撞扑进去，秦老师直直躺着，屋子里一股炭没烧化的烟味。

老马抖着手摸一把秦老师鼻子，还有气，身上热着，忙和马拐子一起抬到门外，娃娃们见老师成了这样，几个女生呜呜哭开了，男娃娃也跟着抹眼泪蛋子。

一会儿庄里听到了动静，好些人赶过来。大伙又喊又嚷，有人说快送医院，老马叫人快去开蹦蹦车。几个娃娃趴在秦老师身上乱喊，秦老师从昏迷中睁开眼，看看大家，摇摇头，说疼死了，头疼死了，要爆炸了。

老马抓住他手说娃呀你命大，逃过了这一难。说着山羊胡子乱抖，眼泪花子直扑闪。

秦老师慢慢回忆昨夜的事，可是头疼得厉害，什么也记不起来，心里恶心，四肢酸软无力。

老马看了一下说昨夜里刮南风，把烟囱里的烟全吹进了屋，所以炭烟就打人。

这时候蹦蹦车来了，在冷风里突突地冒着黑烟。有人喊秦老师拾掇一下去医院。

秦老师爬起来，说不去了，感觉好多了。有人说这是大事，不去医院大家不放心。秦老师坚持不去。有个小伙子说得给中心校打电话说一下，叫他们知道这事儿。向秦老师要了号码，迎着风跑到山头上去打电话。秦老师见大伙儿这么热心，也不好阻拦，只能由着他打去。

第二天秦老师起来给学生上课，煤烟中毒，缓过劲儿后身体没什么大碍，就是头还在疼，走路轻飘飘的，像踩在风上。第二节课时，门外来了两辆车，停在教室门口摁喇叭。秦老师出去看，娃娃们也将头伸到门口瞧。

前面一辆黑色现代上走下来胖子校长、瘦子会计，后面还跟着几个人，都是中心校的。余胖子问秦老师好了吗，秦老师说好了。余胖子的口气不咸不淡的，听不出冷暖。

不用秦老师带头，余胖子推开小宿舍门查看一番，又去两间教室里看。返回到小宿舍，一张原本白胖的脸黑透了，其他人在后面跟着，谁都不说话，一张张嘴紧紧闭着。

秦老师心里忽然紧张起来，站起来要给大家倒点水喝，一想没有一次性杯子，刚要喊个学生去马拐子门市部买，余胖子忽然抬起一只手，指头直指住秦老师鼻子骂起来。秦老师顿时呆了，傻傻站着听。余胖子说你一个支教的小年轻，敢给我闯这样的大祸，私自给学校加炉子不说，还差点叫煤烟子把你打死！你说你死咧责任谁负？

看来他真的很生气，口水星子溅出来落到秦老师脸上，脸上凉飕飕的。

余胖子背搭手在地下转圈圈儿。

跟余校长一块儿来的一个戴副大眼镜的老师从车上搬下一片子木头、一把铁锤，爬上宿舍窗户，将一片玻璃的一半裁下来，这样一来等于屋内外有了个通风口，拉上窗帘也不妨碍通风。秦老师觉得这办法有用，悄悄问眼镜这是谁想出来的。对方看他一眼，压低声音说上头要求这么做的，全县的乡村中小学都这么做了。他偷看一眼正踱出门去的余校长背影，悄声说小秦你真有胆子，差点成了杨子龙第二。你要真有个三长两短，他的位子肯定坐不住了，弄不好连乔局长的乌纱帽也一起掉。说完抿着嘴无声地笑。

秦老师觉得他笑得神秘兮兮的，就问我怎么成了"杨子龙第二"，杨子龙是谁，我怎么不认识？

眼镜啊了一声，说你在这山沟里待傻了，昨晚新闻没看？

又轻轻啊了一声，记起了什么，摇着头不说了。在裁掉玻璃的地方钉了一片薄木板，下半部分钉实，上面不钉，用两根木条撑住，就有一道口子留出来。秦老师看着不明白，眼镜说没见过吧，这法子实用着哩，既通风又能把外面的冷风遮挡住，不然北风一刮屋子里就灌满寒气，冻死个人。

余胖子在院子里吩咐说快把炉子撤了，一间教室一个炉子，没有烧两个的道理，秦老师你要是再这么胡闹，炭不够烧别来中心校向我要，顿了顿又说每个学生的取暖费都是上头拨款，数额是定的，年年这个样子，也没冻死了谁！

秦老师无声地喏喏着，没敢说什么。

余胖子骂完了，爬上车，去下一个学校检查。

秦老师在院子里发了一阵儿呆，进去看见桌子上多了两份文件。一份是县教育局的，内容是杨子龙之案引起全县高度重视，现在全县中小学开展冬季取暖安全隐患排查，坚决杜绝类似事件发生。另一件是中心校下发的，内容与县教育局的重复，只是换了抬头、落款和日期。

杨子龙案件究竟是怎么回事呢？文件并没有详细说，他心里倒越发想知道了。晚上去马拐子的小卖部，里面照旧挤了八九个男人在打牌，闹哄哄的，一看是秦老师来了，把牌停了，一起看着秦老师说，好啦？

好啦！秦老师拍了拍头说就这里还有点疼不过已经好多了。

一个半老的面相忠厚的人说娃娃你是大地方来的，这火炉子可得小心了，现在的家庭都一两个娃，万一有个啥闪失，叫你父母咋办哩？

旁边一个瘦子呸了一声，说老趴你这臭嘴说的啥。

一个下巴上留一撮小胡子的中年人慢悠悠说老趴不是胡呛，有例子的，今儿我去集上听说了，就在咱县城南边的一个中学里，一男一女两个老师睡一个屋，第二天不见起来，旁人扒开门，俩人死得硬邦邦的，还光着身子抱在一起呢。

众人嘘了一声。

一个小伙子说对着哩，昨儿我一个朋友打电话也说起过，是真的，南塬中学的，都是刚分来的大学生。不过不像你说的俩人抱一起，说一个倒在门口，一个趴床边上，吐了一地，一看就是煤烟子打死的。

众人又嘘了一声。

小伙子冷笑一声说咋，还不信咋的？难道我会说谎？连姓名我都能说上哩，男的叫杨子龙，女人叫李玉梅，这下信了吧？

众人纷纷点头，表示相信。接着就感叹起来，说年轻轻的多可惜，刚大学毕业，父母供养一个大学生多不容易，真是可惜了。

秦老师心里一阵儿凉，想到这可能就是"杨子龙之案"了。

他走出马拐子家门，在黑暗里慢慢往回走，夜里比白天冷，风从脖子后头灌进来，贴着衣领往身上钻，像无数双冰做的小手在摸人身上的细肉。他忽然觉得有些悲壮，看来那个眼镜老师说得没错，自己前夜里真差点成了杨子龙第二。

回到宿舍，炉子里火下午就封了，他揭开一看已经死了，炉壁上残留着一点温热，电热毯也没开，一摸床上冷得吓人，就赶紧开到高温上，却是一时半会儿热不上来，真是奇怪，人越冷这电热毯就热得越慢。冻得受不了，看到桌子上两个可乐瓶子，就在里面灌满开水，拧紧盖子，抱在怀里钻进被窝，想不到还真能取点暖。心里却分外寂寞，孤独水一样漫上来。在这里度过的半学期日子，最难对付的不是环境的简陋生活的简单，而是孤独感。不通电话，没网，又没电视，感觉自己完全被放进了一个与世隔绝的空匣子里。风吹打着玻璃，啪啦啪啦响，响一阵儿，停下来，一会儿又响起来。打开电脑听了会儿日语，想练口语对话，可笑的是感觉嘴巴也冻僵了，懒懒的张不开来。想起几个一起走出校门的同学，也是到各省的乡村支教了，一方面为了上公费研究生，另一方面，也是最重要的，大家怀着一腔为山区孩子做点什么奉献点青春的理想，就热血沸腾地来了。来之前，也设想过种种困难，并预设了种种克服的办法。但是现在才知道现实和理想真是有出入，不是当初预想的出入，他们只是从新闻报道上从网上从支教团的宣传中，听闻山区教育多么需要大学生，可是，来了，深入到实际当中，才发现这不是凭热血就能干下去的，还有这么多的情况呢……闷闷地想了会儿，忽地想起胖子余校长说的话，那么，明天炉子还撤不撤呢？

十一

回民的古尔邦节来临了，全县放假三天，加上周末，一共五天，秦老师回家了。一进家门就上网，一直到夜里两点了还不想睡，母亲见到儿子亲得不行，忙忙做了儿子爱吃的鲜羊肉馄饨，又摊了鸡蛋饼子，又拌了青菜，又去楼下买来老张石磨坊的芝麻饼。一大堆东西一股脑儿摆在儿子眼前，盯着儿子叫好好吃。秦老师苦笑着说妈你这是喂牲口呢还是喂你儿子，我吃得下这么多吗？

母亲瞅着儿子说瘦了，脸上有红血丝了，头发长了，手粗了，受苦了吧？

秦老师没敢提煤烟中毒的茬儿，一个劲儿说好，一切好。

他忙着在 QQ 里发了个帖子，把腰巴庄教学点的情况说了一下，把自己拍的一些照片挑出几张配发上去。最后写了大雪寒冷，炉子撤不撤的难题，向网友们征求意见。

第二天爬起来一看，加进来讨论的网友很多，大家众说纷纭，大半反对撤，说再冷不能冷孩子，再穷不能穷教育。

下午有人提议捐款，捐一点钱给秦老师去买炭，帮孩子们度过寒冬。

秦老师眼前一亮，这倒是个办法，就把自己的一个银行账号发上去。

等到他返回学校前，居然已经捐了四百元，他忙回了个道谢的帖子。也有人质疑说这不会是一骗局吧。

秦老师忽然觉得委屈。面对屏幕坐了会儿，列了个清单，一千斤煤炭四百五十元，再有四十天就放寒假了，估计买一千斤就够了，所以他决定不再募捐，自己拿出一千元买炭。这捐来的四百元他要给孩子们买学习用具，书包本子铅笔盒墨水，让孩子们用上崭新的文具。又把学生的姓名年龄和班级性别等详细情况挂了上去，临出门又把学校的详细地址也挂上去，最后加一句话：哪位仁兄怀疑偶是骗子，请亲来腰巴庄检查，可顺便跟偶体验山区孩子的生活！又在括号里写上：没有电视，网络、手机信号覆盖不到，远离都市喧嚣，绝对安宁清净。

秦老师从省城坐车到县城，又倒车到乡上，从乡际班车上下来，他看着一大堆包袱犯难了。

这几天母亲越看他越觉得儿子瘦了，断定是营养没跟上，买不到新鲜菜蔬和肉类，一两周才托人或者自己去集上买一趟，饱一顿饥一顿的，又是一个人不爱吃饭，即便横着心做熟了也没胃口往下吃。这可不好，她就拼命给儿子买补品，什么芝麻糊八宝粥速冻饺子蜂蜜坚果，再加上一些衣裳，塞了满满的一旅行箱子，秦老师一看母亲这架势，如果他拒绝，很可能她会亲自帮儿子送到车站去，就没敢说什么，乖乖拉上箱子出了门。

现在怎么办？他在乡街道上走了一圈儿，今天不逢集，腰巴庄的人肯定不会来这里，转了一圈儿，又往中心校走，想看能不能撞个狗屎运，恰好碰上那个苏老师骑着摩托转悠。

中心校大门关着，只有门房里一个老汉守着，说大家还没来，住城里的老师赶天黑才返校呢，附近的一般明早上课前才来。

秦老师有些失望，有些丧气，折过身懒懒地往回走。来到卖炭的摊子上，一个胡子楂儿很凶双手鬈黑的男人正在把炭往蛇皮袋子里装，一袋子一袋子过了秤码在一边，码出长长的一排。他心里一动，何不买炭呢？买上叫他们给送到腰巴庄，自己也可以坐个顺路车。于是过去询问。胡子楂儿说价钱稍微便宜点可以，但不会送，这里离腰巴庄太远。

秦老师急了，说我这是给学校买呢，学生娃娃冻着呢，你就当给孩子们干好事行善吧。

胡子楂儿要求额外出一笔费用，秦老师和他磨了一阵儿嘴皮，讲定路费五十元。胡子楂说你别以为五十元多了，我只是要了个油钱，腰巴庄那地方路难走着呢。

商定之后，胡子楂儿装车，秦老师去门市部以批发价买了一批作业本、铅笔、钢笔和墨水、橡皮、小刀、文具盒，还给每个人买了个硬皮笔记本，一共装了五大纸箱。小门市老板可能是头一遭遇上这么大一笔生意，喜得不行，自愿帮秦老师把箱子抬到卖炭的地方。

一千斤炭，蹦蹦车的车厢勉强装满，上百放箱子很宽松，秦老师将所有箱子抬上去，然后坐在副驾上领着胡子楂儿往腰巴庄开去。

一路还算顺利，只是光着头在大风里太冷，羽绒服的帽子没扣儿，

戴上就被风掀掉，秦老师早上出门时洗的头发，一路下来被黄土呛成了
鸡窝。

　　胡子楂儿见真是给学校拉炭，不等秦老师开口，就帮着下炭，他抱
起一袋子，递给下面的秦老师，秦老师接过来立在教室门口。等下完送
走胡子楂儿，秦老师打开宿舍门，看镜子里的自己，脸黑成了包公。他
顾不上洗一把，把箱子一一打开，还好文具经历了一路的颠簸没有受
损。他望着这些崭新的学习用品，想到孩子们拥有它们时会怎样的高
兴，便觉得说不出的欣慰。

　　正胡思乱想，门口探进一个小脑袋，一双眼滴溜溜乱转。一看正是
张小蛋。他鼻尖上挂着鼻涕，小脸蛋冻得青红。说秦老师你来啦。

　　秦老师把他拉进门，忽然记起还没顾上生火呢，屋子里太冷，忙找
柴火。张小蛋一看说秦老师让我来，我经常给我爷爷架火哩。

　　秦老师不相信，说你这么小就会把火生起来。

　　张小蛋咬着嘴唇憨笑，出去找木柴棍儿。宿舍旁一个用砖头垒成的
小空间里堆了一些干木柴旧扫帚杆子等，都是平日里积攒下的。

　　张小蛋一会儿就回来了，他没用木柴，折了一把扫帚杆子，把两
个塑料袋绕在竹棍头上，点着了放进炉膛，又添上几根竹棍。盖上炉盖
子。眨眼工夫就听到炉膛里在噼噼啪啪响，张小蛋抓一把小炭块扔进
去，这才添了两块木头。秦老师专心看着，一会儿炭块儿引着了，火旺
起来，师生俩把手煨在炉筒上烤。秦老师看这张小蛋穿了个大棉袄，鼓
囊囊的，还是个女孩子的衣裳。右边袖子被火烧了，露出一大片丝绵，
弄得灰乎乎的。他忽然想这破棉衣还能保暖吗。

　　烤一会儿，张小蛋发青的脸蛋泛起红色，鼻涕像睡醒的虫子，蠕
蠕地爬出来，吊在嘴唇上。看看快要溜进嘴里，张小蛋伸袖子一抹，小
声说秦老师我姐姐也想念书，我爷爷答应了，说这会儿冬闲家里没活

计，叫她来念。我姐想来得很，不知道行吗？说到最后声音小得几乎听不清。

秦老师听清了，想也没想说来，叫明早就来，学习用具老师这里免费发。

张小蛋跳了个蹦子，一个笑容在脸上炸开，意识到是在老师跟前，忙低下头，收敛着，但还是忍不住偷偷乐。

说秦老师我走了啊，从棉衣大口袋里掏出个红塑料袋往桌上一放，说我爷爷给我我没舍得吃，给老师留着，说完人已经跑出门去。

秦老师打开塑料袋，是一个鸡腿，一股香味立时窜出来，直往鼻子里钻。

十二

星期一早操没上，秦老师喊孩子们一个个来宿舍领文具，一二年级每人二十个本子三十根铅笔，五块橡皮两把小刀，三年级每人多出两瓶墨水两支钢笔。硬皮笔记本和文具盒不分年级人均一个。发完了，他舒一口气，一回头看见多出几个塑料袋，一一打开，都是鸡腿，有的里面还放着两个油炸的饼子。还有个袋子是布的，看样子是手工做的，白布上面绣了花儿，一边是一朵荷花，另一边像一枝水仙。袋子里装着两个塑料袋，一个是鸡腿，另一个层层叠叠地紧缠着，打开来是一双鞋，里面衬着一对鞋垫。鞋和垫子都很大，是男人的脚码，分明就是给他送的。他吓了一跳，忙放进抽屉里。

张小蛋的姐姐来了，怯生生的，不知道该坐在一年级当中还是二年级当中，就一个人在最后面站着。他细看，发现是十岁左右模样，一问她说以前把一年级念完，刚到二年级念了两天就回去了，这两年把一年级学的也忘光了。说完，脸蛋红成了一片布。她身上穿一件红棉衣，也很旧了，但要比张小蛋干净一些，头上扎一对辫子，圆圆的面庞透着清秀。

秦老师一看她个头念三年级都显大，但没办法，让她坐到二年级最后一排。他想这孩子得开小灶，抽时间给她把一年级的课程补一补。

中午秦老师数了数，一共十一个鸡腿，也就是说除了张小蛋还有十个孩子也给他送鸡腿了。都是谁呢，他竟一个也没发现。他把鞋垫放进皮鞋里，不大不小刚合适，他看着这纯手工绣的花儿，不忍心把脚伸进去踩踏，想了想抽出来重新包好，收进了箱子里。他蘸着盐吃了个鸡腿，看着剩下的，估计自己三四天才能吃完，就提到一二年级教室里，撕开来给每个学生发了一点。娃娃们拿上肉互相看看，然后大口吃起来，有的望着老师笑，秦老师干脆搬个板凳坐下，说咱们今天开个班会，老师想多了解一下你们的生活，给老师说说吧，你们平常一天吃几顿肉，都是啥肉？

学生们好像愣住了，一会儿工夫明白过来，乱哄哄你争我抢地说起来。

秦老师说这么乱我听不到，你们一个一个来。

大家安静下来，互相瞅着笑，却没人说了。

扭捏了一会儿，张小蛋的小手高高举起，秦老师说张小蛋把手举端正，哎对了，就这样举起来，伸直了，而不是像鸡爪子一样蜷着。

张小蛋站起来说秦老师我们家里半年吃了一回肉，大前天，古尔邦节，我爷爷要宰羊，我奶舍不得，就宰了只鸡，还不是专门给我们吃，我爷爷想叫人给我找个后妈，宰鸡是为了招待媒人。

哗——同学们都笑了，笑得东倒西歪的。

秦老师愣了，瞅着张小蛋。张小蛋扭着小脑袋似乎有些得意。

他姐姐却涨红了脸，一下子趴在桌子上了。

秦老师忙打岔，叫下一个发言。

马莲花站起来说我家一个月吃一顿肉。另一个学生说他家一个月吃三顿肉。

秦老师静静听着，想到自己家在城里算不上太富裕的家庭，也就小康水平，但是每一顿饭都有肉，鸡鸭鱼牛羊肉中至少会有一到两种。

孩子们说的是真的吗？

下午他看见小满拉从门口经过，喊住叫进宿舍来，小满拉见到他显得很高兴，说正好有几个汉字不会，想问问你呢。说着写出来，不怎么规范，歪歪扭扭的，秦老师一看是常见字，就给讲解了音和义。

小满拉说他念的经多了，现在要边学阿文边识汉字，识汉字能更好地掌握阿文。

秦老师听着觉得神奇，叫小满拉认识课本上的汉字，想不到他磕磕巴巴地一路全认下来了。秦老师惊讶，问，全是你自己学会的？

是啊，小满拉笑着。

秦老师瞅着他，发现这小伙子真是不简单，在没有上过一天学的情况下，念经的同时学会了这么多汉字，真是叫人刮目相看。

两个人聊了会儿，秦老师问及当地人的生活情况，小满拉说一个月吃一两顿肉算是富人呢，一般人家两三个月沾点膻味儿很正常，一般只有到了给亡故的人过忌日才宰羊宰鸡。他忽然笑了，说我和阿訇倒是常吃肉，过几天就有人家念苏热嘛，一般给阿訇碗里放个鸡大腿，我是小腿。秦老师默不作声了，在心里想象着乡下人念苏热的情景。他在城里长大，虽然父亲是回族，他在自己的简介里常常也写上回族，但因为母亲是满族，实际生活里很多回族的风俗习惯已经淡漠了。

坐了会儿，小满拉起身说要回了，该是做晌礼的时候了。

送走小满拉，秦老师坐着发了会儿呆，他还是觉得难以相信，这么说来，腰巴庄的人过得真是苦，吃肉对他们来说就是十分地奢侈了，那么孩子们送来的鸡腿，是大人让送的还是孩子自己舍不得吃留给老师的？他忽然心头一热，不管是什么，都说明他这个老师在腰巴庄人心里是重要的。他记起初来那些日子在小满拉处吃的饭，顿顿洋芋面，没有肉，除了一个土豆一根葱，没别的像样蔬菜。小满拉和阿訇是尊贵的人，都吃这样，普通百姓家里自然不会更好。

十三

寒假来了，从前孝女从没觉得寒暑假与自己有什么关系，也就很少留意它。现在她知道了，从元旦过后第九天算起，再过五十一天，整整五十一天，才是开学的日子。那时候秦老师才会来到腰巴庄，现在他回家去了。教学点的门锁了，热闹了一学期的地方，现在安静得像一处荒野。她出门抱柴的时候总忍不住向那个方向张望一眼，她知道除了冬天的风不会看到别的，她还是要看上一眼。看一眼心里的遗憾就多一分，思念就长一寸。从什么时候开始的呢，她的心里长出了一棵苗，天天长，夜夜长，已经长成了一棵树。这是一棵缺少养分和光照的苗，只有她一个人知道，不能让任何人察觉。在内心里偷偷地念着一个人，这是多么苦啊，夜半梦醒的时候想起来，满口苦涩，然而也是伴着甜蜜的。她痴痴地想，要是自己是莲花妹子，每一天中都能看到他，听到他的声音，那该是多么幸福啊。

腰巴庄的寒冬是安静的，时间静静流淌，她忙着做针线活计，过了这个冬她就十八岁了，又长了一岁。已经有媒人来说亲了，父母征求她的意见，她没有考虑就摇头拒绝了。有一户人家，据说在川道里，条件不错，父母动心了，母亲追着问了她三遍，意思很明显，叫她答应去集上见个面，她被催急了，忽然就发了脾气，正洗锅呢，顺手把一个碗丢在地下，打碎了。母亲吓了一跳，呆了半晌，回过神儿说算了算了，不愿意就算了。

夜里她梦到了小河，自己又在河边洗衣裳呢，一个身影踩着列石一步一步走过来，走到她身边，停下问你愿意嫁给我吗。她抬起头，看清了面前的脸，一张清瘦的脸上一副反着白光眼镜下，一对文秀的眼灼灼有光，正深情地看着她……孝女哭了，羞涩而幸福地流着泪。泪水一滴一滴滚下，落进身下的河面上。河水安静地流动，泪水落进去，无声无息。她看见了水面上自己的面影，她冲着水里的自己笑笑，又笑，一抬头，身边的人不见了，只剩她一个人孤零零站着，再俯身看，一河水安静地流着，流出了无数无数的寂寞。

冬天的小河结了冰，人们过河不用列石，直接在冰面上行走。孝女把一家人的脏衣裳攒下来，炕上铺的盖的也都没有洗，叫它们脏着。

有一种叫姑姑等的鸟儿从南方飞来了，在初春料峭的风里穿来梭去，叫着姑姑等——姑姑等——。不等小河里的冰完全融化，孝女就背了一背篓衣裳去河边洗，母亲拦也拦不住，母亲说水太寒，会伤了身子落下病根儿的。孝女不听。在家里熬了一个冬，对小河的思念积攒了一大堆，比脏衣裳还多呢。

河水确实很冷，手浸进去觉得刺骨。她发现母亲说得对，就不洗了，舀起一盆水，将衣服泡进去，然后坐着看河。

她是在小河边长大的，但是从来没有好好看过河。小河是平凡的，平凡到常常被人忽略，就像孝女这样的山里女子，没有什么可以引人注意的地方。过了河就是大路，从北而来，向南而去，河和路像一对兄弟，相依相伴着从远处走来，又向着远方而去。孝女顺河把目光放开来，很长很远，远到视线模糊，才有些不舍地收回来，顺着公路向前方看，目光同样放得很远很长，直到天地混合，一团模糊。把村庄和世界连起来的有两和方式，路和河流。路是静止的沉默的，河是灵动的喧嚣的，汩汩流淌，一刻不停。河流最终流到了哪里？中途断流还是汇入了大江？孝女忽然产生了这样的疑问。在她单纯有限的认知世界里，这是个难题，她想可能会干旱而死吧，这里常年干旱，旱死一条河并不罕见。可是她依旧希望它是活着的，一路流淌，直到流进大河，然后奔向大海的怀抱。

河依旧不急不缓地流淌，它的命运将会如何，似乎它自己并不关心，它只是沉浸在安静沉稳的流淌过程里。暮色一寸一寸落下来，一天就这样过去了，从外面走进腰巴庄的人没几个，倒是村里的年轻人背着大包小包不时走出村子，踩着列石过河而去，打工去了。

孝女叹一口气，收起衣服和盆子往回走。一步一步脚步沉重迟缓，将一地的落日余晖全踩碎了，碎成无数的残片。

十四

新学期开始了。秦老师骑着辆摩托进了腰巴庄，为了来去方便他只得买摩托，又把手机号换成了联通，这样每天下午放学后就能爬上腰巴庄的北山顶，和外界取得联系，打电话时不用担心中途断线声音模糊。

张小蛋的姐姐没来，张小蛋说他爷爷说开春了，家里太忙，姐姐没有闲时间念书。

下午秦老师摩托后捎着张小蛋去他家里看究竟。

张小蛋家在河对岸，过河后沿着河畔走一段曲里拐弯的土路，向右一拐，在一个低凹的地方坐落着五六户人家。秦老师抬眼四下打量，这里离大路不远，但是距离河那边的村庄和学校稍远，孩子们上学要渡过小河，来来去去的都得从河面上过。他记起张小荳脚上一双布鞋烂着几个洞，鞋面的外层布早磨光了，露出里面一层层的破布，脚底上粘着泥巴，还有几个学生也老是脚带泥巴到教室里来，以前他还以为孩子们淘气，故意去水坑里玩稀泥了，走过这条河他明白了，孩子腿短脚步小，踩着列石过河，十有八九会掉水里，鞋湿了然后在黄土路上走，可不弄出两脚泥来。

张小蛋的家到了，一个黄土墙围成的院子，进了大门，一间砖房，一间泥土矮房子，秦老师记起在网上看过的照片，记起来它叫箍窑，用泥土一道一道箍出来的。想不到这里也有，他瞅着稀奇。一个老汉打羊圈里出来，秦老师看见他脸膛黑红黑红的，狭窄的前额上挤满了横七竖八的皱纹，裤脚高高挽起，光着脚板。他一看是孙子带来的人，明白了，呵呵笑着说老师来了啊。他舌头好像短了半截，咬字不真，把"师"念成了"xi"的音。

秦老师进屋看见炕上睡着个老奶奶，她睁开眼看见秦老师，挣扎着要爬起来，老汉说你头晕就别起来，这是蛋子的老师。老奶奶冲着秦老师挤出一个难为情的笑。秦老师看见炕上铺着片线毯子，脏兮兮的，看不出原来的花型和色彩。就没敢往炕边上坐，站着说我是来了解张小兰同学的情况的，你为啥不叫娃念书呢，现在又不收学费，书也是国家免费，本子铅笔等文具我们学校解决，你就让娃来念吧，正是念书的年纪，耽误的可是一辈子的大事。

老汉听了没吭声，身子靠住门，慢慢地往下出溜。一直到屁股坐在地上。秦老师只能把目光落低，也看着地。地是黄土铺成的，看样子刚刚扫过，洒过水的痕迹还在，这种洒水的方式他在小满拉那里见过，把清水灌进壶里，再从水壶细长的嘴巴里把水画着圈儿洒出来，在地上画出一个个圆形的圈儿，像一朵朵花儿。秦老师看了一会儿想一定是张小兰洒的，因为能从这形状里看出女孩子特有的优美和细致。

秦老师这一沉默，张老汉沉不住气了，一个手搓着膝盖说哎我这个孙女子命苦，家里情况老师你也看到了，我儿媳妇走了，儿子一个在外头游逛，我老两口拉扯两个娃，眼下我老伴儿卧病不起，就我一个人能干活，兰子要是去念书，这个家真就没法儿过了，老师是好心，但我实在没办法啊。说着叹了口气。

秦老师抬头又把家里打量了一圈儿，发现老汉说得没错，再看炕上的老奶奶，忽然觉得再劝是没用的，就起身告辞。

走出大门，撞上张小兰提着一桶水往进走，水太重，她摇晃着身子脚步踉跄地走着，水不断洒出来，在地上泼洒成一朵朵湿润的花瓣。她看一眼秦老师就猛地低下头，连人带桶子扑进屋去，再没有出来。秦老师心头像被人狠狠揪了一把，忙忙发动摩托离开了。摩托骑得飞快，风像一个个巴掌拍打着脸颊。他第一次觉得做一个小学教师是那么无能为力，有些时候有些情况原来不是你尽了力就能有结果的。张小兰单薄的身影刻在了他的大脑里。

十五

到了第二年六月末尾的时候，秦老师把各年级的课程早早结束，进行复习。同时他悄悄地做准备，等期末试考完一放学，他的两年支教生活也要画上句号了。

这天正午特别热，孩子们回家吃午饭了，家远不回的坐在教室里吃干粮，有些围在树阴凉下叽叽喳喳地闹。秦老师将铺盖全部搭在绳子上晒，将箱子里的书也搬到台阶上晒。山里的阳光分外干爽，有一股淳朴得接近远古的味道。

　　他蹲在台阶上一本本整理书籍，有几本伊斯兰知识读本是从小满拉处借来的，就挑出来到寺里还。小满拉没在，阿訇房门也锁着，他就坐在台阶上等。他这是头一次一个人在清真寺里待，高远的蓝天里一枚太阳孤零零挂着，四下里静悄悄的，只有南墙根儿下几棵白杨树的叶子在飒飒作响，树丛里偶尔发出麻雀的喧闹。奇怪的是这些响动反倒叫人觉得寺里更安静了。他望着大殿看，大殿碧绿的拱形圆顶上高高擎起一弯新月。旁边是阿訇朴素的厢房，紧挨着是低矮的水房子。院子当心用砖头简单地堆砌出一个小花园，里面长着一些花，正在开，都是很普通的花，但是所有的一切，在这里都给人不一样的感觉。是什么感觉呢，是肃穆，一种油然而生的厚重感。他记起小满拉说过，几年前阿訇带着他来这里，阿訇给坊上开学，他跟着阿訇学习念经。他家里穷没念过书，他的愿望是有一天念成大满拉，当个有学问的大阿訇。秦老师没有亲眼见到小满拉家的境况，但他断定小满拉从小过得苦，这种苦日子在他身上留下了烙印，他远比同龄人显得懂事、朴素，勤快耐劳。

　　秦老师胡思乱想了一阵儿，出去到马拐子的小卖部转了转，铺子里只有马拐子一个人，秦老师和他聊了几句就离开了，他心里莫名地乱，慌慌的，好像有什么东西丢了那样。还不见小满拉来，也不想回学校，就信步上了北山。

　　爬上山头，他才发现北山更远处正发暴哨呢，半边天被乌云遮蔽，闪电一波连一波，不知是离得远还是哑雷，没有雷声。他望着那团乌云看了会儿，发现形势很凶猛，眨眼的工夫那些云就扩散开一倍左右，云的茬口黑中带红，而南边的天空里太阳红朗朗的，属于大晴天。他瞅着有些稀奇，天空被阴与晴分割成了两半，一半乌云压境，如有千军万马滚滚而来，另一半却风和日丽，天空碧蓝。这绮丽的自然景象也只有在山里才能看到吧。他用手机拍了一些照片，等变换着角度拍完，再看时大半个天空已经被乌云霸占了。起风了，刮起尘土末子一股一股的，直往人眼睛里扑打。终于连最后一片晴好也被乌云吞噬了。秦老师记起院子里还晒着被褥，慌了，拔腿往山下跑。一路冲进教学点就收东西，这时雨点子已经噼噼啪啪地落开了，一颗颗乱纷纷砸在地上，浮土里冒起一个个土泡。学生们吃了饭正在返校，被雨一追，一个个嬉笑着跑进来，一看秦老师的书还在台阶上没收完，呼啦啦都挤过来帮忙，人多力量大，很快就把书全都搬到了屋里。

十六

暴雨的气势很快就溃散了，雷电还在响着，但已经没有了初来时候的震慑力，像一把大手把阴云生生地撕扯开了，破裂之处露出湛蓝的天和太阳亮灿灿的笑脸。秦老师望着一堆仓皇搬进来的东西觉得好笑，真是虚惊一场。

他笑着出去敲上课铃。铃子是一个圆形铁环挂在屋檐下，用一根铁棒敲打，发出清亮的当当声，响声沉郁浑厚，余音绵长。随着铃声孩子们纷纷往教室跑，秦老师看见有两个学生没有奔向教室，从大门口冲进来直奔自己来了。是马玉虎和杨万军，俩人跌跌撞撞扑上来，说老师不好了不好了……他一看他们身上全是水，马玉虎鞋子没了，光脚上沾满泥，瞪圆眼说河河河里发山水啦，张张张小蛋叫大水冲走啦……

马玉虎磕磕绊绊说完，两个孩子哇的一声都哭了。

秦老师头脑一沉，蒙了，忙说这儿没下雨呀，就掉了几个雨点子，哪儿来的山水，你们别吓唬老师啊。

真真的，北山里发大水，山水全下来了，河道里全是水，我俩本来要去河边看水，看见张小蛋背着书包过河，还没走到河心里水就大了，张小蛋往过来跑，他没有跑过水，就被水卷走了，不信你快看去！杨万军哭喊着说，说完号啕大哭。

两人不像开玩笑，秦老师忙拔腿往村口跑，跑着跑着听到了水声。果然是山洪下来了，正在小河里汹涌奔腾。他没命一样冲到河边，从前平静细小的河完全变了脸，河床全被淹没了，水冲上来，水面几乎接近两岸的庄稼地了。浑浊的山洪滔滔地冲突着，响声像上千头巨兽在同时怒吼。秦老师傻眼了，真来山洪了？这么骇人？张小蛋他真被冲走了？河面上茫茫一片全是水，哪里有张小蛋的身影呢？

秦老师在慌乱中强自镇静下来，忙回头往村里跑，眼泪不争气地迷糊了视线。

村里人闻讯很快跑出来，老弱病残的都来了。场面有点乱。老马遇事冷静，忙指挥人手沿河找孩子，一面叫秦老师赶紧上山给中心校打电话报告。秦老师两腿打着颤好不容易爬上山，打完电话下山时，怎么也站不直了，干脆瘫痪一样坐在地上了，痴眼望着山下，现在整条河全在眼底下，像一条黄色的龙，怒气冲冲从北向南奔腾，水势没有减弱的迹象，老远也能听到轰轰的巨响。

两个时辰后，两辆小车来到腰巴庄，这时候河水小多了，但淤泥把河滩全漫了，没法过河，就在对岸停下了。车上的人下来，河心里的水浅下去，露出歪歪斜斜几个列石。几个人踩着列石像笨鸭子一样摇晃着身子渡过河来。

毕竟是教育战线干了半辈子的领导，他们的表现远比秦老师镇静成熟。

余校长叫大家继续找人，叫秦老师站住，把具体情况汇报一下，秦老师丢了魂一样，说还是先把人找到吧，说不定还有活着的希望。

余胖子看看身畔的乡亲都去搜救了，冷笑一声，说嫩娃娃尽给我弄这屁麻达！都是不知天高地厚的毛病害咧你。

他快速给大家统一了口径：一、出事时间是中午吃饭时间，学校已经放学，脱离了责任；二、地点在学校之外，也与学校无关；三、关于小学生安全常识学校常年紧抓不懈；四、中心校领导第一时间赶赴事故现场组织搜救。说完吩咐同来的一个老师赶紧给县教育局打电话报告。

秦老师呆眼看着河，他的心还在张小蛋身上，盼望出现一个奇迹，河水哗啦啦一响，一个孩子探出头，抹一把脸上的水，瞅着他调皮地笑，正是张小蛋！

余胖子看一眼他的呆相，恨铁不成钢地哼了一声，叫另一个中年老师赶紧去学校，看安全标语还在吗，重新往好粘贴一下，赶紧办一期黑板报，内容全部是小学生安全常识。

几个人麻利地分头行动。

安排妥当，余胖子松了口气，带着剩下的两个人沿着河边走，边走边看，河水一点一点浅下去，露出满河滩的淤泥和浪渣。好像河道里刚刚经历过一场残酷的战争，这会儿一切结束，只留下一个空荡荡的战场。

整整折腾了一个下午，就在大家筋疲力尽的时候，张小蛋找到了，他没有像大家预料的那样，被冲到遥远的下游去，竟然就在小河岸边的庄稼地里，被一棵小榆树的柯杈挂住，身子陷在淤泥里。

乡亲们把孩子清理出来，抬进河对岸的家门，余胖子叫张小蛋爷爷先别顾着哭，他有事情需要交代清楚。一、今天这情况中心校完全可以不来人，因为责任不在学校，中心校所以来人，是出于人道主义；二、孩子既然找到，就应该及早入土为安；三、对于这样的天灾造成的灾难，他表示同情和慰问；四、结合学生家庭现状，考虑再三，中心校决定从经费里挤出一笔钱作为慰问，钱不多，一千块，但表达的是一种爱心。

第二天，大晴的天，艳阳高照，地面上的水分快速蒸发，中午时分被淤泥漫过的路面上，泥巴干了，翘起一个个圆形的小泥碗。脚踏过，发出啪啪的碎裂声。

村子里的人都去送张小蛋，孩子们在教室里打闹嬉戏，他们已经忘了昨天那一场惊心动魄的暴雨。

秦老师坐在宿舍里用铅笔画素描，画一张是一个圆圆的脸，再画一张还是个圆圆的脸。他画了一张又一张，画面都是一个男孩的脸。画累了，就停下来，冲画里的孩子笑，调皮地眨眨眼，孩子不笑，脏乎乎的圆脸望着他。

十七

七月三号，考试结束，秦老师留了两天，等娃娃把通知书领了，这才打点行装。当初带来的一条褥子一件太空被都变薄了，一条毯子也开始掉绒，枕巾床单经过多次搓洗都变得陈旧了。他决定不带走它们，留下铺在床板上，后面来的老师说不定能用到的。再说城里的家中未必有地方放这套旧铺盖。他将衣物整理装进箱子，笔记本电脑复读机也装上，还有什么呢，打开抽屉看，发现都是些不重要的，除了墨水、红笔、粉笔、作业本等教具，还有什么呢？经常放饭的桌子上方，他钉的一片白纸早就被油烟污渍浸透，一片灰黄，那上面他用铅笔勾勒的一个头像早就模糊了。他望着这片纸仔细辨认，依稀看出五官像张小蛋，正咧开嘴巴调皮地笑呢，细小的眼里闪着狡猾的神采……他的视线一团模糊。

秦老师将摩托低价转给了小满拉，他知道自己一回到城里就用不上它了。

小满拉骑着摩托在村里走了一圈儿，老马开着蹦蹦车来了，说你要走了啊，也不早些说一声。恰好我要去集上买化肥，这就顺便送送你这尕娃子，在咱这山沟里熬了两年不容易哇。秦老师将箱子搬进车厢，在老马身边坐了。

蹦蹦车突突地发动起来，还没走出村口，几个女人撵上来，招着手喊嚷停下，捎她们一程，她们也去赶集。老马只得停了，笑呵呵说你们这些懒婆娘啊，就知道成天价往集上疯跑，集上有啥稀罕东西勾你们的魂儿呢，小心把心给跑野了。

一个大嗓门女人哈哈笑着回敬说放心，有你老家伙儿盯着，就算一天赶三趟集，也不会野了心，就怕你死老汉来来回回开个蹦蹦车把一把老肠子给颠成一锅烂米汤喽。

女人们哗啦啦笑起来，边笑边忙忙往车厢里爬。

老马说下来都下来，一群臭婆娘一个个屁股面盆一样大，别压坏了我的铁牛。

一个女人在车厢里跺了一下脚，说呸，真是越老越死皮了，这铁家伙真要压坏了我们给你赔个新的！

秦老师有些吃惊地看着这场面。他一直以为老马是个严肃的人，想不到会是这么爱耍笑的性子。

有个媳妇肚子大了，爬了几次都爬不上车厢高高的边沿，气得老马直撅胡子，骂你也敢凑这热闹，不怕把娃娃给颠出来？

小媳妇红了脸，说要去扯几尺布好好给娃缝个小被子的。

秦老师看她还是爬不上去，就下了副驾驶座，让这媳妇坐。他自己则爬到车厢里了。车厢里一共挤了六个女人，还有几个女孩子。刚才女人们叽里呱啦说个不停，女孩子都显得腼腆些，只是含笑听着。他不好意思看大家，慌乱地抓住车厢边沿。车厢里扔了几个蛇皮袋子，女孩子怕弄脏新衣裳，蹲着。女人们才不讲究这一套，图舒服早就一屁股坐在地上。秦老师想了想，像女孩子一样地曲着腿蹲下。

秦老师一到车里，女人们的笑闹停止了。一个个悄然打量着他。大概谁也没有这么近距离地看过这个城里来的大学生，在他的身边，似乎大家有些紧张，有些羞赧，便一个个有些不好意思了。

幸好这状态只持续了一会儿，等到蹦蹦车过了河，爬上岸，拐上了大路，突突地快速跑起来，女人们不甘寂寞，又开始稀里哗啦说笑起来。

秦老师回过头望，看到了那条河，河那岸的腰巴庄，河心里一排熟悉的列石，只有对岸的张小蛋家看不见，被一个山包挡住了。他默默在心里说再见了腰巴庄，再见了我的支教生涯。

蹦蹦车在大路上飞快地奔跑着，村级公路修整，这条路终于要修成沥青的了，路面上到处堆积着石头沙子，蹦蹦车越发颠簸了。有时车轮碾过稍大的石头，车厢就咣当咣当响，直颠得人肚子里的五脏六腑都要移位了一样。一阵一阵的黄土被车轮惊起，形成一道土雾在车后飞腾着。女人们受着颠簸，也不说笑了，闭上嘴巴，微微合眼，全心全意对付屁股底下疯狂的晃荡。

秦老师觉得苦不堪言。一不小心后背就蹾到车厢的铁皮上了，撞得生疼。还不好意思叫苦，因为女人们没一个叫苦的。他看见斜对面的角落里一个女孩子低着头，一路上一句话也没有，她的头上搭了块丝巾，前额搭得很低，几乎连眉毛也遮住了，看不清她的脸。在一群活泛的女人中，一个人的安静就显得有些突出。等到远远地望见集市了，路面才平坦下来。蹦蹦车像一匹经过狂奔的马，累了，变得温顺下来，舒缓地向着前方前进。颠簸程度一减下来，女人们就不安稳了，喊喊喳喳的说笑声高起来。

一个女人看一眼身后默默无闻的女子，说哟，今儿有人得买喜糖哩，颠了这一路，口里苦死了，就想要个喜糖润润。说着抬肩膀撞一下另一个女人。被撞的立即心领神会，说就是，都瞅对象了，咋还不高兴呢？笑，孝女你得笑，是大喜事咋还吊着脸哩？

秦老师明白了，她们所说的这个孝女正是搭丝巾的女孩，这女孩没笑，头拧了过去，向着车后了。风吹起了她的丝巾，脸露出来了，她伸出手扯住丝巾，重新搭好，还是搭得很低，几乎将眉眼都遮盖了。

下了蹦蹦车，老马过来拍拍秦老师的肩，高声说你这尕娃子实在，在我们腰巴庄坐了两年，道谢的话我秃嘴笨舌不会说，我们请你到饭馆子吃一顿饭，算是答谢你。

秦老师忙摇摇手，说不去，还要按时间赶车呢。

老马说那我就去中心校了，跟余校长念叨念叨，要他们再给腰巴庄安排一个老师，你这一走我们又没老师了嘛。

秦老师忽然心里一闪，想说你们还要重视一个事情，就是向上面呼吁，在无名河上修一座桥。然而看着老马落满尘土的瘦脸，看看一群乡村妇女，这句话卡在了嗓子门上，被熙熙攘攘的市声淹没了。他知道即便说出来，这群目不识丁的山里人也没有能力没有机会向上面反映。所以说出来也只能是白说。

秦老师和腰巴庄的乡亲挥手告别后，就坐上了前往县城的班车。在车上，他打开手机，现在有信号，可以上网了。他就和人聊起了天。他将网名改了，换作"我的腰巴庄"。

十八

农历八月的一天，孝女在河边洗衣裳，整整一个长夏都没空儿好好洗一洗。这可能是她最后一个秋季在小河边洗衣了。等到一入冬，她就要嫁人了。亲事已经定下了，女婿她见过，是个身体稍胖面相憨厚的青年，一看就是个忠厚实诚人，所以家里父母兄嫂都说很好，一定是个能够托靠一辈子幸福的男人，她也就点了头。然而她还是有些遗憾的，心底里觉得不尽如人意。他的五官长相没有一点书卷气息，与她内心深处期望的类型一点也不相像。她望着河水，她的心思早就不矛盾了，现在变得很平静，一点也看不出不久前经历的孩人浪涛。她知道随着日子一天天过去，曾经的心事肯定会隐退、淡化，像这河水，它一定也会忘记自己在这个夏天卷去了一个那么鲜活的生命。在渺远而真实的未来，她将和每一个乡村女人一样，在漫长平静的日子里度过一生。

发表于《清明》2014 年 5 期

获得"鲁彦周文学奖"提名奖

白衣秀士

一

马军甩着鞭子不停地打毛牛，头顶上那根细溜溜的小辫子也跟着一抽一抽地抖，就像它同样是一根小鞭子，把他那颗萝卜头当作毛牛了，也在欢快地抽打呢。姐曾望着这个动作说难看死了，像个啥，像个耍猴儿的。这话马军听到了，他没吭声，却再不会当着姐的面打毛牛了。今儿姐跟上娘到梅花咀赶集去了。她不在，马军就疯了一样打毛牛。马军疯起来的样子我是害怕的，我不敢跟他抢，今儿姐出门，我头上的保护伞不在，所以我还是学乖点好。

不过我发现在马军打毛牛这件事情上，姐歪曲了一个事实，其实甩着一撮子毛打毛牛的马军，姿势不难看，相反很好看。他本来就长得好看，和我们姐弟一点都不一样。我们一搭出门，去沟里抬水，去泉边饮牛，只要瞅着我们大人不在场，总会有人瞪着眼，马林马林，为啥你和你哥长的不是一副嘴脸？

这是在逗我。要么就逗我姐，马芳你是瓜子脸大眼睛嘛，你马军兄弟为啥是窄条脸眯眯眼？气得姐拿鼻子哼，不屑和这些无聊的人多争辩。等走远了背过人了，姐说小人，都是碎嘴子烂舌头的小人。

"小人"们似乎很乐意开这样的玩笑，一次两次三四次，有时候是同一个人，有时候是不同的人，有时候有易人，更多的时候是女人，大家把这耍笑重复多少遍了，还在热腾腾地重复，似乎就没有厌倦的时候。我们何尝不明白呢，他们的话都是反着说的，那里头的意思我们又不是不懂。我们和马军确实长得不一样，瓜子脸大眼睛的不是我们而是马军，窄条脸眯眯眼的是我们姐弟两个。

小人最初是从娘嘴里跑出来的。是娘哭着骂父亲时用到的一个词儿。父亲把马军领进门的那个夜晚，爷爷奶奶二爷爷二奶奶等家门里的老辈儿，领着好多小辈儿，大家几乎都来了，黑压压挤满一屋子。当着众人的面，娘啥都没说，拉着马军的手往手里塞馍馍，又给倒了一缸子水，还往水里投了一大把红糖。还问他吃晚饭了吗，她要做饭去。娘的样子很殷勤，似乎不摸黑做一顿饭给这孩子吃就说不过去。父亲拦住了，说这都黑了，早吃了，我们在馆子里吃的炒面。

星星出来了，大家才顶着满头的星星各回各家去了。娘送完人把大门关了，又拎着尿罐进来把房门关了，娘忽然就手一松，哗啦把尿罐摔在地上，指着一堆白花花结满尿碱的粗陶片，娘说马乡长你个小人，你拿刀子来把我捅死也没这么残忍。

从前娘是不会骂父亲的。一来不敢，二来，娘想做个贤惠女人给我们庄里的人看，所以娘不会骂丈夫的。娘说一个女人家就要有女人家的样样儿，得尊抬男人，阿訇也讲了，经典上说得好，女人天堂门上的钥匙男人拿着哩，女人万势不敢往男人的头上爬。

我们庄里好多女人是敢于骂男人的，就算男人在后面追着打，也还是要骂的，一路哭一路骂，宁可身上的肉烂了，嘴却不饶。所以娘曾经悄悄说那都是一帮子没教养的货。早年娘从来没有骂过父亲，她不敢骂，也舍不得骂，后来就不能不骂了，这个后来自然是马军到来的那个夜晚。

马军到来之前，忽然一天父亲当上了副乡长。副乡长是多大的官儿呢，好像比队长大，因为自从他当了这个副乡长，就有人跑到我们家来找他办事儿。父亲说我在外乡嘛，手再长也伸不到咱们乡里去，有些事不好出面嘛。话是这么说，大家隔三差五还是要来找一找他。

自从当了副乡长，娘对父亲更好了，更尊抬了，啥都舍不得叫他干，地里的农活儿从前他偶尔还帮一把，现在娘直接一个人就扛了，娘说泥里水里的，世下给我们这些泥腿子做的，你不要沾手，小心你的裤子，小心你的皮鞋，小心你的白衬衣。父亲好像在等着娘这句话，这话一出口他就乐呵呵顺手不干了，背搭手在路上走，兴致好的话，会去我们的田畔上看看，远远瞭一眼娘带着我们跌死绊活地下苦的情景。

大姨娘来浪亲戚，看不惯这样，说没见过你这样当女人的，要把男人顶上阿斯玛尼了，男人嘛，该他干的你就叫他干嘛，难道你当了女人还要当男人？你不怕把你个家挣死？娘眼睛一瞪，姐你不懂，男人和男人不一样，他是人当中的龙，我不能把他当一般男人使唤。气得大姨娘干瞪眼，说你就顶着他吧，有你哭不出来的时节。

马军来的那个夜晚娘不再尊抬父亲了，第一次当着我们的面骂父亲，一直骂到我们瞌睡得受不了，一个个钻进被窝睡着了。当然，就算破例开始骂了，娘的骂也很节制，不像庄里那些泼辣女人，满嘴都是和下半身和娘老子和祖辈有关的脏话，娘抹着泪反复说一句词，娘说小人，马乡长你是个小人。

我们的鞭鞘是用玉米地里扯起来的废薄膜拧成的，一点都不结实，打一段时间就开花了，最顶梢散开，像一朵花一样蓬松，随着甩动发出噼噼啪啪的脆响。这时候打毛牛就不仅仅是打毛牛了，那阵势更像是一种表演，柔软细长的鞭鞘子一下一下甩出去，就像有一团白火光在鞭鞘头上飞，毛牛颤抖着，飞旋着，肚子尖上镶嵌的那颗轴承珠子尽职尽责地转动，转出一圈又一圈，远看就像有一朵花在旋转中慢慢绽放。

马军打毛牛的功夫很老到，在他的指挥下毛牛乖乖从上院旋转到院心，绕着杏树转了一圈儿，又转到下院，好几次就要撞到南墙了，马军都能很巧妙地悠着它死里逃生离开墙根儿。我看得无聊，发动自己手里的毛牛，可我一个人打没人旁观我觉得更无聊，发动起来又忽然不想打了，就看着毛牛在地上慢慢地转，直到转累了一头栽倒自己死掉。

我跟在后面看马军打。

你娘和你姐，咋还不回来？马军问。

我不理他。

我知道他不是惦记我娘和我姐，他的意思是叫我给他放哨。

我把头探到墙根儿下的豁口看，没看到她们归来的身影。

马军又赶着毛牛转了一圈儿，再次转回到南墙根儿，目光淡淡扫一眼墙豁口，你娘你姐，啥时节回来？

我在心里用最难听的话骂了马军。我要是知道她们啥时节回来我就不用这么焦急地等待了。

马军的嘴巴至今很硬，用我们庄里的话来说，就是个铁嘴子。他从来不会自愿把我娘喊娘，更不会把我姐喊姐。他不喊姐，我可以接受，要我说我姐这个人身上有好多臭毛病，有时候气得我都不想把她喊姐。可是马军你坚持不把我娘喊娘你就不对了。为了这一声娘，我娘可是没少费心，没少伤心。娘说这些年了啊，就是一坨子铁疙瘩，我也要给焐热了，焐化了。娘努力的结果是，马军当着父亲的面把她喊娘，父亲去上班了，马军就闭着嘴，他很少主动和我娘说话。都是我娘在殷勤地找他说。

娘说军军，你吃饱了吗？

嗯，饱了。

军军你不要喝凉水，肚子疼哩。

嗯，我没喝。

军军你衣裳咋那么脏，脱下来我给你洗一把。

嗯，我脱。

军军你嘴馋吗，想吃啥跟娘说，娘给我娃做。

嗯，不馋。

……

听听，这样的对话，真是能把人的肚子气疼。

姐不止一次鼻子里冒白气，恶狠狠捏着剪刀绞一片破布或破纸，说狗，喂不熟的狗，娘真是下贱，疼谁不好，偏偏要疼那么个生货。

姐曾经当面问过娘，被娘奖赏了一个耳巴子。娘说碎婊子，管好你的烂嘴，再敢胡说，我撕碎了糊到墙上去。

姐收敛了自己的口舌，但是背过人还是恶狠狠的。其实对于娘格外疼这个马军的行为，我也很是看不惯，有时候心里酸溜溜的，喝了一马勺醋一样。

姐说我们才是娘肚子里爬出来的，娘疼我们才对，他凭什么？他一个野娃娃！

我扯着脖子望了几回风，实在累了，我说马军哥，娘来了就来了，娘又不会说你打毛牛有啥不对的。

马军却好像忽然被我这句话败了兴，恶狠狠抽一鞭子，力量过大，毛牛踉跄着滚了几个连环跟头，一头栽倒，不动了。

马军把鞭子挂在杏树上，懒洋洋说猜猜看，你娘今儿会从集上买个啥？

我听得明明白白，他还是不愿意把我娘喊娘。

二

娘回来了，娘赶着毛驴，驴背上驮着面口袋。她们这趟去集市主要就是为了磨面。我们帮忙卸下面，把驴拴到后院槽上吃草，姐才慢腾腾挪进门，胸前抱着一个大纸匣子。

我和马军扑过去，一个纸匣子里会装什么好吃的呢？

匣子揭开了，里面是六个黄绒团团，团团们看到光亮爬起来，抬起头看我们，摇摇晃晃又开步子走，嘴里发出叽叽嘎嘎的碎音。

是六个鹅娃。

娘把半个身子挪上炕，靠住被褥和枕头，一把揭掉帽子外面的手巾，说快给我一舀子凉水，干死人了。

马军站着没动，我舀了水端给娘。

娘一头扎进凉水里，咣咣咣就喝，声音响亮得就像饮牛。

我看到马军的眉头挽成了一个大大的肉花。

我知道马军又在心里鄙视我娘，他常这样皱起眉头鄙视这个给他饭吃给他衣穿的女人。就算他不敢当着面把心思说出来，但是等背过人，他就在我耳边嘀咕，他嘀咕的时候好看的元宝嘴咧开，露出里面一口葵花籽儿一样又白又饱满的牙齿，他说真土，哪像个女人，跟乳牛一样。

气得我直笑，他把我娘比喻成了乳牛，不过我还真是想不出和他辩解的好词儿，想想也是，我娘她有时候的样子真的不怎么好看，尤其乏得提不起自己那一身肉，顺墙根儿倒的场面，上身的线衣抽上去，下面的裤腰全部露出来，一根毛线绳子拧的裤带像一截烂肠子一样耷拉在肚皮上，肚脐眼儿像个被蜂儿蜇肿的眼睛，肥腻腻鼓出来，有时候肚皮也会露出一大片，又白又松，尤其她猛灌一气凉水，肚子鼓胀起来的时候，吸一口气，肚皮颤颤地抖，吐一口气，肚皮松松软下去，一起一伏，叫人看着惊心动魄，真担心这肚皮会哗啦一声就破了。

想想我就惭愧，马军他的鄙视是有道理的，我娘她的肚子有时候还真像一头怀犊的乳牛。

尤其让我不好意思的是，据说我和姐都是从那个如牛肚子一样的地方生出来的，是从那个难看得要死的肚脐眼儿里挤出来的。

我真不能相信自己会从那个丑陋的地方爬出来。

娘喝完了就下炕，头上扣一顶草帽子，手里提着笼子。

娘你做啥去？

掐苜蓿芽儿去，鹅娃得吃嫩苜蓿。

娘一走，我们凑到纸匣子跟前细细看鹅娃。

小心小心，鹅娃不像鸡娃，命浅得很，一指头就能戳死，还有，它们贵着哩，一对儿五块，一个就是两块五呐，你们要是捏死了踏死了，小心娘剁你们的爪子。

马军狠狠瞪了一眼。

姐好像没看到马军的这个眼神，她继续唠唠叨叨补充着她自己认为很重要的注意事项。

我看不惯马军这样对我姐，气得我离开了纸匣子。

早春天气，苜蓿芽儿不好找，母亲出去一趟才剜回来一大把，放在菜板上用切刀剁碎，拌进麦麸里，又用刚烧滚的面汤把麦麸烫了。烫熟的麦麸和苜蓿芽儿冒着一股菜腥味，又有一点香味。母亲把食放进小碟子里，开水晾温了盛在另一个深碟子里，然后都放进纸匣子。

鹅娃呱呱呱叫着往前挤，伸出黄嫩嫩的扁扁小嘴来吃食，我们围成一圈儿瞅稀罕，看它们吃。鹅娃吃食和鸡娃吃食原来不一样，虽然都是往那个小小的嘴巴里填塞食物，鸡娃用尖尖的小嘴叨，鹅娃用小簸箕一样的扁嘴在那里铲，鹅娃明显要比鸡娃笨拙，嫩嫩的身子笨笨地扭着，圆嘟嘟的屁股总是朝着后面努，食物被铲起来，舌头像弹簧一样压着，却不平平顺顺咽下去，头一甩一甩，脖子一梗一梗，似乎只有这样才咽得下去。有好多渣子被甩掉了，甩得四处乱溅。很快它们彼此溅得满身都是，连一边看稀罕的我们也沾了光，头上脸上乱纷纷落上了凉飕飕的麦麸渣儿。

它们才吃几口，就不老实了，呱嗒呱嗒去喝水，却不好好喝，扁嘴浸在水里，脖子像拖拉机头一样一个劲儿往前探，水从嘴里进去从鼻子里冒出来，红嘴巴上窄窄的两个扁孔里水分成两股细细地冒着。玩够了，忽然就抬起头，仰着脖子咽水，不等全部咽下去，又顽皮地甩脖子，湿答答的水滴四射，很快纸匣子里一塌糊涂，全湿了，它们似乎忽然就兴奋了，啯啯啯高喊，一边叫一边扇着短短的肉肉的小翅膀，黄嫩嫩的爪子吧嗒吧嗒踏进碟子，不管是水碟子还是食碟子，它们都冲进去乱踏，没有吃完的食物和水转眼就被和成了泥。

娘赶紧把碟子从这十二只爪子下面抢救出来，笑呵呵骂道都是一群小土匪，不晓得我扒这点苜蓿芽儿有多艰难呢，这就乱糟蹋。

鹅娃才不管你骂不骂呢，刚来时候屁股朝后，现在吃饱了，脖子里塞得鼓鼓囊囊，嗉子跟吹涨了气一样高起来，前后都是一个包，身子变得更笨了，撇着短短的小红腿儿不安分地挤着嚷着，似乎我们的观望让它们很兴奋，兴奋了就要制造点快乐出来，一时间纸匣子里蠕动着六个黄绒绒的小团团，挨挨挤挤，吵吵闹闹，又乱又热闹。

在娘的操心下，我们家已经有两窝鸡娃出窝了，母鸡领着鸡娃满院子跑，天黑了又很负责地把孩子们带回鸡窝里。母鸡的一对翅膀就是一个温暖的世界，母鸡把属于自己的全部鸡娃罩起来护在下面，母鸡那小心翼翼的动作让我们相信它翅膀下的世界又安全又温暖。可是鹅娃夜里去哪里，谁来管呢？

马军吃过饭就一直守着纸匣子瞅，等到我娘喂完牛填完炕，拖着疲惫的身子爬上炕，马军还守在纸匣子边上，样子犹犹豫豫的。娘说军军啊，娘买的鹅娃你爱吗？看着稀罕得很对不对？长大了才好呢，下蛋，看门，比狗还灵醒呢。

听娘的口气我就知道她又开始巴结马军了。

我赶紧插嘴，鹅下蛋我信，还能看门？我不信！它们咋看？难道它们能像狗一样汪汪叫唤？

你才像狗一样叫唤哩！问得真恶心！

姐快嘴利舌地抢白我。

从小她就一直这样对我，所以我已经习惯了，习惯了就懒得和她计较。

鹅要比狗还灵醒哩，生人来了会叫，会叨，霸着门不放进来，所以养熟的鹅有时节比狗还顶事。

马军慢腾腾插嘴。

这又是马军的一个奇怪地方，和我独处的时候他说话利索又刻薄，一点都不饶人，但是当着大家的面，他换了个人，总是慢腾腾的，不抢，不笑，沉稳的声调总是叫人觉得他不是一个只比我大了几岁的娃娃，而是一个老成稳重的大汉。

娘笑呵呵看着马军，眼里闪出夸赞的光，连着点头，对对对，你说得对着哩，鹅就是能看门，就是比狗还顶事，我的军军啥都晓得，是个灵醒娃。

六个小黄绒团团不知道为了什么又高兴起来，一齐扇着肉翅膀在纸匣子里乱窜，红红的脚蹼踏得脚下刚换的干草吧嗒吧嗒响，边窜边咯咯咯地叫着，好像在欢笑，在争着说什么话。

灵醒个屁，两面派，喂不熟的……

姐低低地嘀咕，终究没勇气把全部的话嘀咕出来。

我瞅着这毛茸茸的六个小身影，看着看着我心里也毛茸茸的，这毛茸茸的感觉压不住，从心里溢出来，传递到手上来了，手心里直痒痒，真想抓一只鹅娃抱在手心里摸摸，掂掂，再用鼻子尖闻闻，碰碰，亲亲。

一对儿五块，一个就是两块半，要是单个买，两块半买不来，三块呢，一只鸡娃才多少钱，五毛，五六只鸡娃才换得来一只鹅娃呢，所以呀，我叫你们小心着，手不要长，脚底下也要长眼睛，万一谁皮子胀了，毛脚毛手的，踏着了，压着了，娘肯定不会轻饶，买它们可是花了娘的大本钱，到时候娘才不管你是谁肚子里爬出来的，一样都拿烧火棍敲出你的脑黄子来。

娘常骂姐是夜叉，一张嘴不饶人，嘴硬没好事，以后到了婆家就是个驮鞭杆的货。现在你听听，我姐这张嘴真是比刀子剪子还利索，吧啦吧啦，比算盘珠子还脆响。

我慢慢收回了手。

鹅娃也被姐的一串子麻利话吸引了，一个个仰起头愣愣听着，姐忽然刹住脚结束了，六只黄绒团团从睡梦里惊醒一样，挤成一团咯咯嘎嘎地笑。

三

父亲回来了。

自从当上副乡长父亲回家的次数就明显少了，等马军来到我们家，他就更少回家了。

　　为此，娘是有怨言的，尤其地里农活儿忙得昏天黑地的时候，娘一面擦着汗，一面扯着脖子往庄口张望，那条通往外界的大路被日头晒得白晃晃的，路上时不时腾起一股白烟，尘烟里有男人陪着女人去下地。谁家干活儿不是一家人说说笑笑在一起呢，重活儿都是男人扛，女人娃娃只是打杂干轻活儿。我们家反过来了，一年四季都难见到男人出现在地头，都是娘带着我们几个娃娃干。

　　娘常常扯着袖子擦汗，顺便擦下一把泪，要是马军恰好不在眼前，娘准会叹一口气，望向庄口大路的目光里有了怨恨，娘说世上的女人，谁有我命苦哩，当了女人当男人。

　　这时候姐望一眼远处，狠狠唾一口痰，说真不要脸，白吃白喝还懒得很。

　　我顺着姐的目光看远处，不远处斜躺着马军。我们家里只有马军才有特权这样时不时偷懒，他要是情愿会帮我们干活儿，要是不情愿，他就找个地方缓着，娘不说他，也不允许我们说，所以我们胀气也只是在肚子里，谁敢当着面说他半句，娘说她会撕烂我们的皮嘴。

　　娘咳嗽了一声。

　　姐闭上嘴不吭声了，我看到马军摇摇晃晃向我们走来。

　　父亲说军军这娃，愿意干活儿呢，就干一点，不想干呢，就不要强求，由着他。

　　他这样说的时候马军自然不在眼前，可是马军好像早就知道了这句话，所以父亲不在他就变得吊儿郎当，他似乎知道我娘不会说他，不敢说他，舍不得说他。

　　父亲一进门就看到了那群鹅娃。

　　随着春风送暖，天气早就没那么冷了，娘只在晚上把鹅娃抓进大筐子收在屋里，天亮后日头一出来就喊我们放出去。

我们似乎没怎么留意，鹅娃身上那层黄茸茸的细毛就被春风揭掉了，重新顶出一层细密的白毛来，手心摸上去早就不那么绵软了，相反因为成天沾着水呀泥呀菜叶子和麦麸呀，显得脏乎乎的，摸上去也硬扎扎的，刚来时候那圆嘟嘟胖乎乎的身子似乎瘦了，有些变形，屁股更尖了，脖子更长了，吃饱后嗉子那里挂起个大包袱，走路一摇一摆，嗓子里挤出的声音也没有那么圆润了，带着点破裂的锣音。奇怪的是它们偏偏变得更爱说话，也更黏人了，父亲的自行车一进门，它们撇着十二只爪子呱呱呱围上去，叫成一片。

父亲支好车子蹲下身来，抓一个在手里细看，摸摸头，拉拉腿，扯开脚丫子上连成片的软蹼呵呵地笑，说老婆子啊，你咋记起养这东西了，有意思得很。说着抬起脚在鹅群里拨了拨，鹅娃们顿时叽叽呱呱叫着散开。

娘脸上带着一抹矜持的淡笑，养大了看门户啊，都说鹅灵醒得很，比狗还顶用。

父亲抬头看一眼高处的杏树影子，杏花要开了，满枝头都是花苞。

我们在远处站着看，我觉得父亲越来越像副乡长了。世上的副乡长应该是什么样子呢，我们没见过，所以真正的副乡长该是什么样子呢，我觉得应该就是父亲这个样子吧。

父亲回来得少，穿得干净，我们跟他越来越生分了，也不是我们故意要生分，而是怕他，从心里敬畏，他来了我们不敢像小时候一样扑上去叫他抱，只是远远站着看，像看一个陌生人，总感觉他不是我们家一口人，而是远处的一个亲戚来了，不会和我们一样泥里水里地过长久日子，他来只是浪几天。

父亲笑呵呵说站着做啥，把后头的袋子拿下来啊，把果子分分。

姐和马军同时跑过去，马军解绳子，姐抱住袋子，他们两个难得这么默契地合作，把一个尼龙袋子提进了屋。

口袋一打开我们都乐坏了，里面有苹果、梨还有核桃。

姐撸起袖子就要分，娘从背后揪一把辫子，说你给我抱柴去，一个女子家，啥事上都有你，这还了得，没教养了。

姐甩着辫子离开了，临走狠狠地扯一把我胳膊，把我也带出大门去。

身后那半口袋好吃的自然由马军来替我们分了。

哼，就晓得巴结他，一个私娃子，巴结到头来有她啥好呢，那么偏心，娘老了我才不养活她，你也不要养活，有她的孝顺儿哩，我们都不管。

姐咬着牙恶狠狠说。

已经落在山头上的阳光斜斜照过来半扇，把姐的脸照得红彤彤的，好像罩了一层透明的红纱。

姐说话太快，叽里咕噜一串子，我需要慢慢地想才能厘清这些话里的弯弯套套。

我觉得私娃子这词儿太刺耳，这是我们庄里最狠毒的骂人话，谁要是无缘无故被人这么骂了，对方会跟他拼命的。可是姐用这个词儿了，我知道被骂的人是马军。就算姐没有虚说，马军真的是私娃子，但这话也只能由我们庄里那些"小人"偷偷儿嚼舌根，哪里轮到我们来揭短？

自从多年前那个傍晚父亲把马军带进家门，马军这个人和他的身份，就成为我们家里的一桩丑事，家丑瞒不住外人，外面人怎么议论评说，我们管不住，我们家里却早就形成了一种默契，谁都不会轻易提起这件事，提起来谁都不痛快，只能是火上浇油，重新揭开好不容易结了疤的伤口。所以我们很小的时候就已经知道这是我们父母最忌讳的事，是一团埋起来的火，谁都不是傻子，谁都不愿意轻易用自己的脚去踩那团虚虚掩埋的火。

我瞅一眼姐，我的意思是姐你过分了啊。你碎嘴碎舌头唠唠叨叨抱怨几句也就算了，你咋能用这话骂军军呢。叫父母听到了又是一场是非。

姐狠狠踢几脚胡麻柴堆，去年的胡麻柴在麦场里蹲了一冬，风吹日晒，浑身攒满了尘土，一脚下去带起一股脏雾，呛得我赶紧后退。

姐已经很麻利地扯下来一抱，抱起来就走，把尘土丢在身后，就在转过脸来的时候，我看到姐的脸上挂着长长的两道红泪，不像血，像啥我说不准，但是看得我心里疼了一下。

厨房炕上摆着倒出来的一堆水果，马军却不为我们分，他只在手里捏一个苹果一个梨，慢慢走出门到院子里去了。父亲看着那一堆水果感叹，说军军这娃实诚，也不多吃多占，是个心轻人。

娘拿过那些水果分，给爷爷奶奶留几个大的好的，剩下的父亲几个，姐几个，我几个，马军几个。分到最后只给娘自己留了三个又小又难看的。

他已经拿了两个走了，咋又给他的份儿和我们一样多？就晓得偏心，娘真是够贱的。

姐一边烧火，一边咬着牙嘀咕。

晚饭做的是荞面鱼鱼，娘带着姐搓好了放进锅里蒸着，蒜泥也捣好了，娘叫姐慢火烧，她陪着父亲在院子里闲转。

他们到后院里看看牛和驴，到狗窝前看看狗，到杏树下看看就要绽破最后一层细皮露出粉色花蕊的花苞，又站在墙根下看看墙外面傍晚的风景。

父亲不回家的时间越长，他回来娘就越把他当亲戚一样待。

娘给牲口添草他跟着看，娘揽牛粪填炕他也跟着看，娘喂鸡喂狗他一路都跟着，不帮忙，把手背搭在后腰里，一面看一面问这问那。好像他不是这家里一口人，是来走亲戚了，所以很多事儿他不明白，不明白都要问一问。

奇怪的是娘也把他当亲戚，娘还显得很愿意给他说这说那，两个人从前院走到后院，又从后院转悠到前院，娘指着牛圈告诉他乳牛怀上犊了，草驴肚子里的驴娃再有三个月就下，今年暖得早，杏树的花苞繁，只要不返冻，能结满满一树好杏儿。

父亲低头看到杏树下蹲着一个身影，在背过人发呆，嘴里慢慢地吃着苹果。

还是不合群？父亲问娘。

娘望一眼杏树，傻了一下，轻轻地一点头，但是又后悔一样赶紧摇头，声音很轻。

还碎着哩，娃娃嘛，你不要性急。

父亲狠狠地瞅一眼那个身影，摇摇头。

从碎儿看老哩，这娃娃，唉——

他们转身又进后院去了。

六只鹅娃撵着院子里的阳光影子走，撵到最后光影上墙了，它们跟到南墙根儿下，仰头看着那一团暖意在墙头上越爬越高，它们挥舞着已经冒出一层硬翎毛的翅膀在墙根下跑了几个来回，气馁了，只能就这么放手了，难道它们还能追到墙头上去。六个小身影摇摇摆摆走回来，凑到杏树下，围着马军左看右看，可能觉得马军的后背暖和，挨挤着卧了下去。

姐喊我再去抱点柴，锅里大气正冒，她得乘着这股气势再烧一阵子。

我抱着一抱胡麻柴刚进门，身后发出哎呀一声叫。

等我把柴丢下，马军已经抱着自己的脚在院子里跳，一边跳一边大哭，跳得厉害，哭得响亮。我们赶紧出去看，父母也从后院里赶出来了。

咋了咋了，锥子扎脚了？

父亲的声音都变了。

其实我们已经看到了，不是锥子扎脚，是他踏到鹅娃了。鹅娃们乱纷纷绕着杏树跑，嘴里的破锣声更破了，那个最大的鹅娃不跑，在原地打转，站不起来，拧着脖子只是挣扎。

马军一脚踏倒了一只鹅娃。

娘丢了手里的粪笼子，把鹅娃捧在手心里，试着拨拉那吊着的脑袋。小脑袋耷拉着就是扶不起来，好像脖子里有一根线断了。

我的鹅娃，我那么远买回来的，你咋不长眼睛啊？

娘忽然望着马军问，娘的口气跟平时骂我和姐一模一样，这样的口气她从来没有给过马军。

马军头一偏哭着跑进了屋。

你看你，急了个啥嘛，不就是个鹅娃嘛，都踏死了才值几个钱呢，你骂娃娃做啥哩？

父亲收住脚步，说娘。

暮色已经很浓很浓地落下来，盖住了大家的脸，我看不清父亲这一刻的表情。

父亲说扔了去，眼看着活不成了。

娘不死心，吩咐姐把五只鹅娃抓进筐子搬进屋放好，她自己抱着这只半死的鹅娃去灯下细看。

灯光照到一团乱乱的白毛上，我看清楚了，就知道这只鹅娃肯定要死了，那个圆鼓鼓的小肚子已经瘪了，肠子从屁股里冒出来，嗓子也破了，嘴里一直流着绿绿的稠水。

一对眼珠子不甘心一样睁着，在看着灯火，也看着我们的脸。

娘抹一把泪，试着把肠子往肚子里扶，又擦了擦嘴角的汁水。

它蹬着腿儿一抽一抽地动。

一条命哩，就这么殁了，造孽呀。

娘抽着鼻子走了，叫我们也早点睡。

姐把鹅娃挪到一团软棉花里，又用破布盖上它，姐的眼泪在灯下慢慢地落，说这个死马军，眼睛瞎了，还是腿子折了，闯了这么大的祸，父母还是舍不得说他半句，哼，就晓得偏心。

我见过鸡娃死，麻雀死，老鼠死，甚至还见过更大的动物比如猫啊狗啊牛啊羊啊的死，只是没见过鹅和鸭子的死。听大人说我们这样的山里地方，根本不是养鹅的地方，鹅和鸭子只有在那些不缺水的地方才适合生长。

现在我们看着这只鹅娃慢慢死去。

这个过程太漫长了，我们都等得熬不住了，油灯也一点点浅下去，姐过一会儿就揭开棉花摸一摸，过一会儿再摸，摸着摸着她叹一口气，彻底揭掉棉花，把鹅娃从被窝里取出来，放在地上。

地上多冷，我赶紧去抱起来。

活不成了，就剩下一口气了。姐挡了我。

奇怪的是明明只有一口气，弱弱地拖着，却就是不断，摸身子，已经硬了，两个小爪子叉开横在身后，脖子也硬了，看着已经死了，但是细看，忽然就脖子一抖，一抽，再一抽，明明还活着。

我说一个碎鹅娃，死起来咋这么难呢，完个人都没这艰难吧？

姐揉着眼皮子，忽然抬头盯住我，说，它肯定很疼对吗？

我摇摇头，这一刻正在死去的不是我，说实话我难以知道它疼不疼，有多疼。

姐望着慢慢暗下来的灯火，忽然下了决心，打开门，将拖着一口气的鹅娃放到了门外。

我撵过去要抢，我觉得这样太残忍了，外面冷，这一出去它肯定活不成了。

姐冷笑，你就是搂在怀里难道它还能活？反正都是死，还不如放外头来得快点。

等我们一夜醒来出门看，娘已经扫完了院子，鹅娃被她丢掉了。

看着扫得白光光的台子，我心里忽然一阵轻松，感觉压着的一个东西被人揭掉了。

父亲住了三天就要走，临走摸着马军的头叮咛他好好听话，有时候也帮娘干点活儿。

马军低着头，没点头，也没摇头，只是往嘴里刨饭。

我和姐在地下站着看，我看到姐的脚下踩着一根烧火棍，她狠狠地蹭着火棍，直到自己的布鞋都变形了。

饭桌上除了我们大家都有的饭，另外还有一碟子炒鸡蛋，那是娘专门为父亲做的，现在父亲看着马军吃那碟子炒鸡蛋呢。马军像个女子一样有些害羞地低着头，但是他往嘴里刨鸡蛋的动作一点都不害羞，碟子里那黄灿灿的一团在一点点消失。

四

父亲再回来已经是豆角饱起来的时节，自行车刚顶开门扇，门里已经嘎嘎嘎嘎吵翻了天，五只鹅争抢着拍翅膀，大大肉肉的脚蹼在地上吧嗒吧嗒拍着，夸张地喊叫，不依不饶。

父亲瞅着满地白花花的身子，哈哈地笑了，说长大了啊，这么快？

娘一面赶着鹅，一面苦涩地笑了，说咋能不快呢，你走的时候还没种豆子，现在豆角儿能揪着吃了。

父亲重重地叹一口气，忙死了，一连几个月搞计划生育啊，不分黑天半夜地拉结扎，你看看我瘦成啥样了，不过这鹅长得真个快！

鹅不怕娘，不但不走，还团团围住了，伸着脖子嘎嘎叫，缠着她不放。

娘笑呵呵的，伸手赶，赶不走，就抱起来一只，摸着滑滑的脊背，笑呵呵说一天一个模样呢，细毛一褪光就跟水泡着一样肯长。

一群鸡娃叽叽喳喳乱嚷着跑过来，褪尽绒毛的鸡娃翅膀尖上尾巴尖上都冒出几根细长的翎毛来，显得身子更干巴了，脏乎乎瘦巴巴地搅成一团。这一对比，几乎都是二月里出窝的，鸡娃还是半大鸡娃，鹅娃却已经是大鹅了，一个个显得水灵灵的，它们的脖子长长地撑起来，顶梢高高地顶着一个跟我锤头一样大的头，头顶上又是一个又大又红的额头，身子扁扁的，平平的，脊背又圆润，又饱满。

饭后父亲兴致很好，背搭手在院子里散步，边走动边看鹅，五个白色的身影吃饱了，扭着肥肥的身子走步，姿态悠闲，步态蹒跚，不急，不躁，似乎它们是活了几十年上百年的老人，已经看透了世间的百态，所以练出这份娴静优雅来了。

父亲走几句，笑呵呵回头看，说鹅真是有灵醒呀，你看看，已经跟我不生分了。

果然不生分了，五个圆润的身子紧紧跟在父亲脚后跟上，一边慢悠悠走，一边不慌不忙地嘎嘎叫着。

白衣秀士，好一群白衣秀士呀。

父亲的话我们都听到了，但是我们都愣住了。

白衣秀士是个啥？我们从没听说过。

父亲慢悠悠站起来，把手重新搭到身后，他现在胖了，肚子微微鼓出来，像女人怀了娃娃。他腆着肚子闲闲地迈着步子，绕着五只白色身影走，我们的目光追着父亲挪动，他身上的衣服要比我们都干净整洁，白衬衣，毛蓝色裤子，衬衣口袋里别着一支钢笔，我们知道那钢笔是英雄牌的，金黄色的笔帽里套着深绿色的笔杆。

我望着父亲看，说实话我现在常常觉得这个人陌生，每次盼他回来，但是我真正想念父亲的成分并不多，更多的是盼望他带回来的那些好吃的东西。据说我小的时候他很惯我，有一回我趴在炕沿上哭，他扒拉开我的小屁股用胡子扎嫩肉，结果我毫不客气就屁股一撅，稀屎冒了他一嘴。小时候的事我如今记不得了，我记得前几年马军还没来的时候，他很宠爱我，常常饭后拉着我的手，我们在院子里绕着杏树走，他说这是锻炼身体，饭后百步走，活到九十九。还给我讲故事，说有个念书人去赶考，夜里住在野外，半夜里一个好看年轻的俊女子笑着慢慢从远处走来。

我忽然一拍大腿，白衣秀士，就是念书人。古时候的念书人。

我不敢肯定，所以说得很轻，父亲没听到，姐瞪了我一眼，快不要胡诌了，你晓得屁是烧着吃的！

父亲忽然站住了，回头到处看，问军军呢，咋这半天不见他人影子？

娘专注地看着那五个白身子撅着屁股叨食，鹅吃食的时候，鸡是不敢靠近的，只有在远处等着看的份儿。

娘说我提心吊胆地抓养他，吃的喝的穿的用的，我就是亏着我两个娃，也不敢亏他，终究还是喂不熟啊。

娘叹了一口气。

鹅吃得太猛，大扁嘴巴满满操起来一口，脖子一甩，湿答答的麦麸块块甩到了同伴平坦坦的脊背上。大嘴巴跟着去对方脊背上啄食。

父亲忽然抬脚，一脚踢出去，那只在同伴背上乱啄的鹅顿时翻了个跟头，肚皮朝天躺在地上了。这一躺是横着的，它起不来，急得两个红爪子在半空里乱舞乱挠，嘴里发出咯咯的抗议。不管它怎么挣扎那笨笨的身子就是起不来。

我们看着一起笑。

娘抬脚轻轻拨拉，鹅借了娘的脚力，赶紧翻起来，有些狼狈地缩着脖子逃进了鹅群里。

父亲哈哈大笑，笑声忽然就断在了半空里，他有些生硬地看着娘，说是不是庄里有人挑唆他，我就晓得这些人都是坏尿！一天吃饱了就给旁人操心。

娘怔了怔，很慢很慢地说，都恨不得等着看我的笑摊哩。

父亲忽然抬起了一个胳膊。

门一响，马军瘦瘦的身子从门缝里挤进来了。

父亲的胳膊在半空里停了一下，有些疲倦地落下来，回到了原处。

父亲是想打娘一巴掌呢，还是只是抡一下胳膊，我和姐都猜不着，我们的心被提起又回到了原来的地方。

为了马军，我相信父亲会对娘动手的，从前又不是没有这样的事情。自从马军来了，我们家的关系就变了，和从前不一样了。从前娘一心一意伺候父亲，就算父亲还没当上副乡长，娘也是心甘情愿地伺候着，娘一个人干着庄稼活儿不抱怨还笑呵呵的，似乎她舍不得叫父亲干活儿。

马军来了以后就不一样了，娘开始计较起来，尤其在地里做重活儿的时候，娘一边擦汗，一边望一眼在远处偷懒的马军，娘会叹气，说都是你先人捅的麻达啊，大小拖累都是我的，我把这罪受到哪一天去呢？

说着眼泪就下来了。

娘不开心，我们的日子就变得沉重起来，总给人感觉我们家的头顶上罩着一片看不见的盖子，这盖子沉甸甸的，玉得我们都喘不过气来。父亲回来了，娘再也不会像从前那样笑呵呵地迎接，娘端饭的时候也不再是双手圆碗，娘重重地把碗蹾在桌子上。为这个父亲终于打了娘。父亲一把就打掉了娘的帽子，娘盘起来的毛辫子也脱落了，耷拉在肩膀上，父亲揪住一个毛辫子扯，一边抬脚踢着娘的腰，说你不想过了就言喘，我放你走，我不拖累着你。

自从那次打了，娘就把给父亲耍脾气的毛病改了。但是我们都能感觉得出，我们的父母之间，再也回不到从前了。从前那种亲密无间，被一层谁都看不见的东西给隔离起来了。就算母亲还是两个手一起给父亲端饭，再也不对父亲抱怨什么了，但是他们之间那一层隔着的东西，像一层浸不透泡不烂的薄膜，一直都存在。

父亲喊军军过来。马军低着头慢慢地挨近父亲。

父亲伸手摸了马军的头发，又摸了摸脸，又揭起他外面的汗衫看里面的线衣。

小人，不要脸的小人。

姐隔着窗子咬着牙骂。

她自然不敢大声，大声会被院子里的人听到。

实际上姐也就这点本事，骂人的声音总是只有我和她自己听得到。

那一对老小，都是小人！姐指着窗外。

我知道她骂的是谁，是父亲和马军。

这是对娘不放心嘛，查看娘给那个私娃子洗头了吗，穿得好不好、净不净，有没有受到虐待。

我低头撩起自己的衣襟看，这一看我有点心酸，心里真不是滋味。我汗衫下面的线衣真是又脏又烂，袖口磨成烂穗子吊着，娘早就不给我洗衣裳了，总是推给姐，但是她会抽时间为马军洗头洗衣，好像马军才是她亲生的，我们姐弟俩都是用狗粪笼子拾回来的。

哼，他咋不想想，娘一天忙得栽跟头哩，除了操心我们两个，还要操心那个私娃子，娘真是倒了啥霉了。

姐还在说。

我狠狠瞪一眼姐，我觉得她有时候真是聪明过头了。有时候我佩服这种聪明，有时候我又讨厌。你说她一个女子娃为啥要长这么一张利索嘴巴呢，啥事儿她都能叭叭叭地一说就是一大串。好像她就是比娘聪明，比娘能说会道。

五

父亲住了几天又走了，他走后这个晚上，马军忽然提出来要分开睡。

我们家一共两个炕，要是父亲回来了，父母去大炕上睡，平时娘带着我们三个娃一起睡。

现在马军提出来要分炕睡，这让娘为难，总不能叫马军一个人去睡吧，他会害怕的，叫我去做伴吧，我才不去呢，再说我夜里还得娘喊起来尿两次呢，没人喊我肯定尿炕。

娘作难，目光投向姐。

看我做啥，我才不给他做伴，他是男娃娃，我是女子娃，不能一个炕上睡。

姐回敬娘一个狠狠的眼神。

气得娘笑了，说你才多大呀，再说他是你兄弟，你们亲亲的姐姐弟弟。

谁跟他是亲姐弟？你啥时节养的他？

姐问完就翻起身跑到了炕角。

娘还是不饶，捞起笤帚疙瘩打了姐几下，姐挨刀一样吼着哭。

我谁都不要做伴，我一个人睡。

马军在门槛上跺脚，硬邦邦丢下这句话就出去了。

娘望着外面落下来的暮色叹一口气，溜下炕去为马军铺炕。

这一夜我们都没有睡好，娘把每夜放在地下的大筐子搬到马军屋里去了，娘说鹅灵醒，睡梦里也会咕咕嘎嘎叫几声，留在屋里能给人做伴。

自从买回鹅娃后，每夜都有几只鹅在我们的房屋地下酣睡，睡梦里它们咕咕咯咯睡意朦胧地叫，把我们的睡梦吵成了一段一段的。今晚这叫声彻底消失了，我觉得心里缺了个啥，一夜醒来了几次，醒过来禁不住扯着耳朵寻找那熟悉的声音。

娘更是没睡好，头搁在枕头上，长出短气感叹了好一会儿才吹灯睡觉，不等睡稳又悄悄开门出去了，说去看军军，怕他蹬掉被子，怕他一个人害怕。这一夜娘出去了几趟呢，我没在意，姐看不惯，在被洞里哼着鼻子说够贱，真够贱，明明喂不熟的狗，还一心一意地喂，我们倒成没娘娃了。

娘出出进进跑了几趟，回来坐在灯下淌眼泪。姐把我从睡梦里捣醒，说看看，热脸碰了凉屁眼吧，人家不叫她过门了。娘望着灯芯里慢慢结出的灯花，伸出凉凉的手心摸着我的脸，娘手心里的凉意渗透到我骨缝里来了，但是我没躲，静静地叫娘爱抚。娘的声音也凉凉的，说到底不是肚子里爬出来的骨肉啊，暖不过来，唉，我这个人活了这半辈子也没做下啥亏心的事么，咋这么命苦哩。

娘把我的眼泪也给说出来了。灯火昏暗，没人看到我的眼泪。我发现姐用被子捂住了脸。声音从被子深处钻出来，闷闷的，肿肿的。姐说白操啥心哩，吃饱了胀得，他一个儿子娃有啥忓的，还能叫狼给吃了？

娘说才十一岁啊，碎得很么。

姐一把掀开被子，从鼻子里哼了一声，这么碎就已经晓得欺人了，长大了才给你尽孝心哩，哼。

我等着看娘扑过去拧姐那张利嘴，娘常常说女儿娃娃，不要尖嘴利牙的，惹人嫌，没教养。尤其拿鼻子哼人，简直不像话。为了整治姐这种不像话的毛病，娘没少拧姐的嘴。奇怪的是现在娘好像没听到姐在哼她，她望着灯火傻傻地瞅，一直瞅到我闭上眼睡着，我知道她非得把那半盏灯油给瞅干了才可能睡。

第二天我一大早起来就往隔壁的大房里跑，我想看看独自睡了一夜的马军究竟叫狼吃了没有，吓着没有。

我操门，从里头顶死了，就用手心拍，拍得啪啪响，拍得我手心都疼了，马军才慢腾腾开了门。我盯住马军看，胳膊腿脚和手都在，鼻子眼睛嘴巴耳朵也没少，他好好儿地活着，既没被啥吃掉，也没被鬼捏。他起来被子也不叠，胡乱穿上鞋，一蹦子就往门外溜。

娘在门口说辫子还没梳哩，军军你急啥？

马军不理睬，飞一样冲出门去了。

马军头上那个小辫子毛毛地奓着，像一束干枯的乱草被头绳扎起来挂在光秃秃的头顶上。

娘进来了，第一件事是掀开筐子放鹅，圈了一夜，鹅已经快要把筐子给吵散架了。

筐子里一股粪味扑鼻，四个白影子拍着翅膀跳出来，嘎嘎嘎嚷着拥出门，到院子里欢快地跳着，跑着，拍翅膀，甩屁股，蜷曲一夜，估计骨头都酸了。

剩下一只鹅不动，直挺挺躺着。

娘赶紧抱起来看，已经死了，身子却还是软的，毛墩墩的一堆瘫在地上。

娘哭了，两个手把鹅抱起来，立在地上，试图让它站起来走路，鹅死了也很听娘的话，软软地站住脚，娘手一松，它顺着娘脚跟软软滑倒，撒娇一样睡倒了。

娘再抱起来，用手心把鹅从头摸索到脚，那脚蹼软乎乎的，它活着时候我们想细看这脚蹼它从来不愿意配合，一个劲儿挣扎，现在我们在脚心里抓痒痒它也不动。

娘把鹅装进背篼，背上出门去了。

娘最后把鹅丢到了哪里我不知道，娘回来捡上干巴巴的，看不到一点胀气的样子，似乎那只鹅只是被风吹走了。

剩下的四只鹅似乎也察觉到它们的群体少了一个同伴，它们感觉到了孤单，扭着肥肥的屁股在地上走来走去，嘴里嘎嘎地叫着，这样的叫声断断续续持续了一天。

马军一天都没回来，早饭娘念咯了几句，叫姐把馍馍给扣在锅里，等他回来好吃到热的。午饭他还是没回来，娘一边念咯一边亲自把一大碗饭扣在锅里，又往灶膛里煨了几捧干牛粪。晚饭时节娘从豆地里拔草回来，才知道马军一整天都没回来，娘放下背子上满满一背篼青草，脸也没顾上洗，顶着满庄子飘起来的炊烟到处寻马军。

你见我家军军了吗？

早上见了，晌午没见。

你见我家军军了吗？

晌午见他和我家穆萨耍，可能跟上一伙娃娃去山里放羊了。

你见我家军军了吗？

……

娘在前头跑，我在身后撵，我们娘俩从下庄跑到上庄，跑到娃娃们常放羊的北山上，又从山上下来去了西边的沟里。

我听到娘的胸腔里有一口风匣，被一个看不见的手拉扯，呼哧呼哧，呼哧呼哧，娘的胸脯在一起一落一起一落地跳荡，娘左手抹一把眼泪，右手再抹一把眼泪，娘说军军啊，鹅死了，谁都没怪你，你怕啥哩，你可不敢吓娘啊。

我在后面跑啊跑，栽跟打头地撵着娘，我看到娘已经不是用脚板在走路，而是用脚帮子走，左脚朝左，右脚向右，一拧一拧地爬坡下山。

我心里忽然很恨马军，我想姐恨马军的时候是不是正是这种心情。我希望见到马军娘能重重甩他几个耳巴子。

我们经过下庄子的牛娃家门口，牛娃出来了，问我们找啥哩这么慌张。娘把身子靠住他家门口的树，说快给我一舀子凉水，嗓子冒火哩。凉水来了，娘夺过舀子咕咚咕咚就灌，满满一大舀子凉水都灌进了娘的肚子。娘抹一把嘴，再抹一把眼，我们接着往西边的水沟跑去。

月亮上来了，薄薄的淡白色洒满水沟，把几十个土台阶照得白光光的，抬头看，高处的沟崖陡然比白天高出好多，显得更险峻了，我和娘贴着墙根走，生怕脚底一个打滑就跌下沟底去。我紧紧抓住娘的手，真怕头顶上那巨大的黄土崖忽然就塌下来把我们压死。

娘一步一步走着，一声一声喊着。

军军你在哪里——

军军你不要吓唬娘呀——

军军你快出个声儿啊——

我觉得自己的心被谁的手抓住了，提起来吊在半空里，悬悬地晃荡。

娘的哭音每呼唤一声，我的心就晃悠一下。

我不敢看脚底下，白天我们抬水时候看惯的台阶，在这月色里似乎变得异常陡峭，那些台阶窄了，浅了，变得狰狞了，好像每一步下面都潜伏着一个陷阱，都在等着我们一脚踩歪，滑下右边的悬崖。腿软得厉害，浑身的骨头好像也变软了。

等爬上沟崖我赶忙回头看，崖下面浮着虚虚的一层白光，显得更幽暗更深远了，似乎我们刚从另一个世界里挣扎了出来。

娘伸手摸一把我的头，这一摸我才感觉到自己已经满头是汗，头发梢子都湿了。娘将身子软软地靠在一面土埂子上，叹一口气，说我们先回去吧，这么摸黑寻不是个办法。

回家的路是上坡路，娘走得很快，我简直跟不上，只能扯住娘的后衣襟被她半拖着走。

远远地看到我家门口站着一个黑影子，走近了，是姐，她气哼哼扭着头进门去了。

娘说你快喊你奶奶一家都来帮忙寻，军军不回来，我心里不踏实。

姐忽然扭头，捏着鼻子狠狠地冷哼一声，说你满世界摸黑寻，人家早就回来吃了饭睡觉去了，你个瓜女人。

娘软软一屁股坐在了地上，涩声说女子你不敢说谎，我心里急得火烧哩。

我把娘拉起来，我们不知道哪里来的力气，一起冲进门，房门开着，灯亮着，进门果然看到马军在炕上，衣裳鞋袜都没脱，直挺挺横躺在被子上。

我去门背后找顶门棍，我觉得娘肯定会找家伙把炕上这个家伙美美地修理一顿，再不修理真的说不过去了，害我们满庄子寻，差点跑断腿，他倒好，回来睡大觉呢。

娘没有接我递上的棍，她呜咽着喊了一句什么，扑上去把马军抱在了怀里。

我听到姐在门口气得跺脚。

四只鹅受了惊吓，一齐挥着翅膀嘎嘎嘎大喊大叫。

这一刻我也觉得娘太贱了，娘分明是在巴结这个不要脸的马军嘛。

娘真的有必要巴结他吗？

马军就跟一块石头一样任由我娘抱着，他不抬头，不说话，不吭声，只是把头一个劲儿往娘怀里扎去，好像恨不能用脑袋把我娘的肚子给顶个窟窿出来。

六

冬天家里念苏热，宰一只羊，另外宰一只大白鹅。

我们请来了舅舅，马军那个小辫子得彻底剃掉了，他满十二岁了。

为什么要给马军留那么一个女子娃才有的毛辫子呢，而且还一直留着，从小时候一直留到了今天，又为什么要请舅舅来拿刀子剃掉呢？

娘说这是有讲究的，娃娃要是长得弱不好养活，为了有个长命百岁，从小儿留个辫子，把儿子当女子娃养，就会平安长大，到了十二岁要成年了，再剃掉，这胎毛自然得由亲舅舅来剃了，人活在世上都有个最亲的靠山，女人家的靠山是娘家，男人家最亲的人就是舅舅了。

气得姐脸都绿了，说你听听，还盼着他长命百岁呢，我的娘呀，我恨不能盼着他早死哩，再说我们的舅舅哪里又是他亲舅舅了？

父亲在院子里笑着摇头，说这是没文化的瓜百姓想出来的迷信讲究嘛，没一点科学道理。

娘不理他，她这一回似乎想通了，不和他为一些看不见的东西计较了，而是笑眯眯的，不辞辛劳地为马军剃头的事情操持着，腰里系着护裙忙里忙外，切萝卜菜、糍荞麦凉粉、泡粉条、蒸馒头、炸油香，家里飘扬的香味儿越来越浓厚，越来越诱人。

要是别人家念苏热这样的大事儿，肯定得男人帮忙，娘却始终一个人操持，父亲倒是早三天就回来了，回来哈都不搭手帮一把，娘说这个苏热念下来，洗洗刷刷至少得十三四担水。娘的意思是别的活儿她可以干，这担水的活儿离开男人她一个人肯定担不下来。父亲迈着慢步出去了，一会儿带着上庄的马东来了，笑呵呵说担水的人有了，就是马东，一担水给他三块钱。

气得娘在灶火门前抹眼泪，说谁家不是男人担水哩，就我这个男人跟个相公一样娇贵，轻重的活儿都不沾手。

姨娘伸头瞅一眼玻璃窗外那个在院子里踱步的身影，忽然噗嗤笑了，说快看看，看看你家男人像个啥。

窗玻璃昨天被姐精心擦了一遍，所以清新得简直跟没有玻璃一样。可以看到父亲的身影，白衬衣挺括括地撑着一个圆润的肚子，方步迈得不紧不慢，绕着杏树慢慢地转圈。四只鹅跟在他身后，也在踱步。从春天到深冬，娇嫩的黄毛团团已经变成了雪白丰满的大白鹅，四只鹅，两只稍微矮小一点，丰满一些，另外的两只高大威武，就是没见过鹅的人也能一眼看出来，它们是两只公鹅两只母鹅，正好两对儿。

娘决定将一只公鹅宰了念苏热。娘说留一只公鹅使唤就够了，公鹅食量大，还不下蛋，喂到临了儿也没啥实际的用处，还不如乘肉嫩宰了的好。说实话娘实在是没啥可以喂它们了，四只鹅的食量顶得上十多只鸡，而且鸡还能自己刨土捉虫子，在柴摞子草底子里一混就是一天，鹅的扁扁嘴啥用都没有，除了在地上啄烂泥，在娘菜地里叼菜叶子吃，它们没一点喂饱自己肚皮的办法，这一点上它们显得异常笨拙，这长啦啦的冬天，它们除了整天守在厨房门口嘎嘎嘎地叫着向我们催食，不会一点别的觅食办法。

娘掂量来掂量去，最后决定宰一只公鹅。

宰鹅的消息很令人振奋，我们长了这么大还没有吃过鹅肉呢，想不到现在就要变成现实了。姐兴奋得成天哼着歌儿，娘指使她做啥她就做啥，零零碎碎的活儿都叫她给包了。我缠着娘要她答应念完苏热后把鹅头给我，那又大又红肿乎乎的大鹅头肯定很诱人。姐给她占下了一只鹅爪子。另外一只爪子自然是马军的。我觉得娘一口就答应了我的要求，这爽快劲儿叫人怀疑，以前念苏热，不管宰几只鸡，最大的那只鸡头肯定是马军的。除非多出来的才能轮到我和姐。姐不服气，气鼓鼓问过娘，凭什么那么偏心，凭什么最好的都给马军。娘眼睛一瞪，说女儿娃家，吃啥鸡头，不吃鸡头呢就已经学得急溜溜的，吃鸡头长大了还了得，给旁人家当媳妇子也敢向婆婆要鸡头？

羞得姐缩回了舌头。

这一回娘却一口就答应了我。

我高兴了一会儿，回头细想，心里有点不踏实，难道日头要从西边山头上爬出来了？拢共就一个鹅头，给了我马军吃啥？难道娘心里不爱马军了？有可能，马军来我们家以后哪一天好好听过娘的话呢？总是跟娘顶着干，经常气得娘抹眼泪儿。这么一想，我有信心了，一心等着吃娘答应给我的鹅头。

给鹅拔毛的时候我们都围着看，宰了的鹅浑身软乎乎热烘烘的，手心贴着刨上去，那些羽毛变得无比温顺，一股润润的滋味在肌肤上蔓延。两个平时撑着身体的大爪子这会儿很温和地耷拉着，我把它们摸了又摸，贴在脸上蹭，我忽然有点后悔，我占了鹅头，那鹅爪子肯定就吃不上了，自然就尝不到这软乎乎大爪子的味儿了。我又捧起鹅头反复掂量，我发现两只爪子的分量才抵得上一只鹅头吧，看来我占了鹅头真是占了大便宜。

娘在飞快地拔毛，一面拔一面后悔得直抱怨说自己前儿忘了要宰鹅，把满把的指甲都铰短了，现在可咋拔鹅毛哩。接着又感叹说鹅毛真是太密实了，太难拔了，从没有养过鹅，想不到鹅毛这么不好拔。

我也帮着娘拔毛。从前我试着拔过鸡毛，鸡毛硬撅撅的，一层大毛拔过才能摸到下面贴肉的那层细软毛。鹅毛从外面就是柔软的，密密实实布满全身，要比鸡毛牢实得多，一把下去明明揪住了一大把，拔下来才是小小的一撮儿。拔了几把我就觉得手腕子都酸了。撒开手不爱拔了。娘不能撒手，她努着嘴，一把一把地拔。父亲跛着步子过来，站在前方看，扶一把眼镜的长腿，仔细瞅瞅，说哎呀，没想到这鹅毛这么多，这么厚，一层又一层啊。

外面那层粗毛拔过，露出里面更绵软的细毛，我赶紧把手塞进细毛里，暖烘烘的，一股温热劲儿透心。娘不耐烦地打开我的手。娘把细毛扒开一道口子，里面还看不到肉，又是一层绒毛，那绒毛顿时沾满了娘的手。怪不得鹅能凫水呢，怪不得它们下雨天偏偏爱往水里钻，原来它们身上裹着这么一层保护铠甲呢。

太麻烦了，父亲摇着头，走远了。

给这只鹅拔毛娘花费的工夫要是用来拔鸡毛，拔净三只鸡不成问题。等到娘提着一只毛茬密布的鹅找柴火来燎细毛，地上已经堆着好一堆雪白雪白的鹅毛。娘叫我拿袋子装起来免得风一来吹得满院子都是。

娘把鹅提在火上燎，剩下的三只鹅跛着副乡长一样的步子懒悠悠在下院里转，转着转着，那只大公鹅跳上了一只母鹅的脊背。母鹅很配合，温软地卧倒在地，公鹅害怕自己掉下来呢还是另外有着我们不知道的原因，反正它的大嘴狠狠地叼住了母鹅的头，叼起一大撮白毛，乱蓬蓬的。两只鹅的身子叠踏在一起，公鹅使劲地使劲地摆尾巴，显得摇摇晃晃，真让人担心它稍微一滑就掉下来摔个大跟头。

娘从火前扭过头瞅一眼，顿时喜笑颜开，说他这几个先人，我还当是瓜着哩，倒是没瓜啊，晓得踩蛋啊。

姐刚把头从门里探出来，一眼看到父亲也在炕眼洞前，她冲我一吐舌头，飞快把头缩回去了。

父亲四面看了看，呵呵地笑了，说你正愁的不愁，尽愁那没啥用处的，真主造化万物哩，肯定会造化全美的。

娘把脖子一梗，目光斜斜瞅着那三只鹅。那对叠加的鹅本来还要坚持，旁观的那只忽然哗啦啦扇动翅膀，嘴里嘎嘎嘎大叫。公鹅刺溜就滑落下来，身下的母鹅赶紧跳开几步，一公一母几乎是同时大幅度地拍动翅膀，三只鹅满院子乱窜，提着嗓子大声喊叫。好像身体里有什么膨胀的东西需要喊叫才能更好地发泄出来。

父亲说鹅看着很灵醒啊，为啥这时节那么傻，也不晓得避开我们。

娘给手里的鹅翻个身，那一层难以拔除的绒毛和毛茬子全部被火烧掉了，露出一个油灿灿的扁身子。娘麻利地给爪子和嘴巴蜕皮，然后再烤，火舌舔过，小肚子那里的刀口上渗出大片的黄油来。

娘踩死了火，蹲在地上再次拔细毛，火死了，青烟还从灰堆里顽固地冒着，娘眉眼鼻子上挂着一层薄灰，她用袖子揉揉鼻子，这一揉鼻子疙瘩就被灰染成了黑色，她自己不知道，从鼻子里吃地一笑，斜斜地扫一眼父亲，说它们虽然和你一样文文气气的，但是它们肚子里没装知识嘛，所以它们不晓得像你们一样避人，哪像你，要不是娃娃都养出来了，到死我都不可能晓得你还在外头给我干下这么大的摊场哩。

焦煳煳的空气里顿时有了酸溜溜的味道。

三只鹅已经转悠到脚跟前来了，我已经分辨不出刚才和公鹅干好事的是哪只母鹅，父亲好像羞恼了，忽然抬脚去踢，在一只母鹅屁股上嘣的一脚。

娘气得哆嗦，脸势都变了，说你踢它做啥，它下了蛋我准备冬天就抱鹅娃哩，你倒好，踢哪里不好，偏偏踢蛋槽子，万一踢坏了你赔我吗？

父亲说赔，我给你赔一座金山。

鹅肉和羊肉都是夜里煮的，我们熬不住瞌睡早就睡了，娘和姨娘守着锅台忙活，那只羊娘一直拿煮熟的萝卜片喂养，虽然是只很老的羊，却壮实得出乎意料。姨娘一面捞着大斧头在案前剁肉，一面感叹，说你咋喂的，这么壮，你看看这油！姨娘的声音里荡漾着巨大的喜悦。娘也乐呵呵的，说萝卜呀姐，半窖萝卜喂光了，还搭上了半缸油渣和麦麸，它也争气，放泼实吃哩。大斧刃落在羊身上，有时候是钝钝的噗踏声，更多时候是铁器和骨头重重相磕在一起的那种喤哐声。声音巨大，我感觉到震荡穿透了我们的地面，一直传送到炕上来了，整个炕面也在有规律地颤抖。

这是大男人做的活儿嘛，咋叫我们卸羊哩。

姨娘忽然说。

娘在一盆清水里吧嗒吧嗒洗着，剁好的大块骨头带肉，清水漂洗了，就放进大锅里，锅里已经倒好了水，灶火里火也烧起来了，几根木头棒子在熊熊地燃着。

娘沉默着。

你姐夫那个人，看着土里巴气的不打眼，这些事情上疼人得很，只要念个苏热他比我还操心，肉总是剁得碎碎的，才喊我去煮哩，就连肠子肚子都反洗得净净儿的。

姨娘似乎在咂嘴，似乎她刚刚咽下了一枚什么油汪汪的果子。

我就当他死了。

娘忽然甩出来这一句，同时一大块肉沉重地丢进水里。

也是命啊。

姨娘跟着叹了口气。

我睡不着，爬起来在枕头上看她们煮肉。

就算现在肉熟了，我们也不能吃，得等到明儿苏热念了，阿訇口道了，我们才能开始吃。

但我觉得就这样看看也好。

一锅肉已经下满，很快水面上漂起一层血沫子，一股和生血味不一样的腥膻在空气里弥散。

娘捉着勺子在打血沫子，勺子总是磕着锅沿，咣当咣当响着。

他就是个相公，娘忽然又冒出来一句，哗啦一勺子热腾腾的血沫子泼到了地上。

你说他做的叫啥事儿？我抬不起头啊，这几年我没有一天心里宽展过，你说这方大围圆哪个女人活得像我一样造孽？

姨娘慢慢扭头来看炕上，我姐早睡了，被窝里除了我，还有姨娘带来的三个孩子，还有马军。

小心他听到。

姨娘压低的声音里带着一抹警觉。

我胀气大人哩，娃娃倒是从来没有多余过他，说实话娃也孽障，和我一样，都命苦。再说，他也长大了，这头发一剃，就是十二岁的小伙子了，那个女人就算再能，她也没本事跑来把娃给我抢走，娃娃是我抓养的，到了啥时候都是我的儿。

姨娘似乎没有意料到我娘会这么想。

姨娘说这个人没救手了！脑子瓜透了！

她用斧头剁着最后剩下的骨架子，骨头渣子飞溅，有几片落到我枕头上来了。

姨娘一个走神，一斧头抡偏了，斧刃呼啸着卡进了厚重的木头墩子里。

你呀，姨娘一面双手往出拔斧头，一面眼一眼灶火里的火，你就是个刀子嘴……

我看见火光大起来，似乎连灶膛也引燃了，一大片火光在锅底下欢快地流窜，火前忙碌的两个女人身上披挂了一层金黄色的丝绸，她们姊妹俩满身都流淌着一种明艳的光彩。

七

一切都很顺利。

有姨娘搭手，娘也不用再请别的女人来帮忙，她们姊妹俩都是锅灶上的好手，切肉，汆菜，搭油香，定果碟儿，进行得井然有序。

给马军剃头的时候我和姨娘家的孩子站在门口看，我们都笑嘻嘻的。

马军像是受了大委屈不敢说，被爷爷带进屋子，清水焖湿了头发，然后大舅舅用我娘的大头巾围住他脖子，只露出脑袋来。马军偷偷抬眼看我们，看一眼，低下头，嘴瓢成了半个破碗的样子。大舅舅当然看不到马军的怪相，他和爷爷扯开一匹磨刀布，泪腻腻的刀刃在油腻腻的磨刀布上长长地蹭，蹭出长长的黏湿的声响。

会不会要宰马军了？像宰羊一样地宰？我往门口挤，心里忽然有点说不出来的担忧，马军这个人虽然平时不那么让人喜欢，可我也没盼望生活里彻底没有他呀。

爷爷摆手，去去去，快耍去，不要来祸搅。

我们像受了惊吓的鸟儿，扑棱棱往后退，忽然身后响起震天的嘎嘎声，姐已经一个屁股蹲儿坐在了地上，爬起来赶紧跑，原来她退得急，踩到了一只鹅爪子。鹅扭着肉乎乎的大爪子不依不饶，三只鹅围住了姐一起拍翅膀，梗着长脖子大声讨伐这个鲁莽的女子。

等马军从门里走出来，脑袋还在脖子上，头上的辫子没了。我们都看呆了。说实话没有了那个脏脏的乱乱的小辫子，我觉得自己的目光很不适应。虽然我们也曾常常拿那根辫子嘲笑马军，虽然我们每次看到娘抱着马军的脑袋为他梳辫子就心里很不是滋味，可这辫子真的消失了，剩下一个光秃秃的大白脑袋，我忽然心里荒凉了一下。显然马军自己也觉得不适应，他的样子温顺而羞赧，低着头不看我们，慢步走出门，忽然就加快了步子，几乎是裹着一阵风跑出大门，消失到门楼后面了。

为那么一根骚毛，还害我们舅舅亲自动手啊，真是吃劲得很，就是个宝贝疙瘩么！

姐忽然在身后冷冷说，不用回头看我就知道此刻的姐一定习惯性地撇着嘴。

我愣在原地发傻，说实话我难以接受马军没有辫子的样子，没了辫子，他简直跟换了一副面容一样，他本来就长得好看，现在剃了光头，那副好看的模样让人吃惊。之前他拖着一根辫子，人人见了还都夸他长得好，这一来，在他的对比下，我们姐弟是不是就成那更不惹眼的狗尿苔了？

父亲从门里出来了，笑呵呵的，朝外面吐一口痰，又回去了，大声和屋里的舅舅说着什么。

那口痰刚落地一只公鸡就利索地窜上来，叼在嘴里却舍不得吃，又吐出来，放在地上一边点头一边咕咕喊远处的母鸡。鹅才看不上吃这些脏东西呢，它们扬着高傲的脖子慢悠悠转到后院去了。

我慢慢溜出大门去寻马军。我满脑子都是马军长着辫子的样子，同时也显出他刚刚剃掉辫子成了光头的模样，几个马军在一起交织、转换。我抱住门口的大杨树，树身上刻着无数无数的小道道，有汉字，有拼音，有花样，有人形。这几乎全是我和马军的杰作。好多年前，马军初来的那个春天，他想家，不愿意在屋里待，一个人溜出来蹲在树下发傻。我打心里喜欢他俊朗的模样，我愿意陪着他，他用手指头抠土，我也跟着抠土，他用小小的锯刃在树上刻画，我没有锯刃，我用尖尖的竹棍划拉。我们画了好多好多的画面，后来没地方画了，我们就在画过的地方重复，用新的线条一层层覆盖旧画面。

树干上密密麻麻全是刻画出的圈圈道道。姐大惊小怪地向大人告状，父亲淡淡地说叫娃娃划去，一棵杨树嘛，没啥稀罕，我正想挖了换一棵梨树呢。我们就肆无忌惮地在树上划。姐手心里攥着泥土，她把我们划过的地方一一抹上泥巴，她指着那些深深的印痕，眉头皱得比树皮还粗糙，告诉我们，树和人一样，也知道疼。似乎正是那时候马军对我有了好感，一点点好感，有时候甚至算不上好感，仅仅是没有像厌恶娘和姐那样厌恶我罢了。

他指着树上一个模模糊糊的人形，告诉我这是他娘，不是我们家里那个娘，而是他自己的亲娘。他要我看看，他娘好看吗？他长得就跟他娘一个样。我趴下仔细瞅，一个圆圈，两个耳朵，两个眼睛，鼻子是一根竖线，嘴巴是一道细细的横线。身子由四五条长长的竖线拼凑起来。我不敢说不漂亮，但我在心里直摇头。

既然马军有娘，为什么要离开他娘，又为什么要跑我们家里来呢？难道他不知道为此给我们家招来了无尽的麻烦？这话我不敢问马军，也不敢问娘，只能悄悄问姐。姐眼都气斜了，说能为啥，啥都不为，他娘就是个狐狸精，胡嫁汉，没有羞耻，勾引男人，养出了私娃子！

我盯着马军的面孔一次次偷看，我觉得马军要是真跟他娘长得像，那么他娘又是个什么样的女子呢？我跟姐长得像我们的娘，我们都不好看，塌鼻子，碎眼睛，眉毛攒成一疙瘩，脸上很早就有了雀斑。从我们嘴脸上能推断出我娘的长相，从我娘的外貌上也大致可以想象出我们的眉眼。

马军长得好看，这一点早在他刚来的时候就得到了全庄人的公认，那些"小人"们除了当面挤眉弄眼捉弄我们，还乐意当着我们的面议论马军的长相，在他们的舌头和口齿间，我慢慢地知道了什么叫樱桃小嘴，棱个鼻子，杏核眼睛，弯弯眉毛。他们这样议论马军，接着推断出另外一个女人的长相来，也是樱桃小口棱个鼻子杏眼柳眉，又白又好看，是我们这山里没有的攒劲女子。甚至他们连身材都给推断出来了，说细条个子，走路带着飘劲儿，不然配不上乡长嘛。这时候最生气的是姐，她哼着鼻子就走，把"小人"们远远甩开。

"小人"们不知道，这样的闲言碎语越来越多，我们家里的气氛也越来越恶劣，尤其父亲在家的日子，娘除了缠着他叨叨叨地闹，就是哭。虽然娘从来没有大哭大吵过，可是家里的气氛谁都感觉得出，每当父亲回家，鹅老早就拍着翅膀恶狠狠来叨，追着父亲往门外赶，好像父亲是外人，没有权利进这个家门。父亲被鹅群闹火了，跺着脚说把你这些大大管吗不管？不管我一脚踢死一个！娘从鼻子里轻哼一声，说家禽不会说话，但是鼻子灵得很，它们能闻出坏人的味道。父亲直瞪眼。

父母不和睦，我们的日子也不好过，我们活得小心翼翼的，不知道生活里忽然又会发生什么重大的变故。娘已经跟父亲提出了离婚那个词儿。那无疑是个可怕的词儿，我们听了心里一片冰凉，觉得头顶的阿斯玛尼要塌下来了，觉得人活着真是没一点意思。两口子既然都在一起养出了我们这些娃娃，他们咋能说离婚就离婚呢，离婚了我们咋办？不管我们跟着谁走，我们都会成了没有父母的娃娃。姐说都怪那个死马军，不要脸的，跟他娘一样不要脸，跑来我们家祸害我们。

不管姐怎么不情愿，马军还是留下来了，和我们一起吃饭，一起玩耍，一起干活儿，一起刨土，一起抬水饮牛，他和我们一样融入到生活里来了。这样的生活磕磕碰碰的，几乎每一天都是在斗嘴和赌气中打发过去的，尤其是姐和马军之间，姐没有一刻不在排挤马军，刚开始她只是单纯排挤，后来发现实在难以实现，就改换了手段，处处打压这个人，她希望像统领我一样也把马军统领在自己的管辖之下，让马军也把她喊姐，跟我一样乖乖地听她的话。马军才不乐意呢，马军从最初的怯生生不敢还嘴，到后来开始和她对骂，甚至扑到一起撕打，不管怎么说，马军就是不让步、不妥协。

为此娘没少操心。让姐气愤的是，娘一点都不偏着自己的女儿，她反倒护着马军。最近的一次，她捞起一根毛竹鞭子对着姐劈头就抡，疼得姐抱着头在地上翻滚，姐是那种肉烂了嘴不饶的女子，哭得嗓子都哑了，还是嘟嘟囔囔问候着马军的亲娘不肯住口。鹅群受了惊吓，团团围住了娘，一边哗啦哗啦拍着硕大的翅膀，一边嘎嘎嘎狂叫，似乎在做抗议，在谴责娘太狠心，也在为姐辩护。

娘抹一把眼泪，腿软了，扶住了门帮，说大人的事大人会有办法，你个娃娃仔儿掺和啥？我说过多少回了，军军就是我亲生养的，你凭啥多余他？他吃了你的还是喝了你的？

姐没法回答，军军确实没有吃姐的也没有喝姐的。姐瞪着哭红的眼钻进被窝，那夜的饭也没吃，睡梦里也在抽抽噎噎地哭。

娘打姐的时候我也在哭，因为我从来没有见娘这样生气过，娘的身子都在颤抖。我是吓哭的。事后我才想起马军当时的反应，他没有哭，也没有赶来劝架，他远远地躲在杏树下，怀里紧紧抱着一只鹅。那只鹅不愿意叫他抱着，却挣脱不开，只能扯着脖子嘎嘎地喊，叫得嗓子都要哑了。

马军曾抱着一只最大的公鹅，望着头顶上飘过的白云，眼神里显出一种淡蓝的梦幻的光泽，他说有一天他要骑着这只鹅飞走，飞到云彩上，飞到很远很远的地方去，永远离开我们。

我说鹅才不会飞呢，会飞的是鸟儿，鹁鸪，鹞子，鹰，你见过哪个笨鹅会飞到云彩上？还驮你这么重一个人？再说你离开我们去哪里呢？

我从来没有想过要离开这个家到远处去，所以在我忽然听来，一个还没长大的娃娃说出要远离的话，这念头让我吃惊，我感觉心里空茫茫的，有些担心，心里多出了一些薄薄的忧伤。这忧伤来自何处，我说不上来，好像就在心里看不见的一个什么地方，我伸出手去抓，手心里空空的，抓不到。

马军从鼻子里冷笑一声，说世界很大，难道离开你们家我就没路走了？

我不敢反驳，但是心里很吃惊，因为我忽然感觉马军冷笑的口气简直和我姐一模一样，这个人什么时候学会了我姐那一套？

说完他不愿意再理我，仰起头看云彩。马军的眼睛大大的圆圆的，眼仁上翻的时候，瞳孔里留出大半空白，我在这空白的地方看到了自己。两个小小的我，在小心翼翼地凑近马军。马军的模样越长越好看了，说起来真是奇怪，他刚来那会儿就白嫩，姐说他是娇惯的娃娃，没晒过日头，没吃过苦，所以比我们娇贵。可是这些年过去，他跟我们一样吃洋芋浆水面，睡土炕穿布鞋，就算娘在很多方面都偏心他，可是他跟我们一样也是经受风吹日晒啊，一年一年他的身材拉长了，五官摆开了，他不像我们，总是一张瘦脸干巴巴的，五官揉皱的纸片一样攒在一起，脸上脱皮，头发干燥开叉，他显得水灵灵的，头发又多又密，黑得抹了油一样，他在我们姐弟当中，显得很显眼，外人一眼看过来，绝不会相信我们是一家人。

臭蒿子堆里钻出棵刺梅花，俊是俊，就是没人疼的命。"小人"们在背后这么说。话传到娘耳朵里，她说不出的伤心，她摸着膝盖，说我堵不住人的嘴，我把一切交给真主，有公道的真主给我作证，对这个娃娃，我要是有一点点的私心，我没有伊玛尼，我不得好死。

那天哭完，娘在做饭的开水锅里丢了两颗鸡蛋，饭熟了，她把煮鸡蛋藏进一个瓦盆里用凉水泡着。晚上塞进马军怀里，还悄悄扎咐马军不要显摆，一个人躲到没人处偷偷吃。马军偏偏不偷着吃，当晚饭后我们在麦场里耍，他掏出鸡蛋摸摸，在鼻子下嗅嗅，好像鸡蛋的味道香得让他陶醉，他闭上眼睛说好香啊，真是香——气得姐一甩手，不要了，回家找娘的麻烦去了。马军笑嘻嘻把一个鸡蛋塞进我手里。我一个，他一个，我们在月亮地里剥皮吃鸡蛋。我说要不给姐留一口。马军抬脚就在我干腿子上踢一脚，说不想吃拿来，我拿去喂狗！

我哪里舍得再给他，乖乖地当着他的面大口哇呜哇呜吞咽了鸡蛋。马军舔着嘴皮子，说好舒服啊，有鸡蛋吃真幸福。月光朦胧，月色在马军脸上染出一团模糊的黑影，但是我忽然感觉马军那薄薄的嘴唇很红，像女子娃一样泛着鲜润的光泽。

苏热念完后，阿訇前脚出门，我后脚就冲进厨房跟娘要我的鹅头去。娘百忙中直起腰，手里高高举着一只油汪汪黄灿灿的大鹅头。想不到鹅头煮熟了会变大，变胖，变得那么好看。我嘴里立刻汪起一团水，我说娘，快给我，我的鹅头！

可娘的目光越过我的头顶，手也高过我的头，把鹅头递到后面去了。我傻了，站在原地看着，我感觉自己的脖子就跟鹅脖子一样有些僵直，一时间转不过弯儿。等我慢慢连身子一起转过去，我看到马军手里捏着我的鹅头，正神色平静地看着满厨房的人。

我试着咧了咧嘴，嘴角硬硬的，好像两腮的肌肉被煮熟了，僵得扯不开，再说我已经看明白了，当着这么多人哭闹不会有我的好果子吃，我干脆不哭了，接过娘已经递上来的一只鹅爪子慢慢退出了厨房门。

鹅爪子很好吃，有多好吃呢，像鹅的爪子一样好吃。我抹了一把眼里的泪花，我说娘啊，你还是不是我亲娘。然后我躲在大门背后一点点啃完了这只嫩爪子。

八

虽然都是家禽，很多时候，鹅和鸡是不一样的，鸡浑身都充满了烟火气息，给人感觉它们就跟我们庄里的男人女人一个样，都一头扎在实实在在的庸俗生活里，成天不是转来转去找食，就是刨土捉虫，灰堆里也去扒拉，柴垛上更是留恋，本来一个个就长得不起眼，又把自己弄得一身泥一身土，这形象真叫人不敢恭维。

鹅才没有那么庸俗呢，鹅是超凡脱俗的，它们成天除了喝水吃食的固定时间，更多时候是扬着脖子的，大大的屁股向后富态地撅着，胸脯高高地挺着，步调悠然，神态高雅，似乎生活里没有什么值得慌乱着急的事情，活着就该时刻保持该有的高贵和娴雅。

但有一点完全地破坏了鹅在我们心里的大好形象。它们居然和鸡一样踩蛋，还公开公然地当着大众的面，不顾时间，不管地点，只要兴致来了，它们忽然就开始干起来。

刚开始我们还没注意到这个问题有多严重，我们以为鹅会和鸡一样把传宗接代这件事处理得既随意又自然，可是忽然有一天，父亲刚进门，自行车还没立好，我们全家迎出来，大家都站在院子里，忽然三只鹅一齐大叫，叫声和平时驱赶陌生人忽然临门不一样，声音里没有紧张和戒备，而是有些夸张地交替响着。

我们的目光齐刷刷被吸引了。我已经跑到自行车跟前了，我总是第一个去碰触父亲每次带回来的好东西。马军有些孤单地立在门口，想过来，不愿意过来，他这不愿意跟人打交道的性格越来越明显了，为此父母都有些愁。姐刚刚揽了一背篼干柴迈进大门，父亲回来，她就得烧开水泡茶了。娘站在台子上闲闲地看着父亲。我知道，按照老样子，他们两口子这些日子不见，见了肯定又要闹点小别扭。但是，一切在这个下午改变了，因为我们都看到了鹅踩蛋的那一幕。

首先是父亲呆住了，显然他完全没有想到鹅会把这件事干得这么轰轰烈烈。干就干吧，要是像鸡一样快速利索地干了，抖抖毛，也就结束了，这几只鹅太张狂了，那只雪白的大公鹅正端端正正踏在一只母鹅脊背上，我一眼就看出了，是那只脖子里有一圈儿浅灰色道道的胖母鹅。剩下一只全身雪白没一根杂毛的母鹅看来不甘心受冷落，它大祸临头了一样扇着膀子，两个大爪子啪啪啪拍着地面，绕着那对恩爱的同伴嘎嘎大叫，声音里的抗议谁都听得出来。

大门口的狗也被惊动了，探着脖子向这里张望。几只鸡一看这声势要比自己的活动浩大得多，不敢观望，仓皇地跑远了。

我们见过鸡踩蛋，我也已经知道鸡要是不踩蛋，鸡蛋就抱不出鸡娃，所以踩蛋很重要。我没有细看过鹅踩蛋。所以我伸出去摩挲自行车后那个大黑提包的手忘了继续，我看到两只鹅尾巴紧紧挤压在一起，好像要粘起来。公鹅额头上那只大疙瘩红得要冒血。母鹅有些委屈地乖乖趴着，它的两条腿在软下去，似乎只要一口气松懈，它相对娇小的身子就会被身上的那个大笨身子给完全压垮。

时间好像忘了走动，只有马上要落的日头把冷咻咻的淡光打在我们院子里。公鹅终于滑下了母鹅光滑雪白的脊背。它似乎有些羞耻地剧烈抖着身子，拍翅膀，甩尾巴，动作剧烈而凶猛，似乎刚才的事情沾染了它雪白无尘的身子，它有些厌弃这样的活动。母鹅慵懒地伸着懒腰，步子也斜了，松松垮垮在原地走圈儿。

父亲一直瞅着鹅干完了事情，他看得很高兴，笑嘻嘻的，一回头，看到了大门口发傻的姐。父亲的目光忽然就慌了，乱了，好像干了坏事的不是鹅，是他自己，赶紧扭头，却看到马军蹲在杏树下，目光呆呆地瞅着鹅。父亲没理由地就恼怒了，自行车的撑子还没完全打起来，他就松开了，车子一头栽倒了，吓得我跳着脚逃开。姐已经快步窜进屋去了，只留给我们一个背篓的后影。

你养的好畜生！父亲忽然冲着娘低吼。你看看，多不要脸，连人都不顾了！

娘身子一直往后退，直到靠住了身后的墙，她才不退了，她把手里的针线放在窗台上，那张一直脸势不展脱的脸上意外地浮现出一层讨好的笑，她拍着手把鹅赶进后院去，说我给扎个窝圈起来，你放心，再不叫它们乱跑了。

父亲抓住机会不依不饶，叫娘马上把鹅处理了去，卖了也行，宰了吃肉更好，反正这丢人现眼的东西是不能养了。

三只鹅自然不知道它们已经触犯了某些忌讳，它们扭着肉肉肥肥的屁股在院子里走来走去，它们又恢复了道貌岸然的清高，一个个显得羽毛雪白，神态安详，完全不像会干出那种事儿的庸俗生命。

幸好第二天父亲就因为有急事匆匆走了，娘没有扎窝，也没有把鹅圈起来，娘说家里院子大，男人常年不在，还是鹅前院后院地走动着热闹些，叫人心里踏实。

鹅似乎那天打开了一道口子，从此踩蛋的行为就频繁起来，自然从不避人，我们大家也很快看惯了，觉得它们的行为跟鸡一样，跟刺堆里的麻雀一样，跟半路上那些野狗一样，跟羊群一样，没啥值得特别大惊小怪的。

有时候就在我们的脚跟下公然嘎嘎嘎地叫着，我们抬脚去踢，惊散了，母鹅可能觉得有一点羞愧，扭着屁股走了，公鹅怎么会甘心受这样的侮辱，梗着脖子撵着叼我们，那扁扁的大阔嘴可不是好惹的，尤其嘴里生着一圈儿肉刺，叼在人身上还是很疼的，最重要的是那气势，汹汹地追着一个人撵，要是你手里没拿什么防御的东西，还真不好对付呢。

春意在寒冬深处酝酿，娘开始攒鸡蛋和鹅蛋。往年都是在这个时候开始的，老早就攒起来，等开春就早早抱上鸡娃。所以娘总是村庄里第一个操心出早鸡娃的女人。今年娘也要攒鹅蛋。娘说开春从梅花咀买鹅娃回来太贵不划算，还是自家用蛋抱吧。姐说娘你抱了这些年鸡娃我们都看到了，可是鹅娃你有把握吗？不会抱出一窝一窝的水蛋吧？气得娘直翻眼，娘说啥活儿都是人干的，他们能操心出，我为啥操心不出来？

鹅蛋很好吃，虽然和鸡蛋比带着股泥哄哄草腥腥的味道，但是鹅蛋大啊，一个鹅蛋能顶得上两个半鸡蛋呢，你吃一个鹅蛋就等于多吃了一个半鸡蛋。所以我们早就缠着娘要吃鹅蛋了。娘总是舍不得，鹅蛋都攒在一个瓦罐里。

等到马军过岁儿的这天，娘把鹅蛋炒了一碟子分给我们吃，又煮了几颗，我和姐各一个，马军分到了两个。为啥他要多一个？姐不服气。娘忽然一筷子抡过去砸到了姐嘴巴上。

姐的嘴巴肿了，她捂着脸呜呜哭，跳到地下。扳住门帮说一个私娃子，连他娘是谁都晓不得，还过啥岁儿，不是明摆着哄人嘛！

娘光脚跳下炕，姐哪里会等娘撵上自己，她已经飞出门，连着又飞出大门去了，门扇被重重甩回来，发出惊天动地的声响。娘气得把一只鞋丢出去，再丢一只出去。一只鞋子飞舞着惊飞了一只母鸡，母鸡大惊小怪地呱呱飞蹿，另一只打在了大公鹅的屁股上。鹅甩甩头，不惊不慌，也不委屈，而是很大度地迈着步子走了。

娘说这个碎夜叉，我咋就养出了这样的女子？

马军低头剥鹅蛋，把剥下的蛋皮一片片收起来，摆出一座白白净净的小山，他瞅着那山傻看。

娘说我军军不要管那猴女子，她啥时节嘴巴干净过，等我回来好好拾掇她。

马军没说话，把鹅蛋慢慢地塞进嘴里，没见他咋咀嚼，那巨大的鹅蛋就被咽下去了，他抬起右手对着那个蛋皮小山压下来，乳白的蛋皮细细碎碎乱响，全部化作一摊粉末。

夜里娘说奇怪得很啊，为啥公鹅只是和那个脖子里有麻道儿的母鹅踩蛋，从没见它上过白母鹅的背子。娘的唠叨在夜色里空荡荡的，没人回应她，姐不敢回家，在奶奶家睡了。马军自然去大房里一个人睡。我觉得娘就是爱操闲心，吃饱了胀得难受，为啥尽操些鸡毛蒜皮的事儿呢。公鹅和哪只母鹅踩蛋，不和哪只踩，这事儿重要吗，反正两只母鹅都在下蛋，我们只要能吃到鹅蛋就好，管它踩不踩呢。

在我看来是小事，可是却把娘难住了，第二天她几乎把所有的时间都花费在了观察鹅上。娘围着鹅打转，我们也受了影响，不由得就多留意了几眼。我发现鹅踩蛋原来要比鸡还频繁，三只鹅在一起好好地走动，忽然公鹅停下来看着母鹅，不像公鸡用打转去讨好母鸡，公鹅不会这样，它忽然就伸嘴抬爪子，一嘴叼住了母鹅脖子里的毛，一只大肉脚板已经踩踏到了脊背上，母鹅也不怎么挣扎，两个鹅乱乱地抖着，两具身子已经完美地嵌合在一起。剩下那只母鹅跟鼓掌庆贺一样，呱嗒嗒拍膀子，跳着转着叫着嚷着。

我仔细观察过，你别看公鸡不断地跟母鸡好，其实它在和不同的母鸡好，和一只好过了就换一个，绝不会在短时间里和一只母鸡反复地好。鹅不是这样，公鹅反反复复的，始终只和麻脖子母鹅好。

母亲看了生气，干脆把麻脖子圈了起来，只留下一对白鹅在院子里活动。这一来可不得了了，被分开的那对鹅情人，似乎遭遇了生离死别，被圈起来的在洋芋窖里隔着门板一声一声叫，叫声要多凄惨有多凄惨，大公鹅更不理睬白母鹅，它扭着步子往后院里跑，然后守在窖门口叫。两只鹅，一公一母，叫声一长一短，一高一低，你叫我也叫，你嘎一声，它也嘎一声。闹得我们家里前院后院都是扯长的嘎嘎声。有个女人路过门口，被叫声吸引，跑进来看究竟，问我娘说你拿刀子宰鹅呢还是咋虐待了，为啥叫得这么苦？

娘气得苦笑，只能告诉她实话。女人捂着肚子笑，说你还是乡长的女人哩，你咋和国家政策对着干哩，你男人在乡上给女人们搞计划生育不叫多生养，你倒好，反了，在家里给鹅配对儿哩！你……

她接下来还要说什么呢？却忽然就打住了，不说了，两个女人沉默了一小会儿，女人告辞走了，留下娘一个人坐在杏树下。娘似乎忽然没心情再操心鹅的事，她只顾沉浸在自己的心事里。姐回来了，娘没有像昨夜说的那样拾掇她。娘已经没有心情计较这个。

马军说你看到了吗，你娘疼我就是嘴上的功夫，哪真会疼，要是真疼，你姐就不会那么欺负我了。

我看到马军的眼仁里飘着几根红红的血丝。

我说你冤枉娘了，她就是偏心你，不偏心你能吃两个鹅蛋，我们才一个。

马军眼底里的红血丝忽然就被什么擦亮了，闪闪地颤抖着，他咬着牙，说，反正她不是我亲娘，就是把心挖出来给我炒了吃，我也不信。

我忽然觉得有些悲哀，为自己，为娘，也为马军，似乎，还在为着我看不见的什么。

娘喊姐去把后窖门打开，把那只骚情的母鹅放出来，要吵破人头了。

母鹅出来了，外面的两只鹅激动得不知道怎么表达心里的喜悦，三对膀子一起拍着扇着，满院子飞窜，好像要把这久别重逢的喜讯告诉全世界。飞跑了半圈儿，公鹅忽然就跳上了母鹅的脊背。它们要用这样的方式庆贺了。

那只白母鹅还是绕着圈儿跑，叫，叫声不喜不悲，听不出它心里的真实想法。

气得娘忽然把一根烧火棍甩出去，火棍翻着连环跟头，一路扫到了孤单的母鹅和那对相好的伴侣。三只鹅羞恼地叫着逃回后院去了。

娘软软地爬起来，趴到炕上，耷拉着眼皮乏塌塌地说你们想吃啥个家做去，今儿的黑饭我一嘴都不想吃，心里满得很。

鹅的世界又恢复了从前的和谐，一公两母，一起散步，一起吃食，一起卧在地上休息，互相伸嘴替对方梳理浓密的羽毛。

娘透过门口看着院里树下的一幕，忽然叹一口气，说人啊，还不如鹅，鹅都晓得守着一个伴儿过一辈子哩。停顿了一会儿，又慢悠悠接上，说人就不好说了，说不定谁就在半路上把谁给闪下了。

娘病了，夜里发起烧来，我们都睡得死死的，娘趴在炕头吐，把姐给吵醒了，姐拧我的耳朵才把我折腾醒。姐说死猪，就晓得睡，娘要是完了，你我都是耶提目，比马军还惨。吓得我坐起来，好好的，我可不想当没娘的孤儿。

娘迷迷糊糊的，说马乡长，马乡长，你个烂了肠子的，你在外头花花肠子我认了，你还把人给领回来了，天天年年的就在我眼皮底下折磨我呀，满庄子的女人，谁有我活得不如人？

喊完娘又喊口渴，姐把刚刚晾好的开水端过来，娘一巴掌打翻了，娘说凉水，我的心干透了。

姐端着一舀子凉水刚到枕边，娘扑起来一把夺过去，一头扎进水里咣咣咣就灌。

喝完水，我们去上房里拿药。我们刚打开门，吓呆了，门口黑糊糊站着一个影子。我刚要惊叫，姐说怕啥，是马军这黑头鬼。

九

第二天，我们首先发现少了一只鹅，接着才发现马军也不见了。

每天早起打开门，三只鹅早就跑到房门口等着了，它们像是守在门口迎接我们早起，向我们问好，那样子彬彬有礼，十分绅士。

看着鹅那不紧不慢的端然步态，我慢慢觉得父亲那白衣秀士的名称不难理解了，一身雪白，干净，整洁，优雅，悠然，就跟还没有当副乡长时候的父亲一样，那时候父亲瘦，身材修长，穿一身蓝布中山装，垂着四个好看的衣兜，左上边的兜盖下露出一个亮灿灿的钢笔帽。父亲真是一身文气，说话和气，爱笑，很少和娘吵架，爱看书，一回来就在灯下抱着一本书瞅，娘不忍心打扰他，把饭端到他面前看着他吃，夜里父亲看书，娘做针线，娘怕父亲看坏了眼睛，把灯盏一个劲儿往父亲跟前推，而她自己宁可摸着黑纳鞋底子。

那时候的父亲对我们也好，看书看累了，趴在炕上驮着我骑马马，我可以揪着他的耳朵，打他的屁股，还可以踩着肩膀爬到头顶上去。

父亲是什么时候开始变化的？我感觉好象是马军来了之后，可姐说早就变心了，不变心哪来的私娃子，男人一当官就变坏。

虽然我无法亲眼看到白衣秀士是什么模样，但是我已经确定，当副乡长之前的父亲，算得上是一个白衣秀士，就跟我们的白公鹅一样。

娘病了的这个早晨，打开房门端着尿盆去后院倒的是姐，姐倒踩着鞋一路跑进后院，然后�摔着手跑出来，她咋咋呼呼大惊小怪地喊，娘，鹅咋少了一只？

娘说少了谁，可能在柴窑里下蛋去了。

姐说不对呀，公鹅会下蛋吗？少的可是公鹅。

鹅群里确实少了那只公鹅，只有白脖子灰脖子两只母鹅守在门口，它们显然再也难以保持平时的那份悠然雅静，一起叫着，叫声仓皇、凄凉，好像它们丢失了什么要紧的东西，正不知所措。

我在房门口等着马军出来我们打毛牛。我们每天都要在院子里开展几场毛牛赛，哪天要是不抡着鞭子好好打几场，我们的手心都会感觉痒痒的。

马军不喜欢被催醒，我靠住门耐心等，可是门忽然从里面开了，差点把我一个跟头栽进去。我觉得奇怪，马军没关门？不可能，马军晚上进门最要紧的一件事就是关门，从里面结结实实地匣好门。为此姐还表达过不满，姐说怕谁睡梦里把他暗害了呀，防那么严！

既然门开着，我就进去看马军。姐已经满院子嚷嚷着找公鹅了。

我心里说难怪人家马军很反感我姐，这个女子就是爱有事没事乱嚷嚷，一惊一乍的，一点都不稳重。

炕上被子叠得整整齐齐，没有马军。桌子上一排溜儿放着九个毛牛，这些毛牛是按照从大到小的次序摆的，每一个毛牛都光溜溜亮闪闪的，它们都是马军的心爱之物，平时马军收藏得很严实，很少借给我打，我只有看着干眼热的份儿。我看马军不在，赶紧伸手去摸毛牛，把每一颗都摸索到了，然后我才发现不对劲，马军平时可都是把毛牛们藏起来的，只拿出一颗打着耍，好像这些毛牛是他的命根子，他很少全部摆出来，今儿他为啥会这么慷慨？

娘撑着病身子出来了，叫姐看院门锁好没。

姐说昨夜我亲自锁的，锁子好好挂着，哪能忘了锁？

娘说那就怪了，那么大一只鹅呢，能到哪儿去？难道夜里来贼了？

我说马军也没在屋里，他今儿倒是起得早。

姐鼻子一哼，日头要打西半个出来了，稀罕！

娘的脸色却变了，娘说快寻，不会是上茅房了？

姐说我看了，鹅不吃屎喝尿，鹅最干净的。哪会跑茅房去。

姐没明白娘的意思，但我领会了，我飞一般冲进茅房，然后又进柴窑、洋芋窑、牛圈，挨个找完一圈儿我喘着气跑出来，告诉娘，我全都看了，没有他影子。

姐才明白过来，翻着白眼嗤了一声，说我当是谁没了，他呀，谁稀罕呢，早就该滚蛋了。

啪，一个耳光脆脆亮亮结结实实落在了姐脸上。

娘颤巍巍站起来说你这张烂嘴啥时节能饶人？都把他气跑了你还嘴犟？他一个狗大的娃娃，能去哪里呀？叫我还咋活人呀？

这一回父亲不是自己干完了工作抽空儿才回来的，他是收到娘带去的口信匆匆赶了回来。父亲进门后脸色很不好，那只白母鹅看到他顿时围上来就叽，父亲抬脚就给了一下，踢得母鹅滚了个疙瘩。父亲说快寻，方大围圆都寻，才十二岁，身上又没装一分钱，这冷月寒天的，跑出去肯定遭罪，冻死都有可能，要是落进人贩子手里后果不堪设想。

娘一直哭，这几天她就没有好好吃过一口饭，夜里也睡不着，哭一会儿，叹息一会儿，翻起来靠着窗子坐着等天亮，寒气沁透了玻璃，屋子里也冷，娘在咳嗽，一声一声，把我不知忧愁的少年梦惊成了无数碎片。

娘准备开春抱鹅娃的事情就这么搁浅了，没有公鹅踩蛋，母鹅下的蛋肯定抱不出鹅娃。再说娘的病一天天重起来，姐已经顶替娘操持家务了，谁还有心情理睬鹅的事。白脖子灰脖子两只母鹅开始放下了高傲的架子，和鸡群在一起厮混，像鸡一样抢着吃食，像鸡一样在柴堆里扒拉，只有一样好，它们从不进茅房去扒拉灰土。

娘是翻过年三月里口唤的，再翻过年的忌日上，我们宰了灰脖子给娘念苏热，第三年宰了白母鹅。白母鹅已经是很老很老的鹅了，毛干巴巴的，贴在肉皮里，拔起来很费劲，姐噙着眼泪一根一根地拔。姐终究太小，还是拾掇不好，肉煮熟了，鹅毛还镶在肉里，吃肉的时候需要耐着心一根一根拔干净才行。

父亲留在家里的时间越来越多，他再也没有从前那样忙了，庄里找他办事儿的人一天天少下去，有些人甚至见了他绕个弯儿走，谁都看得出来，大家是不想跟他当面碰上。大家也不再喊他马乡长，而是换了一个称呼，喊他老马。

姐悄悄说父亲招祸了，官儿被人降了，没实权了。父亲似乎不知道我们对他的嘀咕，他还是会背着手在院子里慢慢散步，挺着富态的肚子，步态里竟然有了些悠闲和从容，甚至过早地透出一点苍老的味道。

他有时候会对着院里的老杏树发一会儿呆，有时候又望着远处的云看，父亲慢慢地吟哦，说行观人间风生水起，坐看天上云卷云舒，这日子里的真味，我可算是明白了。

父亲他明白了什么？我不懂，姐说她也听得糊里糊涂的。

我常常望着父亲的背影禁不住在心里想，这样的父亲算不算传说中的白衣秀士？

有时候我也会蹲在杏树下仰头望天空，高远的阿斯玛尼上云在闲闲地转悠，我懒懒地想，万一哪天有一朵云降下来，落到我家院子里，云朵上会不会跳下一只大白鹅，鹅背上驮着已经长大的马军哥哥？

发表于《回族文学》2016 年 6 期

选载《小说选刊》2017 年 1 期

入选人民文学出版社《21 世纪年度小说选 2016 中篇小说》

图书在版编目（CIP）数据

白衣秀士／马金莲著 . -- 北京：作家出版社，2020.10
（中国少数民族文学之星丛书·2020 年卷）
ISBN 978 - 7 - 5212 - 1145 - 0

Ⅰ.①白…　Ⅱ.①马…　Ⅲ.①中篇小说 - 小说集 - 中
国 - 当代　②短篇小说 - 小说集 - 中国 - 当代　Ⅳ.①I247.7

中国版本图书馆 CIP 数据核字（2020）第 196424 号

白衣秀士

作　　者：马金莲
责任编辑：史佳丽　李亚梓
特约编辑：刘　皓　李　婧　郑　函
装帧设计：孙惟静
出版发行：作家出版社有限公司
社　　址：北京农展馆南里 10 号　　　邮　　编：100125
电话传真：86 - 10 - 65067186（发行中心及邮购部）
　　　　　86 - 10 - 65004079（总编室）
E - mail: zuojia@zuojia. net. cn
http: // www. zuojiachubanshe. com
印　　刷：三河市北燕印装有限公司
成品尺寸：152 × 230
字　　数：219 千
印　　张：17.75
版　　次：2021 年 1 月第 1 版
印　　次：2021 年 1 月第 1 次印刷
ISBN 978 - 7 - 5212 - 1145 - 0
定　　价：48.00 元
